宝くじで40億当たったんだけど異世界に移住する
12
すずの木くろ
Suzunoki Kuro
ill 黒獅子
Kurojishi
モンスター文庫

ジルコニア・
イステール
ナルソンの後妻
「どうしてこれ以上
耐えなければならないの⁉」
リーゼ・
イステール
ナルソンの娘

「ジルコニアさんだけが耐えてきたわけじゃないでしょうが！」
志野一良
宝くじで億万長者となった青年
バレッタ
グリセア村 村長の娘

ルグロ・アルカディアン
アルカディア王国の王太子

「あれ？　ルグロが運転していくの？　あんまりスピード出しすぎないようにね？」
「おうよ。大丈夫だって。心配すんな」

「まったく、こんな可愛い娘2人に愛されちゃってどうするつもり？　この色男！」
「え、えっと……こ、光栄です」

部族支配地域
アルカディア王国 周辺地図
バルベール共和国
Valvert
クレイラッツ
都市同盟
Craylutz
プロティア
王国
Protea
エルタイル
王国
Altair
アルカディア王国
Arcadia
アルカディア王国 国内地図
バルベール共和国
Valvert
砦
グレゴリア
グリセア村
イステリア
クレイラッツ
都市同盟
Craylutz
アルカディア王国
Arcadia
フライシア
王都アルカディア

宝くじで40億当たったんだけど異世界に移住する⑫

すずの木くろ

MONSTER bunko

Contents

序章

バルベール北方の国境を越えた先にある蛮族《ばんぞく》の野営地で、アロンドはウズナに連れられて粗末な家畜小屋にやって来ていた。

ウズナが扉を開け、アロンドたちに振り返る。

「入って」

彼女の指示に従い、アロンドたちは黙ったまま小屋に入った。

数頭のミャギが中におり、獣臭がツンと鼻につく。

「薬と食べ物を持って来る。大人しくしてて」

ウズナがガシャン、と扉を閉める。

「キルケ、傷を見せてくれ」

アロンドが老人――キルケ――の手を取る。

先ほど槍《やり》の石突きで突かれた彼の手の甲は肉がえぐれて血が滴っており、酷《ひど》い有様だ。

「こりゃあ酷いな……指は動くか？」

「はい。折れてはいないようでして……」

キルケは額に脂汗を浮かべながらも、アロンドに微笑《ほほえ》んだ。

「それよりも、アロンド様。先ほどはなんて危ない真似を……爺は生きた心地がしませんでしたぞ」

「ん？　ああ、あれか。別になんてことはない。仕掛けナイフだっていうのは、手に持ってすぐに分かったからな」

「「えっ⁉」」

アロンドの言葉に、キルケだけでなく他の使用人たちも驚いて声を漏らした。

「重さが全然違ったからさ。柄の部分が軽すぎて、中にナイフの芯が入っていないのはすぐに分かった。となれば、脅《おど》しで投げ渡されたナイフだと考えるのが普通だろう？」

「あの状況でよくそんなことが……ですが、もし渡されたナイフが本物だったらどうするつもりだったので？」

「ん？　そうだな……運任せで、脇腹あたりに突き刺してわざと倒れ込んでたかな。上手くいけば死なずに済むかもしれないしさ。その後で殺されたかもしれないが」

「そんな無茶な……下手をすれば死んでいたということではないですか」

半ば呆れたような声を漏らすキルケに、アロンドが苦笑する。

「おいおい。今さら命がどうとか言っててどうするんだよ。皆、覚悟はとっくにできてるだろ？」

「それは、そうですが……」

キルケが顔をしかめる。

「お屋敷で計画を聞かされた時は目玉が出るほどに驚きましたが、何もここまでしなくとも……それに今頃、アルカディアではアロンド様は反逆者として周知されてしまっているでしょう。本当に、これでよかったのですか?」

アロンドたちがまだアルカディアにいた頃、キルケはある日突然、アロンドから「バルベールに渡って元老院の中枢に潜り込み、その後に北方の蛮族領に渡ってバルベールを攻めさせる」という計画を打ち明けられた。

理由は2つあり、1つはこのままだとアルカディアは確実に亡国の道を辿るから、それを打破するためということ。

そしてもう1つの理由は、父ノールのアルカディアに対する裏切りによってルーソン家が被る「裏切り者」としての汚名を払拭するため、とのことだった。

ノールからバルベールへの亡命の話を聞かされたアロンドは、その場では従うそぶりをしていたのだが、ハナから話に乗る気などまったくなかった。

国を裏切るということは「裏切り者」として子々孫々まで汚名を被っていくことになる。

アロンドにとって「自らの名誉を傷つける」という最も屈辱的な行為であり、そのレッテルは生涯付きまとうことになるだろう。

自らの保身のためだけに家名を傷つけ、永遠に消えない汚点をもいとわずに国を裏切るという選択をしたノールは、アロンドにとっては軽蔑すべき存在になっていた。

アロンドがこれほどまでに名誉にこだわるのは、アルカディアでの文官時代に、彼をやっかむ者たちからことあるごとに「ルーソン家は奴隷《どれい》交じり」と陰で馬鹿にされていたことに起因している。

アロンドが仕事で成果を上げてナルソンに評価されればされるほど、そういった者たちはわざと彼の耳に届くように、その言葉を吐き出した。

アルカディアでアロンドが今まで必死に文官の職務に励んできたのは、そういった馬鹿にしてくる者たちを見返すためだ。

誰にも文句を言わせないほどの業績を上げて地位を築き、自分を馬鹿にする者たちを実力で黙らせることをアロンドは生涯の目標としていた。

「よかったもなにも、こうするしか方法はなかっただろ」

アロンドが顔をしかめて言う。

「たとえ俺が父上の裏切りを事前にナルソン様に報告したとしても、王家に対する反逆は一族郎党連帯責任だ。裏切りを未然に防いだってことで情状酌量はあるだろうけど、俺は生涯軟禁されることになっただろう。お前たちだって、裏切り者に使われていた人間って見られて働き口どころか住む場所すらなくなってたはずだぞ」

「確かにそうですが、名誉のために命をかけるというのは……もしこのまま命を落とすようなことがあれば、名誉の回復どころか売国奴として後世に語り継がれることになるのですよ？」

「その時は、俺はその程度の人間だったってだけのことさ」

アロンドが軽く笑いながら言う。

「どのみち、あのままアルカディアにいてもろくな人生にはならなかったんだ。それなら、イチかバチか賭けてみるのも面白いじゃないか」

「イチかバチかで命を賭けるのはさすがにどうかと……それに、ノール様をアロンド様が自らの手で殺めなくて済んだのはよかったですが、ハベル様が今頃どうなって――」

キルケが言いかけた時、小屋の扉が開いてウズナが戻ってきた。

大きな木箱を手にしており、中にはすり鉢、青々とした草の束、布切れ、水の入った小さな壺、それと黒ずんだ見るからに硬そうな灰焼きパンがいくつか入っている。

「傷を診せて」

ウズナはキルケを地べたに座らせると、血の滴っている彼の手を取った。

ウズナが草を口に含んで咀嚼し、ぺっと吐き出してキルケの傷口にそれを押し当てる。

痛みに呻《うめ》くキルケに構わず、手際よく布切れを巻き付けた。

「夜になったら、自分で換えて。それじゃ」

「ウズナさん、ちょっと待ってくれないか」

さっさと出て行こうとするウズナを、アロンドが呼び止める。

「何?」

ウズナが扉から手を離し、アロンドに向き直る。

「俺たちは、これからどうなるんだ?」

「さあ? でも、大人しくしておいたほうがいいよ。ゲルドンは短気だからさ」

「そっか、肝に銘じておくよ」

アロンドがウズナににこりと微笑む。

「それと、ウズナさんはこの辺りの人間じゃないように見えるが、出身はどこなんだい?」

「東の国だよ。あんたたちは聞いたこともないような遠い国」

「ふむ。ここら辺にいる部族たちは、そこの連中と争ってるのか?」

「そうだよ。もう何年も、ずっとそんな状態だね」

ウズナは言うと、腰に手を当ててアロンドを見た。

「それで、他に聞きたいことは?」

「んー、そうだな……できれば、俺はキミたちの力になりたいんだ。バルベールに攻め込むなら、きっと役に立ってみせる。ゲルドン様に、俺がそう言ってたって伝えておいてくれないか?」

「いいよ。どうせ、そのうちあんたは呼び出されることになるだろうし」

ウズナが真剣な表情になって、アロンドを見る。

「いい？　絶対に変な気は起こさないこと。聞かれたことにはすべて正直に答えるんだ。生きてアルカディアに帰りたいならね」

「もちろんさ。どんなことだって手伝うから、何でも申し付けてくれ」

にこやかに言うアロンド。

ウズナはそんな彼を、じっと見つめる。

「あんた、国に家族は？」

アロンドがちらりと使用人の女性に目を向ける。

薄灰色の長い髪をした、整った顔立ちの女性だ。

歳は30台後半といったところだろう。

「いるよ。弟……と、妹を残してきてる」

アロンドが答えると、その女性は驚いたような目で彼を見た。

「そう。家族のために、ここまでやったってこと？」

「んー、まあ、それもあるけど……いろいろあってね」

「いろいろって？」

突っ込んで聞いてくるウズナに、アロンドが苦笑する。

「ちょっと込み入った話だから、できれば2人きりで話したいな。もしよかったら、今から別の場所でどうだい？」

「それはやめとく」

ウズナは扉に振り向くと、出て行ってしまった。

ガシャン、と扉にかんぬきがかけられた音が室内に響く。

アロンドがキルケに目を向ける。

「キルケ、大丈夫か？」

「はい。何やら得体のしれない草を付けられましたが……」

「それはフーメルという薬草です」

先ほどアロンドに目を向けられた使用人の女性が、口を挟む。

「バルベールでは火傷に使われている薬草ですが、切り傷にも使われることがあります。きっと効くと思います」

「そっか。リスティル、キルケの傷はお前が診ておいてくれ」

「かしこまりました」

ぺこりとリスティルが頭を下げる。

すると、木箱に残っている薬草に、それまで大人しくしていたミャギが近寄ってきた。

リスティルが「ダメよ」と木箱を背後に隠す。

アロンドはそんな彼女にちらりと目を向け、物憂げな表情を浮かべるのだった。

第1章　ニーベルの決起

「市民たちよ！　この男が、今まで権力を振りかざし、いかに我らに対して横暴に振舞ってきたかは知っているだろう！」

ニーベルが足元で跪いているダイアスの髪を鷲掴みし、顔を上げさせる。

ダイアスは口に猿ぐつわをされ、酷く狼狽《ろうばい》した表情になっていた。

ダイアスの他にも、先日イステリアへ地獄の動画を見に行った者たち全員が、同じように口に猿ぐつわをされて跪いていた。

彼らの周囲は鎧を着込んだ他の軍の重鎮たちが固めており、広場にも多数の兵士が配置されている。

すべて、ダイアスを裏切ってニーベルに付いた者たちだ。

「明らかに度を越した重税を課し、民の生活は困窮の極みだ！　意見を言おうものなら即座に捕縛され、いわれのない罪で処刑された無実の者は数えきれないほどだ！　まさに、悪魔の所業と言えるだろう！」

ニーベルの叫びに、市民たちから「そのとおりだ！」と怒りの声が湧きおこる。

ダイアスの横暴は市民たちの間でも周知されており、彼に逆らえば死罪になるというのは皆が認識していた。

彼の横暴により、今までグレゴルン領の民はひたすらに苦しい生活を強いられていたのだ。

「この男に妻を凌辱された者が大勢いることは知っているか⁉　この色狂いは、今まで幾人もの他人の妻を己の趣向のために連れ去り、凌辱の限りを尽くしてきたのだ！　ここに集まっている者たちのなかにも、つらい思いをした者はいるはずだ！」

「そうだ！　俺の妻を、よくも辱めてくれたな！」

「俺の妻もだ！　この悪魔め！　死んで詫《わ》びろ‼」

市民の中から何人かが声を張り上げると、周囲の市民たちがダイアスに一斉に非難の声を上げた。

彼らはあらかじめ、ニーベルが探し出したダイアスの趣味の被害者の夫だ。

こうして声を上げるよう、彼に言い含められていたのだ。

ダイアスに深い恨みを抱く彼らとその妻たちは、そういった事実が周知されることも厭わず、ダイアスを処断するためにニーベルに協力することを約束していた。

ニーベルは神妙な顔で彼らの声に頷《うなず》くと、掴んでいたダイアスの頭をぞんざいに床板に叩きつけた。

そして、再び市民たちへと目を向ける。

「諸君らだけではない。文官や武官にも、こやつに妻を辱められた者が大勢いるのだ」

ニーベルが言うと、市民たちから驚きの声が上がった。

この場でニーベルの周囲を固めている軍人たちも、ダイアスに妻を差し出さざるを得なく、苦しい思いをした者たちが多数含まれている。

表向きは従順にしていた彼らだが、ダイアスに対する憎しみは非常に深い。

ニーベルはそんな彼らに、ダイアスが重用している者たちのほぼすべてがイステリアへと発った時を好機とみて接近した。

ニーベルは何年も前から、ダイアスの使用人や兵士たちに賄賂をばら撒き懐柔していた。

バルベールから離反を持ちかけられていることを、ニーベルは彼の側近から秘密裏に報告されて知っていたのだ。

リーゼに対して強気に出たのも、いずれグレゴルン領が寝返ると分かっていたからである。

「妻を救おうと抗議すれば問答無用で捕縛され、適当な罪状を突き付けられて殺されるのは彼らとて変わらなかった。だからこそ、この悪魔の横暴に従うしかなかったのだ。だが、それも今日で終わりだ！」

ニーベルが傍《そば》で控える兵士に目で合図した。

その兵士はすぐに、一抱えほどもある布袋を足元から拾い上げると、中身を掴んでダイアスの前に投げ捨てた。

ごろん、と彼の護衛兵長の生首が、ダイアスの目の前に転がる。

ダイアスは目を見開き、「ひっ」と猿ぐつわの間からか細い悲鳴を漏らした。

周囲の兵士たちも布袋を持ち出して、次々に護衛兵の生首を彼の前に放り投げる。

一斉に、市民たちから悲鳴が上がった。

「このとおり、こいつに従う護衛兵はすでに全員この世にはおらん！　なぜ私が彼らに天誅を下すことができたか分かるか⁉　それは、他の正しき心を持った文官や武官たちが、全員私の決起に賛同してくれたからだ！」

「グレゴルン領の民に安寧を！」

「我らの敵に、死の裁きを！」

ニーベルの周囲で控えていた武官や文官たちが、次々に剣を、拳を上げて叫ぶ。

市民たちの何人かが、「殺せ！」と叫ぶ。

広場のあちこちから同様の声が上がり、やがてそれは「殺せ！」の大合唱となった。

「むぐぐっ！　うーっ！」

跪いているダイアスがニーベルを見上げ、必死の形相で唸《うな》り声を上げる。

ニーベルはそんな彼に目を向けると、両手を上げて市民たちに「静粛に！」と声を張り上げた。

徐々に市民たちの声は収まり、広場が静寂に包まれる。

「この悪魔は何か言いたいことがあるようだ。このまま問答無用で首をはねてもいいが、それでは今までのこいつと我らも同じになってしまう。人として、この男にも弁明の機会を与えたく思う。市民たちよ、よいだろうか？」

ニーベルが市民たちに問いかける。

市民たちは何も声を発さず、広場は静かなままだ。

ニーベルはそれを肯定と受け取ると、兵士に命じてダイアスの猿ぐつわを外させた。

「っ、げほっ！　げほっ！」

激しく咳込むダイアスに、ニーベルがしゃがみこむ。

そしてにやりと笑うと、ダイアスの耳元に口を寄せた。

「さあ、ダイアスよ。我らは貴様とは違って、人間らしく弁明の機会を与えてやったぞ。どうしてイステール領と共謀し、バルベールに寝返ったのか説明してみるといい」

ニーベルが小声でダイアスに囁く。

ダイアスは顔を上げ、ニーベルと市民たちを交互に見た。

「違う！　私はこの国のため、民を守るために、必死で領政を取り仕切ってきたのだ！　この男の言うことは、根も葉もない戯言だ！」

「ほう、戯言とな？」

「そうだ！　貴様の言ったことは、すべてでっち上げだ！　いったい何の証拠があるというのだ⁉　貴様こそが、民を扇動して王家に牙を剥《む》いた反逆者だ！」

ダイアスが叫ぶように言うと、ニーベルは小馬鹿にしたような表情を彼に向けた。

「でっち上げ？　これは面白い！　皆、聞いたか⁉　この男は今、私の話したことはすべてでっち上げだと言ったのだぞ⁉」

「ふざけるな！　何がでっち上げだ！」

「俺の妻を辱めておいて、何をしらばっくれてやがる！」

先ほど声を上げた男たちが叫ぶと、他の市民たちも怒りの声を上げた。

「殺せ！」と広場を埋め尽くす大合唱が再び湧き起こった。

「あっ⁉　い、いや！　今の話とそれとは別だ！　お前たちには、それ相応の賠償金を——」

「うるせえ！　くたばれ！」

「死ねぇー‼」

しまった、といった顔でダイアスが慌てて声を張り上げるが、怒り狂った市民たちの叫びは止まらない。

彼らはあらかじめ用意していたのか、腐った果物や野菜を彼に向って一斉に投げ出した。

おっと、とニーベルが慌ててダイアスから離れる。

市民の怒りは、イステール領と共謀してバルベールに寝返った云々よりも、今までダイアスが行ってきた圧政にベクトルが強く向いているのだ。

そこにきて、ニーベルの策略にまんまとはまってあんな発言をしてしまっては、もはや彼らがダイアスの言葉に聞く耳を持つはずがない。

ニーベルが両手を上げ「静粛に！」と呼びかける。

人々は物を投げるのをやめ、広場に静寂が戻った。

ニーベルはやれやれと首を振ると、近場の兵士に顎《あご》で指示を出した。

兵士はダイアスの頭を掴み、再び彼に猿ぐつわを噛ませる。

ニーベルは蔑んだ表情をダイアスに向けると、市民に向き直った。

「まったく、この期に及んでこんなその場しのぎの嘘までつくとはな。とんだ腹黒だ。皆もそうは思わないか？」

ニーベルの呼びかけに、市民たちが怒りの形相で同意の声を上げる。

ニーベルはにやりと笑みを浮かべると、跪いてうなだれているダイアスに歩み寄った。

「どうだ、市民たちよ。この男や、こいつに付き従う者たちの腹の中が、どれほど黒い色をしているのか、見てみたいとは思わないか⁉」

ニーベルが言い終わると同時に、周囲にいた兵士たちが一斉に彼らの肩に手をかけた。

台座に建てられていた複数の柱に全員を押さえつけ、胸と足を縄《なわ》で柱に縛り付ける。

彼らの傍に1人ずつ兵士が立ち、腰から短剣を引き抜いた。

ダイアスをはじめ、縛り付けられた全員の顔が恐怖に引きつる。

「いいぞ！　やっちまえ！」

「悪魔め！　その腹の中を見せてみろ！」

「赤色だったら許してやるよ！　ははは！」

市民たちが口々に「やれ！」と騒ぎ立てる。

ニーベルは満足げに頷き、ダイアスに向き直ると、彼の顎を掴んだ。

兵士に指示し、少し離れさせる。

ダイアスの顔に息がかかるほどの距離に自らの顔を近づけ、下卑た笑みを浮かべた。

「ダイアス様、いいざまでございますなぁ」

「むぐぐっ！」

ダイアスは涙を流しながら、助けてくれ、と目で彼に訴える。

そんな彼の様子に、ニーベルは心底楽しそうに、くっくと笑った。

「まったく、素直に私とリーゼ嬢との仲を取り持っておけばよかったものを。それどころか、今まで私があなた様のためにと行ってきた数々の奉仕をなかったことにし、塩取引の権利まではく奪しようとするとは」

ニーベルは小声で囁き、ダイアスの顎をがっしりと掴んだ。

「バルベールに寝返るまでは生かしておいてやろうと思っておりましたが、まさか心変わりするとは驚きました。まあ、死ぬのが少し早まっただけです。そう悲観なさらないでください」

「っ⁉」

ニーベルの言葉に、ダイアスの瞳《ひとみ》が驚愕《きょうがく》に染まる。

「何を驚いておられるのです？　あなた様がバルベールから離反を持ち掛けられていたことを、私が知らないとでも思っていたのですかな？」

ニーベルの顔が愉悦に歪《ゆが》む。

心底、楽しくて仕方がないといった表情だ。

「まったく、本当にバカなお人だ。恨みを持った民を根こそぎ始末せず、禍根《かこん》をあちこちに残したままにしておくような脇の甘い男に、私がいつまでも従うと思っておいでしたか？　あなたと違って、私は召し上げた女どもの家族は、誰にもバレないようにきっちりと始末をつけてきましたぞ」

「むぐっ！　うーっ！」

実に楽しそうに、べらべらと話すニーベル。

ダイアスの表情が怒りに染まる。

たとえ地獄行きになろうとも、こいつだけは生かしておくべきではなかったと心底後悔した。

「やるならば、徹底的にやらねばダメでしょう？　今回の件もそうです。私が邪魔ならば、さっさと殺してしまえばよかったのですよ。それを、善人にでもなったつもりかは知りませんが、金と土地を与えて隠居させようとするとは。まったく、貴族というものは、どいつもこいつも間抜けばかりですな」

ニーベルはひとしきりしゃべって満足すると、掴んでいたダイアスの顎をぞんざいに放した。

市民に振り返り、大仰な態度で両手を広げてみせる。

「さて、市民たちよ！　彼らの腹の中がどんな色をしているのか、1人ずつ順番に、よーく見せてもらうことにしようか！」

兵士たちがダイアスたちの上着を捲り上げる。

市民たちからは歓声が上がり、ダイアスたちは猿ぐつわの下から引きつった悲鳴を漏らした。


その頃、カイレンたちとの会談を終えた一良《かずら》たちは、砦《とりで》の会議室に集まっていた。

ルグロも同席しており、腕組みして黙ってジルコニアに目を向けている。

「ナルソン、相手の使者が来るまでは、こちらからは手出し無用よ」

険しい顔つきのジルコニアが、ナルソンに言う。

「この時のために、私はあなたに協力した。この時のために、今まで生きてきたのよ」

「ジル、すまないが、約束はできない。我々はこの国のすべての民の未来を背負っているのだ」

ナルソンが苦しい顔つきで、ジルコニアに語りかける。

「敵方の人数は、下手をすればこちらの2倍以上だ。砦の間近に陣地を作らせるわけにはいかないし、前回奇襲を受けた時のように投石機を作ろうとしてくれば、なんとしても防がねばならん。砦の側面を囲もうとしてくる敵軍にも――」

「そんなことは分かってる‼」

ジルコニアがナルソンを怒鳴りつける。

「それでも！　この機会を逃したら、もう奴らを見つけることはできないかもしれないのよ！」

「ジル、冷静に考えろ。この決戦に勝利し、彼らと講和した後でも、事件の黒幕を見つけ出す機会はある。焦る必要はないではないか」

「そんなの、確証なんてないじゃない！　もしこの戦いで、カイレンが戦死してしまったらどうするの⁉　戦いのどさくさで、事件を知る人間が全員死んでしまったら⁉　生き残った元老院の連中を尋問したって、知らぬ存ぜぬを押し通されたら終わりじゃない！」

「ジルコニアさん、落ち着いてください」

明らかに頭に血が上ってしまっているジルコニアを、一良《かずら》が諫める。

「ナルソンさんの言うとおり、こちらからは絶対に手出ししないというのは無茶ですよ。相手が何をしてくるか分からないんですから」

「カズラさん、あなたまで……！」

ジルコニアに怒りのこもった視線を向けられ、一良《かずら》がぐっと息をのむ。

今まで一度たりとも、彼女からそんな目を向けられたことはなかった。

「……ジルコニアさん、この戦いは、絶対に負けが許されないんです。お願いですから、今は辛抱《しんぼう》してください」

「ふざけないで!!」

バン！　とジルコニアが机を両手で叩く。

「辛抱なら、もう十分にしてきたわ！　前回の戦争で奴らと戦っていた時も！　5年前に奴らと休戦協定を結んだ時も！　ずっとずっと、私は我慢してきた！　家族の仇《かたき》が、ようやく見つけられそうなのよ!?　どうしてこれ以上耐えなければいけないの!?」

「ジルコニアさん1人だけが耐えてきたわけじゃないでしょうが！」

一良《かずら》に怒鳴りつけられ、ジルコニアがびくっと肩をすくめた。

それまで静かにやり取りを見ていたバレッタとリーゼも、その剣幕に肩を跳ね上げさせる。

「バルベールとの戦いで家族を失った、すべての人々が耐えてきたんだ！　砦が奇襲された時、市民たちが命令に背いてまで敵に向かって行ったのを見てただろ!?」

一良《かずら》が怒りに顔を歪ませて言葉を吐き出す。

「皆、この国のために死んでいった人たちや、今を生きている仲間たちのため、この国を守るために死んでいったんだ！　それを無視してまで、自分の気持ちだけを優先しようっていうのかよ!?」

「……」

ジルコニアが口をつぐみ、視線を机に落とす。

「……分かってるわ。それくらい、分かってる」

ジルコニアが声を震わせる。

「今まで、どれだけ仲間を失ってきたか。前日に一緒に食事をした仲間たちが、次の日にはいなくなってるなんてことは当たり前だった。皆、自分の恨みのためだけじゃない。私や仲間たちのために、戦って死んでいったわ」

「なら――」

「でも、これが最後のチャンスかもしれないんです」

ジルコニアが顔を上げ、一良《かずら》の言葉を遮る。

その瞳からは、涙がこぼれていた。

「両親と妹をなぶり殺した奴らを、その首謀者《しゅぼう》を、今度こそ見つけることができるかもしれない。私を代わる代わる犯した連中の喉笛を、この手で切り裂いてやることができるかもしれないんです」

彼女の言葉に、一良《かずら》が開きかけていた口を閉じる。

熱くなっていた頭が、冷や水を浴びせかけられたかのように冷めていく感覚に襲われた。

「私っ……どうすればいいんですか？　私にすべてを託していった仲間たちの想いも、家族の無念も全部諦《あきら》めてっ……私に、何が残るというんですかっ」

「お母様……」

しゃくりあげて泣き出してしまったジルコニアに、リーゼが席を立って歩み寄る。

リーゼがジルコニアの背に手を添えた時、会議室の扉が、ばん、と開いた。

「カズラ様！　大変で……」

飛び込んできたニィナが、泣きじゃくっているジルコニアを見てぎょっとして言葉を止めた。

「何だ。急ぎの報告か？」

ナルソンがニィナに声をかける。

「は、はい！　グレゴリアで、ダイアス様が処刑されたと無線連絡が！」

彼女の言葉に、全員の表情が驚愕に染まった。

「それ、本当にダイアス様なの⁉」

「街ごと全部が裏切ってるってわけ⁉」

大急ぎで一良《かずら》たちが宿舎の屋上へと駆け上がると、村娘たちが慌てた様子で無線機に向かってわめいていた。

「あっ、カズラ様！」

村娘たちが一良《かずら》に気づき、一斉に駆け寄る。

屋上に上がってきたのは一良《かずら》、ナルソン、バレッタ、ルグロだ。

リーゼは泣いているジルコニアに付き添って、まだ会議室にいる。

「ダイアス様が処刑されたって連絡が来たんです！」

「お腹の中を全部出されちゃったって！」

「今も、たくさんの人が殺され続けてるみたいなんです！」

「お、落ち着いて！」

わーわーと一斉に騒ぎ立てる娘たちを、一良《かずら》がなだめる。

「その無線は、グレゴルン領とつながっているんですね？」

「はい！　宿屋の屋上から、広場の様子を見てるみたいなんです！　ねえ、カズラ様に代わるからね！」

娘の1人が無線機に言い、一良《かずら》に無線機を手渡す。

「カズラです。いったい何があったんですか？　どうぞ」

一良《かずら》が無線機の受信ボタンを押す。

『カズラ様！　こっちは大変なことになっていて、ニーベルという男が市民や兵士たちを扇動して……う、うわっ⁉』

大勢が騒ぐ喧騒とともに、若い男の焦った声が響く。

それと同時に、ガシャガシャと鎧の擦《こす》れる音が聞こえてきた。

『貴様ら、何をしている！』

『なんだその妙なものは？　こっちに寄こせ！』

野太い男たちの声と、争うような騒音が無線機から響く。

『なにすんだよ！　関係ないだろ！』

『触るんじゃねえ！　放しやがれ！』

ドン、と何かを蹴《け》飛ばしたような音の直後に、ガシャン、と地面を転がる鎧の音が響く。

『なっ⁉　貴様らっ！』

『逃げろ！　飛び降りるんだ！』

『ここ4階建てだぞ⁉』

『向かいの建物のベランダに飛び移るんだよ！　早く！』

『ああもう！』

『お、おい！　待て！』

ばたばたとした騒音の後、プツッと無線の音声が途切れた。

一良《かずら》が無線機を手にしたまま、村娘たちに目を向ける。

「……皆さん、彼らから聞いたことを、1つずつ話してください」

不安げな顔をしている村娘たちに、一良《かずら》が言う。

彼女たちは頷くと、無線でのやりとりを一良《かずら》に話して聞かせるのだった。

「ここにきて、まさかグレゴルン領で反乱とは……」

ニィナたちからひととおりの話を聞き、ナルソンが険しい顔で額を押さえる。

ニィナたちの話で、イステール領がバルベールと手を組んでアルカディアを裏切ったとニーベルが市民に演説し、ダイアスをはじめとした重鎮たちを片っ端から処刑しているという状況を知ったところだ。

「ニーベルか……ただの一商人だと思っていたが、まさかこんなことをしでかすとはな」

「ナルソンさん、グレゴルン領の軍勢って、今は海岸線にある砦に詰めているんですよね？」

一良《かずら》の問いかけに、ナルソンが頷く。

「そのはずです。砦の守備と、海岸線を防衛するために海軍が展開しているかと。グレゴリアには少数の守備隊が残っているのみでしょう」

「それらの軍勢が、グレゴリアの奪還に向かう可能性は？」

「分かりません。反乱を起こしたということは、それらの軍も懐柔されている恐れがあります」

「……となると、彼らがこっちに攻めてくる可能性があるってことですか」

ニーベルがすべての軍を懐柔していた場合、バルベールと手を組んだイステール領軍を撃破し、王都軍とフライス領軍を救援するという大義名分のもと、軍勢の何割かを砦に差し向けてくる可能性がある。

バルベール軍と敵対状態というのは継続しているはずなので、海岸線の砦を空にするということはないだろう。

「はい。ただ、ニィナたちの話を聞く限り、アルカディアを裏切ってバルベールに寝返ったわけではないようです」

「むう……グレゴルン領の首脳陣を皆殺しにして、イステール領が裏切ったと市民を煽《あお》っても、俺たちが王家と一緒に市民や一般兵たちを説得すれば無意味ですもんね」

「はい。我が領が裏切ったと騒ぎ立てて、王都軍やフライス領軍と仲違いさせようとする、ということは考えられます。しかし、それはあまり現実的ではありません」

「ですよね。となると、彼らの狙いは――」

「がら空きのイステリア、でしょうな」

ナルソンの返答に、一良《かずら》が顔をしかめる。

「イステリアを占領して、補給路を断たれた砦が陥落するのを待つ算段ってことですかね？」

「その可能性が高いでしょう。その後、街に迫ったバルベール軍を前にして市民を再び煽り、彼らに降伏させる考えなのでは」

「むう。それって、かなり強引ですよね。市民も一般兵も納得しないでしょうし」

「そうですな。しかし、逆らえば街を枕に皆殺しになると言われれば、民意は降伏に傾くでしょう。ニーベルがバルベールとつながっていれば、さらに降伏へ民意を傾けるための折衝《せっしょう》案も用意してあるはずです」

「なるほど……とりあえず、イステリアにはいくらか軍を差し戻す必要がありますね。街を守らないと」

「はい。我が領の第2軍団をイステリアに送り返して――」

「ナルソンさん、その『無線機』ってやつで、王都の軍勢に連絡を取ることはできねえのか？」

それまで黙っていたルグロが、ナルソンに話しかける。

「このままグレゴリアに王都の軍勢を向かわせると、下手するとニーベルってやつの口車に乗せられて、一緒になってイステリアに攻めてくるかもしれないぞ」

「いえ、それは大丈夫です。グレゴリアに向かっている王都軍の軍団長は、地獄の様子を見ておりますので」

「ああ、そういえばそうか……でも、それだとグレゴルン領軍と戦闘になるかもしれないぞ。連絡はしねえと、まずいことになる」

「それはそうなのですが、無線連絡は相手にも無線機がないとできないのです。先ほど無線で話した者たちと連絡を取って王都軍に伝えさせるか、こちらから伝令を出すしか手段はありません」

「そうか……カズラ」

ルグロが一良《かずら》に目を向ける。

一良《かずら》はその意味を察し、すぐに頷いた。

「うん。バイクを使おう。バレッタさん、アイザックさんとハベルさんに、至急バイクで王都軍を探して、状況を説明するよう伝えてください。無線機も忘れないように」

「はい！」

「あっ、待ってくれ！」

階下へと向かおうとするバレッタを、ルグロが呼び止める。

「ナルソンさん、俺も一緒に行かせてくれ。俺が王都からグレゴリアに向かってる軍団に合流したうえで、グレゴルン領の連中を説得してみる」

とんでもないことを言い出すルグロに、皆が驚いた顔を向ける。

「殿下、それはいけません。万が一、殿下の身に何かあっては、取り返しがつきません」

「いや、このままグレゴルン領の軍勢と俺らで殺し合うほうが問題だろ」

ルグロが険しい顔をナルソンに向ける。

「俺が直接話して聞かせれば、イステール領が裏切ったっていう疑いは晴らせるはずだ。すぐに動かないと、手遅れになるぞ」

「しかし……」

ナルソンが苦悶の表情で唸る。

ルグロはアルカディア軍の総司令官であり、彼が殺されでもすれば全軍の士気に与える影響は甚大だ。

決戦を前に砦を離れさせるのも問題だし、王家の存続という意味でも危険である。

「大丈夫だって。あれだけ速い乗り物を使わせてもらえるなら、グレゴルン領の軍勢に見つからないように、南に大きく迂回して行っても時間的に大差ないだろ。危ないことなんて、何もないって」

「……分かりました。カズラ殿、砦にあるバイクをすべて使って、殿下の護衛に同行させてもよろしいでしょうか？」

ナルソンの提案に、一良《かずら》がすぐに頷く。

「もちろんです。イステリアにあるバイクも出して、途中で合流させましょう。グリセア村にも連絡して、イステリアにバイクを――」

一良《かずら》はそこまで言って、はっと気が付いた。

バレッタも同時に気づいた様子で、一良《かずら》と顔を見合わせる。

「……グリセア村は、グレゴリアとイステリアの進路上にあります。村の人たちを、急いで逃がさないと」

「む、確かにそうですな……無線で連絡をして、村を放棄して守備隊とともにイステリアへ退避させましょう」

ナルソンの言葉に一良《かずら》は頷き、バレッタに目を向けた。

「バレッタさん、バイクの準備をお願いします。アイザックさんとハベルさん、あと村の人で運転の上手な人と、サイドカーには近衛兵に乗ってもらって、すぐにイステリアに向かうように指示してください」

「そうです。イステリアで、残りのバイクも拾って行くんですよね？」

「イステリアにはロズルーさんたちが残っているはずですから、協力するように俺から彼らに伝えておきます」

「分かりました！　ルグロ様、行きましょう！」

「おう！」

バレッタがルグロとともに、階下へと駆け出して行く。

「ニィナさん、アンテナをグリセア村へ向けてください」

「はい！」

ニィナが携帯用アンテナを手に、グリセア村の方角へと向ける。

一良《かずら》は無線機のスイッチを、送信に切り替えた。


その頃。

グリセア村では、新しく守備隊長となったセレットが、しゃがみこんで子供たちから炭団《たどん》の作りかたを教わっていた。

炭団とは、炭の粉と動物の糞《ふん》を水で溶いたものを混ぜて団子状にした固形燃料だ。非常に燃費が良く、火力は弱いが丸一日中燃え続ける優れものである。

グリセア村で生産した炭はほぼすべてを鉄の精錬とイステリアへの輸送に充てているため、村で煮炊きに使う主な燃料は子供たちが作る炭団に頼っていた。

セレットは村に入るなとは一良《かずら》に言われていなかったので、こうして村に入っては子供たちとよく遊んでいた。

「こうやって、よく混ぜてからお団子にするの」

５歳くらいの女の子が、根切り鳥の糞を水で溶かしたつなぎを炭の粉に混ぜ、こねて団子を作る。

「へえ、泥《どろ》団子みたいだね」

「うん。でも、泥団子より簡単だよ」

「そうなんだ。私もやってみよ」

セレットが木の椀《わん》に炭の粉を入れ、つなぎを混ぜて手でこねる。

つなぎには鳥の糞が使われていると教えてもらっていたが、セレットとしては特に汚いなどと思うことはなかった。

「鳥の糞がこんなことにも使えるのか」と、ただただ感心するばかりだ。

「セレット様！」

セレットが炭団をこねていると、村の老人が慌てた様子で駆けて来た。

手には無線機と、携帯用アンテナを持っている。

「大変です！　グレゴルン領で反乱が起こったとのことで、反乱軍がこちらに向かっているらしいんです！」

「えっ⁉」

驚いて立ち上がるセレット。

「そ、それは本当なんですか⁉　どこからの情報です⁉」

「ナルソン様です！　すぐにセレット様に代わるようにと！」

そう言って、老人が無線機をセレットに差し出す。

見たことのない道具に、セレットが怪訝《けげん》な顔を彼に向ける。

「これは？」

「無線機という道具です。ナルソン様に繋がっていますから、話してください！」

わけも分からぬまま、彼から押し付けられるようにして無線機を手渡される。

『セレット、聞こえるか？　ナルソンだ。どうぞ』

「わわっ⁉」

突如無線機から響いた声に、セレットは驚いて無線機を取り落としそうになった。

「そこの赤いボタンを押したままにしてください。こちらの声が、向こうに聞こえるようになります」

「えっ？　えっ？」

「早く！」

目を白黒させながらも、セレットが無線機の送信ボタンを押す。

「こ、これでいいんですか？」

「はい。ナルソン様に聞こえていますから、顔に寄せて話しかけてください。話した後は、『どうぞ』と言ってからボタンを離すんです」

「は、はあ」

セレットが無線機に顔を寄せる。

「ええと……セレットです。ど、どうぞ」

『ナルソンだ。セレット、聞こえるか？　どうぞ』

「ひえっ⁉　な、なんなんですかこれ⁉」

「セレット様、もう一度ボタンを押して話してください！　ボタンは押しっぱなしです！」

「は、はい！」

セレットが再び送信ボタンを押す。

ただならぬ様子に、周囲で畑仕事をしていた他の村人たちも集まってきた。

炭団をこねていた子供たちも、不安そうな目をセレットに向けている。

「ナルソン様ですか？　えっと……どうぞ」

セレットが送信ボタンを離す。

『うむ、ナルソンだ。セレット、落ち着いて聞いてくれ』

ナルソンの声が無線機から響く。

『グレゴリアにて、先ほど軍の反乱が起きた。数日以内に、反乱軍がイステリアにやって来る危険がある。グリセア村はその進路上にあるから、村が反乱軍に襲われるかもしれん』

恐ろしい情報に、セレットが驚愕に目を見開く。

『セレット、すぐに村にある資材を荷馬車に積めるだけ積んで、村人たち全員を連れてイステリアに退避しろ。どうぞ』

「セレット様、ボタンを押してください。『どうぞ』の後は、こちらが話す番です」

老人の指示にセレットが頷き、無線機の送信ボタンを押す。

わけが分からない状況だが、村が襲われると聞いて一瞬で頭が冷静になった。

「反乱軍が村に到着するまでの日数は分かりますか？　どうぞ」

『はっきりとは分からないが、数日はかかるだろう。だが、すでに何日か前に出立してる可能性もある。どんなに遅くとも明日までには村を発て。村で生産している兵器はすべて運び出し、運べない食料は燃やして、製材機などの大型機械や高炉《こうろ》は原型が分からないように完全に破壊しろ。どうぞ』

ナルソンの指示に、村人たちがざわつく。

「セレット様！　イステリアから軍を回してもらうことはできないのか聞いてください！」

「全部燃やすだなんて、そんな……」

騒ぎ立てる村人たちに、セレットが頷く。

「ナルソン様、村を防衛する手段はないのですか？　どうぞ」

『残念だが、それは無理だ。軍は皆に出払っているし、イステリアの守備隊を割くわけにもいかん。グリセア村は放棄して、セレットたちはイステリアの守備隊の指揮下に入れ。どうぞ』

「ナルソン様。それは、カズラ様も同意してのことでしょうか？　どうぞ」

『そうだ。すぐに取り掛かれ。どうぞ』

「……ナルソン様。私はジルコニア様に、ジルコニア様の大切な人の故郷を、カズラ様の帰る場所を守ると約束しました」

セレットが険しい表情で無線機に話しかける。

「故郷を失うということは、絶対に許してはならないことです。たとえ後で村を取り返したとしても、故郷を汚されたという事実は消えません。絶対に、ここを失うわけにはいかないんです。どうぞ」

セレットが言うと、村人たちは息をのんだ。

領主であるナルソンに口答えするなど、一介の守備隊長であるセレットがしていいはずがない。

即座に地位をはく奪され、懲罰を受けてもおかしくない行為だ。

『ジルと約束？　どういうことだ？　どうぞ』

「カズラ様は、ジルコニア様……ジルさんにとっての帰る場所なんです。ジルさんは、カズラ様をナルソン様やリーゼ様よりも大切な人だと言いました」

セレットを囲んでいる村人たちの表情が、驚愕に染まる。

「そして、カズラ様はグリセア村を故郷のような場所だと言いました。ジルさんが誰よりも大切に想っている人の故郷を失わせるなんて、ジルさんにまた悲しい思いをさせるなんて、私は許せません。絶対に、この村は守らないといけないんです。どうぞ」

『……』

セレットが送信ボタンを離し、沈黙が流れる。

セレットとしても、これはナルソンに言っていい話だとは思っていない。

しかし、四の五の言っている場合ではないのだ。

ジルコニアに二度と悲しい思いをさせてはならないと、セレットは強く思っていた。

『ジルが、そんなことを言ったのか』

ナルソンがつぶやくように言い、少しの沈黙が流れる。

『……セレット。村の防衛体制はどうなっている？　どうぞ』

「全方位を柵で囲ってあり、大きな空堀がそれを取り囲んでいます。すべての監視塔にはスコーピオンが設置されていて、イステリアに移送前のスコーピオンとクロスボウの部品も多数残っています。兵さえ送っていただければ、十分戦える状態です。どうぞ」

『……そうか』

ナルソンが言い、再び沈黙が流れる。

『言っておくが、反乱軍がどれほどの数で来るのかは分からん状況だ』

ナルソンの絞り出すような声が、無線機から響く。

『戦いとなれば、撃退どころか逆に蹂躙されて全滅する可能性すらある。村を守って死ぬ覚悟が、お前にはあるのか？　どうぞ』

「ジルさんは私の家族です。家族との約束を守れないくらいなら、死んだほうがマシです。どうぞ」

セレットが即座に言い切る。

聞いていた村人たちの何人かが、彼女の言葉に心を打たれて涙を流していた。

『お前の覚悟はよく分かった。砦の騎兵をイステリアに送って守備に回し、イステリアの守備隊をそちらに移動させる。村人は全員、すぐにイステリアに向かわせて、お前たち守備隊は増援部隊と協力してグリセア村を守れ。指揮は増援部隊の隊長に執らせる。グリセア村を死守しろ。どうぞ』

「ありがとうございます。命に代えても、この村を守ってみせます。どうぞ』

『うむ。それと、村にはバイクという道具がいくつかあるはずだ。それらをすべて、イステリアに移動させるように村人に伝えろ。今すぐ乗って行くんだ。乗ったまま、イステリアの我が邸宅まで走って行って構わん。どうぞ』

ナルソンが言うと、村人の何人か駆け出して行った。

セレットには何のことか分からなかったが、村人たちは理解しているようだったので特に質問はしない。

「かしこまりました。増援の到着、お待ちしております。どうぞ」

『明日には到着するだろう。受け入れの準備を整えておけ。通信終わり』

ナルソンとの通信が終わり、セレットは周囲を取り囲んでいる村人たちに目を向けた。

「皆さん、聞いてのとおり、ここはもうすぐ戦場になります。馬車をすべて出しますから、皆さんはイステリアへ向かう準備を――」

「セレット様、私らも一緒に戦わせてください」

老人の１人がセレットの言葉を遮る。

「私はこれでも前回の戦争では徴兵されておりました。速成訓練は受けておりますので」

「俺もだ。若い者には、まだまだ負けんぞ」

何人かの老人が声を上げる。

セレットは困り顔を彼らに向けた。

「いえ、そうはいきません。村は私たち軍人が守りますから、皆さんはイステリアへ避難してください」

「ふむ。ならば、セレット様にはこれと同じ真似ができますかな?」

老人の1人が足元に落ちていたこぶし大の石を1つ拾い上げ、村の畑の方に向き直った。

「むん!」

彼は思い切り振りかぶり、石を投擲《とうてき》した。

石は猛スピードで一直線に飛んでいき、60、70メートルほど先にある木にぶつかって、ガツッ、と鈍い音を立てた。

「……は?」

あまりにも常識離れした光景に、セレットが唖然《あぜん》とした声を漏らす。

自分では斜め上方に投げてもあの距離に届くとは思えないのに、老人が投げた石は一直線に飛んで行ったのだ。

何が起こったのか、意味が分からなかった。

「このとおり、まだまだ現役です。子供らとその親はイステリアに送るとして、私ら老人にはお手伝いをさせてくだされ」

「あれくらいの距離なら、俺も投げられるぞ」

「むむ。距離はいいが、当てるのはちと難しいな。だが、投げ槍なら俺も――」

やいのやいの言い始める老人たち。

「あ、いえ！　皆さんがすごいのは分かりましたが、村は私たち軍人が――」

セレットははっと気を取り戻すと、慌てて老人たちを諫めるのだった。


無線通信を終え、ナルソンはため息をついた。

傍では、携帯用アンテナを持っていた村娘が、しゃくりあげて泣いている。

村を守るために命をかけると言ってくれたセレットに、涙が止まらないのだ。

ナルソンはそんな彼女を一瞥すると、少し離れたところでイステリアと通信している一良《かずら》へと歩み寄った。

一良《かずら》は何やら困惑した様子で、無線機に向かっている。

携帯用アンテナを持ってイステリアへと向けているニィナや、傍にいる村娘たちも困惑顔だ。

「カズラ殿、お話が……どうかなさいましたか？」

「あ、ナルソンさん。それが、コルツ君がしばらく前から姿が見当たらないって、ご両親から今聞かされて」

「コルツ？」

「はい。イステリアにいるグリセア村の子供なんですが、どこにもいないようで。俺たちに迷惑がかかると思って、今までこっちには聞いてこなかったらしいんです。もしかしたら、砦に来てないだろうかって言われて」

「……分かりました。砦内を捜索させましょう。それよりも、お伝えしたいことが――」

ナルソンは先ほどのセレットとのやり取りを、一良《かずら》に話して聞かせるのだった。

「えっ、村を防衛するんですか⁉」

ナルソンからグリセア村を防衛すると説明され、一良《かずら》が驚く。

一良《かずら》の周りにいる村娘たちも、驚いた顔をしている。

「はい。グレゴリアからイステリアまで最短で進むとなると、グリセア村は確実に通過すると思われます。イステリアの守備隊を村に送り、反乱軍に備えます」

「でも、イステリアには防壁もありますし、市民の協力も得られるじゃないですか。相手方の数もよく分からないんですし、村は放棄してイステリアの防御に集中するべきじゃないですか？」

「そうですな。しかし、やはりグリセア村を一時的にでも失うのは危険だと思うのです」

ナルソンがいつものように、冷静に話す。

先ほどのセレットとのやり取りにあった、ジルコニア関連の話は一良《かずら》には話していない。

村の防衛体制を聞いたうえで、やはり村を拠点として反乱軍を迎え撃つのが最善であると判断したと一良《かずら》には説明していた。

「村は各種兵器の製造拠点として機能しています。カズラ殿が神の国へ戻るのにも必要な場所ですし、万が一長期にわたって占領されてしまえば、なにかと不自由を強いられることになるかと」

「それはそうですが……」

一良《かずら》が困惑顔になる。

ナルソンの言い分には一応筋が通っているようにも思えたが、あまりにもリスクが高いように感じられた。

いつものナルソンなら、こんな提案はしないだろう。

「セレットの説明では、村の防衛設備はかなりしっかりしたもののようです。スコーピオンも多数配備されていますし、複数の監視塔と防護柵、それに加えて堀まで備わっています。食料も豊富にあるので、守備戦には適しているかと」

「確かにグリセア村は要塞化《ようさい》されていて守りは堅いと思いますけど、彼らがグリセア村を迂回してイステリアへ向かうっていうのは考えられませんか？」

「その可能性も考えて、砦の騎兵をイステリアの守備に回します。此度の決戦は守備戦なので、騎兵の出番はほとんどないと思われます。騎兵隊を引き抜いても、問題はありません」

「そうですか……分かりました。ナルソンさんが言うなら、間違いないですよね。でも、村の人たちはイステリアに避難させてください。村には老人と小さい子供たちのいる家族しか残っていませんし」

「それは大丈夫です。村人は全員、すぐにイステリアに向かうようにと指示しておきましたので」

「そうでしたか、それはよかった」

一良《かずら》としては村人たちの安全が第一だが、グリセア村を守れるのならそれに越したことはない。

日本から持ち込んだ食料はイステリアにも砦にもたくさんあるので、数カ月は一良《かずら》自身が飢えることはないだろう。

だが、半年や一年といった長期にわたってグリセア村が占領されてしまった場合、異世界の作物からは栄養を得ることができない一良《かずら》は餓死する可能性がある。

新たな資材を補給することができなくなるというのも、ナルソンの言うとおりかなり問題だ。

「しかし、できれば可能な限り戦闘は避けたいですね。仲間同士で殺し合うのは、どう考えてもまずいですし」

「ええ。最悪の事態を想定して準備をしなければなりませんが、最善は反乱軍の兵士たちに真実を伝え、ニーベルから取り戻すことです」

「ですよね……」

一良《かずら》が頷き、考え込む。

現在の状況は、反乱軍に対してこちら側のアドバンテージはかなりある。

反乱軍側は、反乱が起こったことをこちらが把握《はあく》していることを知らないのだ。

その状況を利用し、上手く戦いを回避する方法はないものか。

「ナルソンさん、反乱軍はこちらが反乱に気づいていることを、まだ知らないはずです。戦闘が起こる前に、反乱の首謀者……ニーベルさんたちを何とか捕らえることはできないでしょうか？」

「そうですな……可能であれば、そうしてしまいたいところですが……」

ナルソンが顎に手を当て考え込む。

ニーベルたち反乱軍の首謀者は、グレゴリアから逃げ出した者がこちらに情報を伝える可能性は考えているはずだ。

彼らが味方のふりをしてイステリアやグリセア村に入り込もうとしてくるかもしれないが、どう動いてくるのかは未知数である。

「斥候を出し、反乱軍を発見したら、グリセア村に到着する前に守備隊の者を接触させる方法もあります。こちらは反乱に気づいていないふりをすれば、もしかしたら反乱軍の指揮官に接触できるかもしれません」

「その場で取り押さえるってことですか?」

「取り押さえるか、その場で殺してしまうか、ですな。しかし、相手は一般兵含め、イステール領がバルベールと手を組んでいると考えています。激高した彼らに、送り込んだ者たちは殺されてしまうでしょう」

「むう……となると、その方法はダメですね。首謀者をなんとかできても、それをした人たちが周りの兵士たちに殺されるのは問題外です」

「はい。なので、グリセア村に布陣させた部隊で彼らを足止めし、ルグロ殿下が王都軍とともにグレゴリアへ向かって反乱軍を取り込むのを待つのが最善かと。イステリアに向かってくる反乱軍部隊に、ニーベルがいるとも限りませんので」

「なるほど。グリセア村に送る部隊に、砦の王都軍も加えることはできますか? 軍旗を掲げて軍団長あたりが説得すれば、反乱軍も動揺すると思うんですが」

「そうですな。効果は期待できますので、そういたしましょう」

話がまとまり、一良《かずら》は先ほどまでナルソンが無線を使っていた場所で泣いている村娘に目を向けた。

「あの、彼女、どうして泣いているんです?」

「いえ……グリセア村を守ることになったと聞いて、感極まったようでして」

「そうですか……故郷が襲われて占領されるなんて、耐えられないですもんね」

「……はい。帰る場所がなくなるという思いをさせてはなりません。なんとしても、グリセア村は守らねば」

ナルソンが険しい顔で、絞り出すように言う。

「では、その件も含めてイステリアには伝えますか」

一良《かずら》が無線機の送信ボタンを押す。

先ほどまで、一良《かずら》はコルツの父親のコーネルと話していた。

「お待たせしてすみません。カズラです。どうぞ」

『コーネルです。カズラ様、息子を何とか探し出していただけませんでしょうか？　どうぞ』

「もちろんです。すぐに探してみます。コルツ君は、いつ頃からいなくなってるんですか？　どうぞ」

『カズラ様たちが砦に向かった直後からです。あちこち探しまわったのですが、どこにもいなくて――』

『カズラ様！　どうか息子を見つけてください！　お願いしますっ……うぅっ』

無線機から、涙声の女性の声が響く。

コルツの母親のユマだ。

『ユマ、カズラ様にお任せしておけば大丈夫だ。しっかりしろ』

『でもっ！　私、あの子にもしものことがあったら……』

『大丈夫だ。きっと……あ、カズラ様、すみません。ロズルーと代わりますので。どうぞ』

「分かりました。こちらでも探しますから、コーネルさんたちも引き続き街の中を探してみてください。どうぞ」

『かしこまりました。ほら、ロズルー』

無線機を受け渡す音が響く。

『ロズルーです。カズラ様、おひさしぶりです。どうぞ』

「おひさしぶりです。ロズルーさん、グリセア村から、明日にも村の人たちがそちらに到着すると思います。彼らのこと、お願いできますか？　どうぞ」

『そのことについてなのですが、私たちも村の守備隊に加えていただけないでしょうか。どうぞ』

ロズルーの申し出に、一良《かずら》が顔をしかめる。

おそらくそうくるだろうな、とは思っていたのだが、一良《かずら》としてはそのままイステリアに留まってほしい。

だが、村を守りたいという彼らの気持ちもよく分かる。

「気持ちは分かりますが、私としてはそのままイステリアに留まっていただきたいんです。村は必ず守りますから、分かってもらえませんか？　どうぞ」

『カズラ様、グリセア村は私たちの村です。自分の村の危機に、当の住人だけが逃げ出すなど、どうしてできましょうか。自分たちの手で、故郷を守りたいのです。どうぞ』

「もしかして、そちらにいる人たち、全員村に行きたいって言ってるんですか？　どうぞ」

『はい。カズラ様のお許しがあれば。どうぞ』

ロズルーたちが守備隊に加われば、かなりの戦力になることは明白だ。

だが、もし大規模な戦闘になった場合、彼らが無事で済むという保証はどこにもない。

村人たちの安全を一番に考えている一良《かずら》にとって、それはのめる話ではなかった。

親族を安全な配属先へ、と頼んできたエイラと自分も同じだなと、頭の片隅で自嘲気味に考える。

「……いや、許すわけにはいきません。そのまま、街に留まってください。どうぞ」

『……かしこまりました。ですが、私なら相手方の写真を見せていただければ、そのニーベルという男を遠距離から矢で暗殺することができるかもしれません。やらせていただけませんか、どうぞ』

「いやいや、それをやってしまうとですね、反乱軍の兵士たちに、イステール領が裏切っているという雑言に信ぴょう性を与えてしまうんですよ。反乱軍の兵士たちは騙されているだけなので、なるべく戦わずに説得して内部崩壊させる必要があるんです。どうぞ」

『う……た、確かにそうですね』

ロズルーが申し訳なさそうな声を漏らす。

『では、接近してくる反乱軍の偵察を私にやらせてはいただけないでしょうか。ギリースーツもありますし、相手には絶対に見つからずに逐一情報をお伝えしますので。どうぞ』

「カズラ殿、私としても、ロズルーに偵察を任せたく思います」

ナルソンが横から口を挟む。

「彼の視力と身体能力は驚異的です。隠密任務の手腕は証明されていますし、万一反乱軍に発見されても、彼ならラタよりも速く走って逃げおおせるかと」

「えっ、ラタよりもですか？　さすがにそれは……」

いくらなんでも無理だろう、と一良《かずら》は思うのだが、本人に聞いてみなければ分からない。

それに、ナルソンの言うとおり、偵察任務にはロズルーが適任に思えた。

暗視スコープのような超視力を備えている彼ならば、絶対に安全な場所からの偵察も十分可能だろう。

念のため、高倍率の双眼鏡を持たせれば万全だ。

「ロズルーさん、ラタより速く走ることってできます？　どうぞ」

『ラタよりですか。試したことがないので分かりませんが……ちょっと試してきますね。また後ほど連絡いたします。どうぞ』

「お願いします。あと、街の守備隊長を呼び出してもらえます？　ナルソンさんから直接指示を伝えてもらいますので。どうぞ」

『かしこまりました。少々お待ちください。通信終わり』

一良《かずら》が無線機をナルソンに手渡し、いまだにしゃくりあげて泣いている村娘に歩み寄った。

「マヤさん、大丈夫ですよ。村は絶対に守りますから」

「ひっく……カズラ様ぁ！」

「おわっ⁉ っとと！」

マヤに飛びつくように抱き着かれ、一良《かずら》はたたらを踏みながらも持ちこたえた。

わんわん泣いている彼女を抱き締め、よしよしと頭を撫《な》でる。

「村の人たちは砦に避難させますし、皆安全です。戦争が終わったら、また皆で村でのんびり暮らしましょうね」

「っ……はいっ」

「カズラさん、殿下たちの出発の準備が……」

その時、バレッタが屋上に駆け上がって来て、一良《かずら》とマヤが抱き合っているのを目にして言葉を止めた。

ニィナたちが、バレッタに小走りで駆け寄る。

「あの娘、村を守ってもらえるって聞いて泣いちゃってさ。カズラ様がなだめてくれてるの」

そっと、小声でニィナがバレッタに囁く。

「そ、そうなんだ。村を守ることになったんだね」

「うん、そうみたい」

頷くニィナ。

他の娘たちは、羨《うらや》ましそうな視線をマヤに向けている。

「マヤ、いいなぁ。私も泣いちゃえばよかった」

「カズラ様、私のこともぎゅってしてくれないかな……」

「あんな人が旦那様だったらなぁ……」

心底羨ましそうに言う娘たちに、バレッタがぴくっと反応して目を向ける。

「あっ、そ、それよりも！　コルツ君が何日も前から行方不明なんだって！　砦に来てるかもしれないから、探して欲しいってコーネルさんたちが言ってたよ！」

これはまずい、とニィナが慌ててバレッタに言う。

「えっ、コルツ君が？」

「うん。ほら、あの子、カズラ様の傍にいるんだってずっと言ってたんでしょ？　だから、こっそりこっちに来てるんじゃないかって」

「うん、分かった。殿下たちを見送ったら、私も探してみるよ。皆も、この後すぐに探してみて」

もしかしたらウッドベルかシルベストリアが何か知っているかも、とバレッタは考えながらも、いまだに一良《かずら》に抱き着いているマヤに視線を向けた。

先ほどから、何だかマヤの様子がおかしい。

他の娘たちも、それに気づいて怪訝な目を向けた。

「……なんかあの娘、ニヤついてない？」

「カズラ様の胸にスリスリしてるし……」

「……カズラさん、ルグロ殿下がお待ちですが」

バレッタが静かに声をかけると、一良《かずら》の肩がびくっと震えた。

「あっ、はい！　すぐに行きます！　マヤさん、そろそろ離れてもらえると……」

「カズラ様ぁ……いひひ」

「え、ええと……はは。どうしよ」

「ええい、このアホ！　さっさと離れなさい！」

「あいたっ⁉」

駆け寄ったニィナに頭をしばかれ、マヤはようやく一良《かずら》から離れたのだった。

第2章　あの子はいずこ

宿舎を出た一良《かずら》とバレッタは、ルグロの下へと向かう前に、通り道にある騎兵隊の兵舎へと立ち寄った。

中では兵士たちが、長机でわいわいと語らいながら食事をとっている。

一良《かずら》たちが兵士たちの中にシルベストリアの姿を見つけると、彼女もちょうど一良《かずら》たちに気づき、目が合った。

「シルベストリアさん、ちょっといいですか？」

「もぐっ……は、はい！」

シルベストリアが慌てて口の中のものを飲み込み、一良《かずら》たちに駆け寄った。

何だろう？　という視線を兵士たちに向けられながら、3人は兵舎を出る。

周囲を見渡しながら、人気《ひとけ》のないところまで歩いた。

「お食事中にすみません。いくつか、急ぎでお話ししたいことがあって」

「いえいえ、お気になさらず！　どういったお話でしょうか？」

「実は、イステリアにいるはずのコルツ君が行方不明になっているらしいんです。もしかしたら、砦のどこかにいるんじゃないかって親御さんに言われて」

一良《かずら》が言うと、シルベストリアがぎょっとした顔になった。

「えっ⁉　コルツ君がですか⁉」

「ええ。何か心当たりはありませんか？」

「ええと……」

シルベストリアがウッドベルから聞いたコルツとのやり取りを思い出す。

「ウッドベルっていう志願兵がいるのですが、砦を出立する数日前に、コルツ君が彼に頼んで荷物に紛れ込んで砦に連れて行ってくれって頼んでいたようなんです」

「ウッドベル？　コルツ君に剣術を教えてくれている兵士さんですよね？」

「ご存知でしたか。あ、バレッタが話したことがあるんだっけ？」

シルベストリアがバレッタに目を向ける。

「はい。挨拶《あいさつ》程度ですけど。シルベストリア様も、ウッドベルさんをご存知なんですね」

「うん。コルツ君を交えてちょくちょく話してたんだ。彼、面白い人だよね」

「ですね。すごく人当りがいいというか、ひょうきんというか」

「そうそう。いつも話を盛り上げてくれてさ……って、そうじゃなかった」

話が脱線しかけ、シルベストリアが一良《かずら》に向き直る。

「コルツ君、砦に行きたいって駄々をこねてたんですけど、ウッドベルと私で説得して、イステリアで留守番するって約束させたんです。出立前に家にいることも確認したとウッドベルは言っていたので、砦にはいないと思うのですが」

「む、そうなんですか……でも、コルツ君、イステリアにはいないらしいんですよ。こっそりついてきているかもしれないんで、一応砦の中も探さないと」

「かしこまりました。私の所属部隊に手伝ってもらって、砦中を探させます」

シルベストリアが真剣な表情で答える。

「あ、えっとですね、それもちょっと問題があって」

一良《かずら》が言うと、シルベストリアが小首を傾げた。

一良《かずら》は周囲を見渡して他に人がいないことを改めて確認し、声量を抑えてシルベストリアに話す。

「実は、グレゴルン領で反乱が起きまして。反乱軍がイステリアを制圧するために向かっている可能性があるんです。シルベストリアさんたち騎兵隊は、イステリアの守備に回されることになりました」

「は、反乱⁉」

再びシルベストリアの表情が驚愕に染まる。

「あっ！　しー！　シルベストリアさん、小声でお願いします！」

「も、申し訳ございません！　それで、反乱ということは、グレゴルン領がバルベールに寝返ったということでしょうか？」

「いえ、そうじゃないみたいです。領主のダイアスさんに反感を持っている人たちが市民や兵士たちを扇動して、イステール領がバルベールと手を組んだと触れ回ったようでして」

現在判明している状況を、一良《かずら》が一部始終説明する。

「ダイアス様や重鎮たちは皆殺しですか……反乱軍がイステリアを制圧する目的は何なのか、お聞きしてもよろしいでしょうか？」

「あくまでも可能性の１つですが、反乱の首謀者たちはバルベールと裏でつながっているのかと。イステリアを制圧することで砦に詰めている軍の補給線を断って、バルベール軍が砦を陥落させたら、その状況を利用して無理やり全軍でバルベール側に投降というかたちで寝返るのでは、というのがナルソンさんの見解です」

「なるほど……では、イステリアはなんとしても守らなければなりませんね。騎兵隊はすべて、イステリアの守備に回すということでしょうか？」

「すべてかどうかは聞いていませんが、少なくない人数を送ると思います。シルベストリアさんもイステリアに行ってもらうことになるかと」

「かしこまりまし……あっ⁉　カ、カズラ様！　グリセア村の人たちにこのことを伝えないと！」

シルベストリアがはっとした様子で言う。

「グリセア村はグレゴリアからイステリアの進路上にあります！　以前、グレゴリアから砦への増援として軽騎兵と軽装歩兵の一団がやって来た時があったのですが、その時もグリセア村に立ち寄ったんです！　反乱軍も、きっと村に来ます！」

「えっ、そんなことがあったんですか？」

「はい。その時は物資の補給ということでいろいろ支援を……」

シルベストリアはそこまで話し、何か気づいた様子でバレッタに目を向けた。

バレッタもそれで気づき、「まさか」といった顔になる。

以前、村に立ち寄ったグレゴリアからの部隊について、２人は話したことがあった。

「……カズラ様、反乱軍はグリセア村を確実に制圧するつもりです。急いで住民を避難させてください」

「確実に制圧するつもりというのは？　何か根拠があるんですか？」

「はい。前回やってきた増援部隊ですが、グレゴリアに戻る際、２日ほど村に滞在していったんです」

増援部隊が村に滞在していった際、「世話になったお礼」と称して、過剰とも言えるほどに木材を切り出し、農作業の手伝いをしていったことがあった。

あれは、イステリアにほど近いグリセア村を食料をはじめとした物資の補給地点として下見していた可能性がある。

グリセア村一帯はかなりの食料生産量を誇っており、少数とはいえ守備隊がいるため資材も備蓄されていると反乱軍は考えるだろう。

中継地点として物資を接収し、イステリアに向かう可能性が高いとシルベストリアは考えた。

「やってきた増援も騎兵と歩兵の混成部隊で、食料も村にたどり着いた時には手持ちが切れている状態でした。グレゴリアからイステリアまでの最速での行軍時間を計っていたとも考えられます」

「なるほど……反乱軍は、グリセア村を重要拠点と見ているということですか」

「かもしれません。もしもグリセア村に部隊を置かれたら、村ごと人質に取られるかもしれません」

「……味方のふりをして村に入り込んで、そのまま制圧するつもりかもしれませんね」

「はい。村は要塞化されているので、制圧すれば拠点として機能します。それに、グレイシオール様の伝説が残る地ですので、そこが制圧されたとなれば、全軍に与える士気にも影響が出るはずです」

シルベストリアが深刻な表情で話す。

「私たち騎兵隊もそうですが、イステール領軍内部ではグレイシオール様がイステリアを支援しているという話がかなり広まっています。前回の会戦で現れたウリボウの集団が我々に加勢したのが決定的だったようで」

「分かりました。でも、グリセア村の人たちはイステリアに避難することになっているので大丈夫です。すでに指示も出していますから、安心してください」

一良《かずら》の言葉に、シルベストリアがほっと息をつく。

「よかった……あの、よろしければ、私もグリセア村の守備に回していただけないでしょうか？」

「シルベストリアさんもですか？　どうしてです？」

「あの村は私にとっても大切な場所です。村の子供たちのためにも、あの場所は私が守りたくて」

シルベストリアは村に強い思い入れがあるというのもあるのだが、何よりも一良《かずら》に無理強いして騎兵隊に戻してもらったという負い目があった。

自分が村を離れた途端に起こった有事に、居ても立ってもいられないのだ。

「分かりました。ナルソンさんには俺から伝えておきます。指揮はイステリアから向かう守備隊長が執ることになっているので、現地ではその人の指示に従ってください」

「はい！　ありがとうございます！」

「騎兵隊長にはナルソンさんから指示が行くので、シルベストリアさんは戻って食事を済ませてください。1刻もしないうちに出発することになると思います」

「かしこまりました。もしよろしければ、私は直接グリセア村へ向かってもいいでしょうか？」

「構いませんよ。乗って行くラタとシルベストリアさん用に特別な携行食を渡すので、道中食べてくださいね」

「えっと……いつも朝食代わりに食べるようにと頂いているサクサクのやつと栄養ドリンクですか？」

シルベストリアには、身体能力強化のためにエネルギーバーとリポDを支給している。

そのおかげで、彼女の身体能力は今では大幅に強化されていた。

「ええ、そうです。あ、もしかして、飽《あ》きちゃいました？」

「いえ、いろんな味の種類があって、むしろ毎朝楽しみなくらいです」

「ならよかった。チョコレートっていう甘いお菓子も用意するんで、食べながら行ってくださいね」

「はい！　ありがとうございます！」

甘いお菓子、と聞いてシルベストリアの顔が綻ぶ。

大多数の女性の例に漏れず、彼女も甘味が大好物なのだ。

「では、俺たちはこれで。バレッタさん、ルグロさんのところへ行きましょうか」

「はい」

そうして、その場は解散となったのだった。

一良《かずら》たちと別れたシルベストリアは、自分の兵舎には戻らずウッドベルのいる兵舎へと走った。

中に入り、食事をしている兵士たちのなかにウッドベルを見つけ、小走りで駆け寄る。

「あれ、シアさん。どうしたんです？」

丸パンをかじりながら、ウッドベルがきょとんとした顔でシルベストリアを見る。

「食事中にごめんね。実は、コルツ君が何日も前からイステリアで行方不明になっちゃってるらしいの」

「えっ⁉」

ウッドベルが驚いた顔になる。

周囲の兵士たちも、驚いた顔をしている。

ウッドベルがコルツに剣術を教えていることは周知されており、イステリアにいた時はコルツはマスコット的存在として兵士たちに可愛がられていた。

「悪いんだけど、砦中を探してみてくれないかな。もしかしたら、こっちに来てるかもしれないらしくて」

「マジすか……分かりました、探してみます。シアさんも、騎兵隊の人たちに手伝ってくれるよう頼んでもらえます？」

「あ、それがさ。騎兵隊はこの後すぐにイステリアに行かないといけないことになっちゃって」

「えっ、イステリアに戻るんですか？　何でまた？」

「ちょっと私からは言えなくて……ごめんね」

「機密事項ってやつですね。了解です！」

ウッドベルはにこやかに微笑むと、立ち上がった。

「皆！　そういうわけだから、飯食ったらコルツ探しに付きあってくれないか？」

ウッドベルの呼びかけに、兵士たちが「いいぞー！」とか「任せとけ！」と返事をする。

その様子に、シルベストリアも微笑む。

「ありがと。後でお礼はするから」

「いえいえ、お礼なんて。あ、もしよかったら、今から少し時間貰ってもいいっすか？」

「うん、少しならいいよ」

「んじゃ、行きましょうか」

ウッドベルは隣の席の兵士に片づけを頼むと、シルベストリアと一緒に出口へと向かうのだった。

「で、どこに行くの？」

兵舎を出て歩きながら、シルベストリアがウッドベルに聞く。

「ええとですね、もしコルツがいるとしたらって考えたんですけど、そこって俺だと入れないんですよ」

「えっ、どこのこと？」

「弾薬庫っす」

「えっ⁉」

シルベストリアが驚いた顔になる。

弾薬庫は、カノン砲の砲弾や火薬、手投げ爆弾、ガス弾などが置かれている場所だ。

「この砦、広いっていっても、中には兵士が大勢いるわけですし、何日も見つからないってのは不自然ですよ。隠れているとしたら、そういう普段人が入らないところだと思うんです」

「弾薬庫って……ウッドは見たことあるわけ？」

「見たわけじゃないんですけど、聞いたことはあります。防壁の上にカノン砲ってやつを設置するのを手伝ってた時に、一緒にやってた人から聞いたんです」

ウッドベルは先日、防塁を掘っている時に手首を痛めてしまい、土木作業は無理だと上官にかけあって、防壁上の兵器の設置作業に回してもらっていた。

その際、シルベストリアとも話したのだが、ウッドベルが事情を説明すると、「弛《たる》んでるんじゃない？」と彼女に叱られてしまっていた。

「カノン砲の弾とかを出す時しか出入りしない場所ですし、隠れるには絶好の場所かなと思って」

「出入りは確かにそうだけど……さすがにそこに隠れるってのは……」

弾薬庫は立ち入りが厳しく制限されており、警備はかなり厳重だ。

関係のない者は立ち入ることはできないどころか、付近をうろつくだけで咎められるような場所である。

「いくらなんでも、そんなとこにはいないと思うなぁ。それに、弾薬庫の中までは私でも入れないよ」

「なら、警備の兵士に中を調べてもらうってのはどうです？」

「うーん。まあ、それならなんとかなるかも。行ってみようか」

「お願いします。弾薬庫や武器庫にもいないようなら、食糧庫とかの屋根裏とかですかね」

そうしてしばらく歩き、弾薬庫のある区画へとやってきた。

周囲は柵で覆われており、いたるところに警備兵がいる。

シルベストリアが所属を伝え、２人で柵の中へと入る。

そのまま歩き、一番奥にある弾薬庫へとやってきた。

弾薬庫は倉庫を流用したもので、石造りのしっかりとした造りの建物だ。

窓は付いているのだが、４メートルほども高さがあるうえに窓自体の幅が50センチほどしかない。

大人では通ることができない大きさだ。

「止まれ。所属と名前を名乗れ」

2人がやってくると、扉の前にいた2人の近衛兵のうちの1人に制された。

重装備の、いかにも老練といったたいで立ちの兵士だ。

「第1騎兵隊所属、シルベストリア・スランです。ええと……」

シルベストリアが事情を説明する。

「――というわけなんですが、中を調べてみてもらえませんか？」

「調べなくても、中には誰もいないぞ。出入口は四六時中見張っているし、入り込む余地などない」

「あそこの窓はどうです？　子供なら通れますよ」

ウッドベルが口を挟み、建物側面にある窓を指差す。

窓までの高さは、約3メートル半ほどだ。

近衛兵は窓を見上げ、いぶかしげな顔になった。

「あんなところ、どうやってよじ登るというんだ。無理に決まっているだろう」

「いえ、もしかしたらって思っただけです。念のため、中を調べてもらえません？　お願いします！」

ウッドベルがぱちんと手を合わせ、平身低頭お願いする。

その近衛兵はやれやれとため息をつくと、鍵を開けて1人で弾薬庫に入って行った。

「ね、ねえ。やっぱりここにはいないと思うよ？　警備が厳重すぎるし、誰も入り込めないって」

シルベストリアがウッドベルに小声で話す。

「ですけど、こうやって1つずつ潰していかないとダメだと思うんですよ。闇雲《やみくも》に探すより、隠れられそうな場所を1つずつ当たったほうがいいですって」

「うーん。それはそうなんだけど、場所が場所だからなぁ……」

そうして話していると、数分して近衛兵が出てきた。

「隅々まで、梁の上も見てみたが、誰もいなかったぞ。その子供というのは、本当に砦にいるのか？」

「すみません、それも分からない状況で。カズラ様から、砦中を探すようにってお達しが出てるんです」

シルベストリアが申し訳なさそうに話す。

「ふむ……子供の容姿は？」

「これくらいの背丈で、赤髪の男の子です。何日も前から行方不明になってて……もし見かけたら、すぐにカズラ様に報告してください。もうすぐ、ここにも通達が回ってくると思うので」

「承知した。それと、そっちの男。名前と所属は？」

近衛兵がウッドベルに目を向ける。

「第1軍団重装歩兵第3中隊のウッドベルっす」

「……お前がウッドベルか」

近衛兵が顔をしかめる。

シルベストリアとウッドベルは、彼の表情の意味が分からずきょとんとした。

「お前たちが来たことは上に報告させてもらうぞ」

「あ、はい。了解っす。シアさん、行きましょっか」

「う、うん」

「おい、ウッドベル」

立ち去ろうとしたウッドベルに、近衛兵が声をかける。

「私の娘を泣かせたら、承知せんぞ。浮ついた気持ちで付きあっているようなら、今すぐ別れろ」

「え？　娘って……げっ⁉」

ウッドベルがぎょっとした顔になった。

どうやら、この近衛兵はウッドベルの彼女であるメルフィの父親だったようだ。

「この戦いが終わったら、すぐに身を固めろ。死んで娘を悲しませるような真似をしたら、絶対に許さん」

「は、はは。分かりました」

冷や汗を掻きながら答えるウッドベル。

対して、シルベストリアはニヤニヤ顔になった。

もう1人いる近衛兵も、話を聞きながら興味深げな視線をウッドベルに向けている。

「よかったじゃん。彼女との結婚、認めてくれるってさ」

シルベストリアが肘でウッドベルを小突く。

「そ、そうっすね。それじゃ、お父さん、俺たちはこれで」

「誰がお父さんだ！　次に言ったら殴り飛ばすぞ！　さっさと消えろ！」

「ひっ⁉　すんません！　シアさん、行きましょ！」

「あはは。はいはい」

怒鳴り声ともう1人の近衛兵が噴き出す声を背に受けながら、2人はその場を後にしたのだった。

シルベストリアと別れた一良《かずら》とバレッタは、砦の南門へとやって来た。

南門は開け放たれており、ルグロが近衛兵や村人たちと待っている。

サイドカーには水と食料も括り付けられており、準備万端の様子だ。

「ルグロ、お待たせ。準備は整った？」

「ああ。そっちの話はまとまったか？」

「うん。ただ、グリセア村を守ることになって――」

一良《かずら》が顛末を説明すると、村人たちから「おお」と声が上がった。

皆、嬉しそうだ。

「村なのに要塞化してるのか？」

「うん。バレッタさんが、前からいろいろやっててくれてさ。下手な軍団要塞より守りは堅いと思うよ」

「マジか。バレッタ、お前ってすげえんだな」

ルグロに目を向けられ、バレッタが微笑む。

「ありがとうございます。こんなことになるなんて思っていませんでしたけど、役に立ってよかったです」

「カズラからいろいろ聞いたけど、バレッタってめちゃくちゃ頭いいんだってな？　戻ったら、俺にも勉強教えてくれよ。王都の講師より、話してて楽しいだろうしさ」

「は、はい。私でよければ」

「よろしくな！　じゃあ、俺はちょっくら行ってくるわ。ルティと子供らには、一良《かずら》から話しておいてくれな」

「えっ？　ルグロから言ってないの？」

一良《かずら》が言うと、ルグロは苦笑した。

「ああ。言ったら、付いて行くって絶対に言うからな。今回ばっかりは、さすがに連れて行くわけにもいかねえし」

「そっか……うん、分かったよ」

「悪いな。よろしく頼むよ」

ルグロがバイクに跨り、エンジンをかける。

傍にいた近衛兵が1人、サイドカーに乗った。

近衛兵は、イステール領軍の者だ。

「あれ？　ルグロが運転していくの？」

「おうよ。こんな楽しい乗り物を好き勝手運転できる機会、逃すわけにはいかないからな！」

「そ、そう。あんまりスピード出しすぎないようにね？　転んだりしたら大変だからさ」

「大丈夫だって。心配すんな」

ルグロがにっと笑顔を一良《かずら》に向ける。

「あ、そうだ。反乱軍の進路上って、グリセア村以外にも村とか街はあるだろ？　そこへの連絡はどうなってんだ？」

「大丈夫だよ。イステリアの守備隊に、付近の村落にも連絡してイステリアに向かうようにって俺が言っておいたから。もう伝えに向かってると思う」

「ならいいんだ。戦争でいつも一番傷つくのは民だからな。しっかり守ってやらねえと。じゃあ、またな！」

ルグロはそう言うと、周囲でバイクに跨る村人や近衛兵たちに目を向けた。

「いよっしゃ！　行くぞ野郎ども！　しっかりついて来いよ！」

ルグロがアクセルを捻り、勢いよく走り出して行く。

「うわっ⁉　で、殿下！　安全運転！　安全運転でお願いします！」

「まかせとけって！　はっはー！」

「うひぃぃぃ⁉」

楽し気なルグロの声と近衛兵の悲鳴混じりの声とともに、バイクの集団が走り去って行く。

「あはは……ルグロ殿下、奔放ですけどいい人ですよね。あの人が次の国王陛下で、私、嬉しいです」

去っていくバイクの集団を見送りながら、バレッタが言う。

「そうですね。皆のことをちゃんと考えてくれてるし、弱者切り捨てみたいな考えはしない人ですし」

「はい。ただ、統治者としてはちょっと向いていないのかも……さっき言ったことと矛盾しちゃいますけど」

バレッタの台詞《せりふ》に、一良《かずら》が苦笑する。

「はは。バレッタさんも、リーゼみたいなことを言うんですね」

「ナルソン様やエルミア陛下を見ていると、そんな気がしてしまって。ルグロ殿下、王位に就いたら大変だろうなって」

「まあ、確かに。サポート役は必要ですよね。ナルソンさんみたいな、しっかりした人が」

「……カズラさんはこの戦争が終わったら、グリセア村に一緒に戻ってくれるんですよね？王都へ行ったりはしませんよね？」

バレッタが不安そうな目で、一良《かずら》を見る。

そんな彼女の頭に、一良《かずら》はぽんと手を置いた。

「そんな顔しなくても大丈夫ですよ。戦争が終わってすぐっていうのは難しいと思いますけど、村には戻るつもりですから」

そう微笑む一良《かずら》に、バレッタはほっとした顔になる。

「それより、さっきルグロが勉強を教えてくれって言ってたの、バレッタさんに王都に来いってことなんじゃないですか？」

「えっ!?　そうなんですか!?」

「講師がどうのって言ってましたし、そう思えるなって」

「た、確かに……うう、後でお断りしないと」

２人がそんな話をしていると、背後からニィナが駆けてきた。

「カズラ様、ロズルーさんから連絡が来ました。今、ナルソン様が話してます」

「おっ、早かったですね。何て言ってました？」

「えっと、『全速力のラタよりも、私のほうが少し速かった』って言ってましたよ」

「うへ、マジか。ロズルーさん、とんでもないな」

どうやら、ロズルーはラタ（未強化）よりも速いらしい。

身体能力強化済みとはいえ、彼は明らかに他の者よりもいろいろな面で能力が突出しているようだ。

「す、すごいですね。私、バルベール軍の騎兵に追いかけられたことがあるんですけど、全然引き離せなかったですよ」

「えっ、そんなことがあったんですか？」

「はい。ジルコニア様を救出しに行った時に。必死で走ったんですけど、あっという間に距離が詰まっちゃって」

当時の出来事を思い出し、バレッタが表情を曇らせる。

バレッタはあの時ほど、死を間近に感じたことはなかった。

「そうだったんですか……あ、ニィナさん。他の皆は、コルツ君を探し始めてくれてますか？」

「はい。兵士さんたちにも、連絡して回ってます」

「よし、俺たちも探しましょう」

そうして、一良《かずら》たちはコルツ探しへと向かうのだった。


一方その頃。

グレゴリアの街からイステリアに向けて十数キロ進んだ地点を、反乱軍の一団が進んでいた。

規模は3万人ほどもいる大軍勢で、8割以上は若い一般市民だ。

装備はあり合わせのものばかりで、剣どころか木の棒しか持っていない者も多数いる。

ダイアスたち首脳陣の公開処刑の熱に浮かされたまま、ニーベルの呼びかけに応じてついてきた。

そのほぼすべてが、日々の生活にも困窮する貧民層だ。

「ニーベル様、予想よりもずいぶんと人数が集まりましたね」

反乱軍の先頭を進む馬車内で、中年男が隣に座るニーベルに話しかける。

彼は軍で中隊長をしていた男だが、何年も前からニーベルの手駒として、軍部内の情報をニーベルに流し続けていた。

グリセア村に援軍を率いて下見に行っていたのも彼である。

「うむ。人数が多いに越したことはないからな。本当ならば、もっと数が欲しいところだったが……」

顔をしかめて言うニーベルに、中年男が驚いた顔になる。

「これでも足りないのですか？　あまり多いと、統制が利かずに混乱のもととなるかと思うのですが」

「確かにそれはある。だがな、モルス。今回の目的を考えてみろ。必要なのは、怒れる大勢の一般市民だろう」

モルスと呼ばれた男に、ニーベルが不敵な笑みを浮かべる。

「重要なのは『熱』なのだ。行く先々の領内の村や街の連中を、この熱で巻き込むのだよ」

「ふむ。このまま、さらに市民の数を増やすので？」

「そうだ。数に任せた暴徒の勢いというのは、すさまじいものがあるぞ」

自信ありげにニーベルが話す。

ニーベルは以前より、ダイアスの課した重税と圧政に耐えかねて蜂起した村落の鎮圧を何度か目にしたことがあった。

ダイアスの軍の圧倒的武力の前に、蜂起した者たちはなすすべもなく鎮圧されてしまったのだが、彼らの怒りのエネルギーに、ニーベルは驚かされた。

怒りが恐怖に打ち勝った状態の人間というものは、手負いの獣以上に危険な存在だと感じていた。

「鬱積した怒りの爆発力というのはすさまじいぞ。勢いに乗っているうちは、作物を食い荒らす害虫のように止まることを知らんからな」

「しかし、そう上手くいくでしょうか？」

「いくさ。イステリアさえ手に入れてしまえば、後はどうにでもなる。あちこちの村落に連れてきた市民どもを向かわせて、イステール領内を大混乱に陥《おとしい》れるのだよ」

ニーベルの反乱計画の主目的は、イステール領内を暴徒たちによって荒らして回らせ、徹底的に混乱させるというものだ。

砦に籠る軍勢は、後方からの食料や物資の支援なしでは戦えない。

反乱軍によって領内が大混乱となれば、王都やフライス領が状況を把握し、それを治めるまでに何カ月もの期間を要するだろう。

ついてくる市民たちを統制する必要性など、ニーベルはまったく考えていなかった。

今までダイアスによって虐げられてきた市民たちは、謀反を起こしたイステール領を平定するという大義名分のもと、欲望のままに暴れまわるに違いない。

「砦の軍勢は、バルベール軍と孤立無援の状態で戦わなければならん。バルベール軍にも使者は送っているから、状況を知れば砦に猛攻をかけるだろう。援軍も補給もない砦など、あっという間に陥落するぞ」

「なるほど。それに合わせてグレゴルン領にもバルベール軍が侵入してくれば、戦争は終わったようなものですな」

「そうとも！　これでイステリアにリーゼがいれば……くくく」

「リーゼ？　イステリアの令嬢ですか？」

「ああ。イステリアの街に入ったら、真っ先にリーゼを探せ。捕らえて私の前に連れてこい。ただし、傷一つ付けてはならんぞ」

「かしこまりました。しかし、イステリアにいるでしょうか？」

「小娘が戦場になど行くものか。街に残っているに決まっているだろう」

ニーベルの顔が、憎しみに歪む。

以前、リーゼに短剣を突き付けられた、喉を擦《さす》った。

「私を侮辱したからには、ただでは済まさん。気が狂うほどに、その体に思い知らせてやるわ」


同時刻。

アルカディアの砦へと向けて進軍中の元老院軍団の先頭で、執政官の1人ヴォラス・クロヴァックスは浮かない表情でラタに跨っていた。

間もなく物資の補給地点となるムディアの街に到着するのだが、先行させた騎兵たちから、思いもよらぬ内容を携えた者が立て続けに戻ってきたのだ。

「アロンドのやつ、いったいどこへ消えてしまったのだ……まさか――」

「まさかもなにも、裏切ったのでしょう」

暗い表情で言いかけるヴォラスに、もう1人の執政官であるエイヴァーが言う。

先日、ヴォラスは元老院議員のベリルから「アロンドは部隊の受け入れ準備を整えるためにムディアの街へ向かった」と聞かされていた。

しかし、騎兵たちからの報告によると、アロンドはムディアの街には来ていないとのことだった。

誰もアロンドの行方を知る者がおらず、大慌てであちこちに捜索の兵を出している。

「そもそも、これから戦争をしようという敵国の者を重用すること自体が間違っていたのですよ。今頃、あの男はアルカディアで我らの軍の編成や数など、事細かに話しているでしょう」

「そうは言うが、アロンドはアルカディアが発明したという数々の道具の設計図を携えてきたのだぞ」

ヴォラスが不快そうな表情でエイヴァーを見る。

「そのうえ、かねてからの問題だった元老院の派閥の対立も解消させたうえに、製粉機を大量に作らせて製粉所を設置し、使用料の徴収で食料生産量と税収まで跳ね上がったではないか。それだけじゃない。建設事業の抜本的な改革までたった半年足らずでやってみせた。そうまでして我が国に尽くした人間が、これから滅ぶこと必至なアルカディアに戻ったというのか？」

「それは……」

エイヴァーが顔をしかめて考え込む。

ヴォラスの言うとおり、確かにアロンドのバルベールに対する貢献はただならぬものがあった。

ひっ迫していた財政を立て直し、建設業の見直しによる雇用の促進と木材流通コストの低減など、その功績を上げればきりがない。

そこまでした人間が今さら再度裏切るような真似をするだろうか。

元老院の信用を得て情報を盗み取ることが目的だとしても、そのために自国の発明品を漏洩させ、積極的に内政に口出しをしてまで敵の国力を底上げするのは考えにくい。

こちらの軍勢の数や編成、食料備蓄量といった情報を得るためにそれらをしたと考えるには、どうにも割に合わないように思えた。

「ムディアへの移動途中で、あいつを快く思わない者に襲われたのではないだろうか。それくらいしか、アロンドが姿を消した理由が考えられん」

「アロンドの出世ぶりを僻んだものが彼を襲った、ということですか？」

「うむ。全員が全員、あいつを快く思っているわけではないだろうからな」

ヴォラスの口ぶりに、エイヴァーが困惑した表情になる。

どうやら、ヴォラスはアロンドのことを心底信用しきっている様子だ。

確かに、今までアロンドは何一つ怪しい動きを見せたことはなく、むしろ身を粉にしてヴォラスやバルベールの内政事情のために走り回っている印象だった。

アロンドがやって来た当初は『祖国を裏切った不届き者』と彼を面と向かって馬鹿にする議員もいたのだが、アロンドは一切それにかまう様子もなく、数日後にはその罵倒した相手とも仲良く談笑している姿が見られ、しばらくすると誰も彼を悪く言う者はいなくなっていた。

アロンドがやって来てから数カ月の間、エイヴァーは彼に密かに複数の監視を付けていたのだが、「何の問題もない」という報告しか上がってきていない。

まったくもって非の打ち所がない有能な文官、という印象をエイヴァーも持っていた。

「私には、あやつが今さら我らを裏切ってアルカディアに付くとは思えん。第一、そんなことをしても、アロンドには何の旨味もないではないか」

「それは……」

エイヴァーが口ごもる。

ヴォラスの言うとおり、今さらアロンドがバルベールから寝返るとは考えにくい。

アルカディアに侵入させている間者《かんじゃ》からは、彼の父親は複数の側近たちともども、野盗《やとう》によって殺されたらしい、との報告が上がって来ていた。

アロンドの父親であるノールはもともとバルベールに寝返る話が持ち上がっていたので、それが露呈してしまい暗殺されたのだろう、というのが元老院の見解だ。

アロンドは暗殺を免れて、少数の側近たちを連れてバルベールに逃亡してきたのだろう。

父親が暗殺されたことについて、ヴォラスがアロンドに知っているか聞いたらしいのだが、アロンドは沈痛な表情で「そうでしたか」と答えるに留まったとのことだ。

「無事でいてくれればいいのだが……あれほど有能な文官は、そうそう見つかるものではないぞ」

心配そうな表情でヴォラスが言う。

「それに、今アロンドがいてくれれば、グレゴルン領の件についても相談できたのだがな」

「ああ。筆跡の件ですか」

「うむ」

つい先日、アルカディアのグレゴルン領からやって来た使者が書状を持参したとのことで、それがヴォラスの下に届いたのだ。

内容は「予定通り、戦いが始まると同時にグレゴルン領はバルベールに寝返るから、バルベール海軍はグレゴルン領海軍への攻撃は避け、王都軍とフライス領軍の船団のみを攻撃してほしい。また、海岸線にある砦はイステール領との国境にある砦が陥落したのちに明け渡すから、それまでは攻撃はしないように」といったものだった。

「上手く筆跡を似せてはあるが、あれを書いたのはダイアス・グレゴルンではないと筆跡鑑定士が言っている。大切な書状を突然別人に書かせるとは、何かあったのかもしれんな」

「まったく……砦の奇襲の件といい、何をとっても上手くいきませんな」

やれやれとエイヴァーがため息をつく。

「これでは、グレゴルン領方面はうかつに手を出せません。ダイアス本人と会うまでは、様子を見たほうがいいのでは？」

「くそ、あっちもこっちも……はあ」

心底疲れた様子でため息をつくヴォラス。

ダイアスと元老院は何年も前から連絡を取り合っており、会戦時期が大幅に早まったとはいえ、彼の領地を離反させればアルカディアは簡単に窮地に陥《おちい》るはずだった。

それがここにきて、逆にこちらが頭を痛めることになるとは。

「連中の離反がバレてしまったという確証があれば問答無用で攻め込むんだが……ううむ、どうしたものか」

「様子見でしょう。もし離反工作が上手くいっていたなら、もったいないでは済みませんよ」

「ああもう。どうして、どいつもこいつも思うように動いてくれんのだ？　胃が痛くてかなわん……」

ヴォラスがキリキリと痛む腹部を押さえる。

ここ最近、ずっとこんな調子だ。

それもこれも元を正せば、すべてカイレンの責任だと内心腸《はらわた》が煮えくり返っていた。

彼が勝手に砦を奇襲してすべての計算を狂わせなければ、これほどまでにあれこれ苦労する必要などなかったのだ。

「どちらにせよ、この大軍団で攻めるのですから、国境沿いの砦の陥落は時間の問題でしょう。グレゴルン領のことはその後でも……ヴォラス殿、大丈夫ですか？　胃薬を飲んだほうがよいのでは」

「いてて……そうしたほうがよさそうだな……」

ヴォラスが近場にいた兵士に、薬を取って来るように言いつける。

エイヴァーはそんな彼を、憐れみを含んだ目で見るのだった。


次の日の午後。

前日に砦を出立したシルベストリアは、一昼夜ラタを走らせてグリセア村へと到着した。

跳ね橋を渡り、村の中に入ると、セレットをはじめとした守備隊の兵士たちが集まってきた。

村の外に置かれていた守備隊の天幕はすべて撤収されており、村の広場に移転されている。

「皆、ひさしぶり！」

シルベストリアがラタから飛び降り、皆に笑顔を向ける。

「シルベストリア様、お待ちしておりました。早かったですね」

セレットがにこっと微笑む。

「うん。昨日からほとんど休まないで、ラタを走らせて来たからね」

「えっ！　たった1日で、砦からここまで来たんですか？」

「そそ。あ、他の皆は作業に戻ってね。私はセレットと少し話してくるから」

シルベストリアが兵士たちに指示を出し、ラタを連れて2人でその場を離れる。

「グレイシオール様の食べ物のおかげですか？」

「そそ。この食べ物があれば、いくらでも動き続けられるね。ラタ用の餌《えさ》も貰ったから、こいつも元気いっぱいだよ」

シルベストリアがラタを撫でる。

ラタはとても元気そうだが、目をシパシパとせわしなく瞬《まばた》きさせていた。

ずいぶんと眠そうだ。

「セレットも食べてみる？　すっごく美味《おい》しいよ」

シルベストリアがラタに括り付けたズダ袋からエネルギーバーを取り出し、セレットに手渡す。

セレットはそれを受け取り、まじまじと見つめた。

「ありがとうございます。すごく綺麗《きれい》な包装ですね……缶詰といい、こんなものが存在するなんて、本当に驚きました」

セレットや守備隊兵士たちには村に備蓄している食料を食べるようにと指示が出ている。

グレイシオールがアルカディアに支援しているという話も、ナルソンの指示で皆に伝えられていた。

　ただし、食べ物の効能についてはセレットにのみ伝えられている。

「グレイシオール様が降臨したという噂《うわさ》は、本当だったのですね」

「うん。アルカディアのために、いろいろ支援してくれてるよ。食べ物とか兵器とか」

「スコーピオンやクロスボウといった兵器もそうなのですか？」

「そうだよ。だから、この国は絶対に大丈夫！　なんていったって、神様が味方についてるんだから！」

「ですね。シルベストリア様は、グレイシオール様にお会いしたことがあるのですか？」

「ん？　えっと……私もナルソン様から話を聞いただけなの」

　シルベストリアが答えると、セレットは納得した様子で頷いた。

「そうなのですね……もしお会いできる機会があるのなら、直接お礼を言いたくて。私たちのために、これほどまでに支援をしていただけるなんて、いくら感謝しても足りないくらいです」

「そうだね。まあ、その気持ちが大切だよ。神様なんだし、きっと伝わってるって」

「はい。お会いできるのは、ナルソン様のような立場のかただけなのでしょうね。村の人たちも、お会いしたことはないそうですし」

「うん。誰の前にでも姿を現すってわけじゃないんだろうね。神様って、きっとそういうものなんだよ」

シルベストリアがそう言った時、村の入口から数人の男たちが入ってきた。

ロズルーと、イステリアにいたグリセア村の若者が５人だ。

ロズルーは大きなズダ袋を３つも肩に下げていて、若者も３人はそれぞれ１つずつズダ袋を手にしている。

残りの若者は手ぶらだ。

「はあっ、はあっ……や、やっと着いた」

「し、死ぬ……もう無理だ……」

若者たちがその場にへたり込み、ぜいぜいと息を荒らげる。

ロズルーはそれを見て、困ったように頭を掻いた。

「おいおい……こんなので音を上げるなんて、いくらなんでも貧弱すぎるだろ」

「ええ……ロズルーさんがおかしいんですよ。全速力で何刻も走りっぱなしなんて、無茶に決まってるじゃないですか」

「そうですよ。休憩だって、たった2回しか取らせてくれなかったし」

「だ、誰か水をくれ。俺の水筒、もう1滴も残ってないんだ」

バテバテな若者たちに比べて、ロズルーは元気そのものだ。

少し乱れていた呼吸もすでに整っており、呆れ顔で若者たちを見ている。

「あの程度、全速力のうちにも入らないぞ。普段から弛んだ生活をしてるから、そんなひ弱になるんだよ」

「いやいや、弛んでなんていないですって！　毎日、兵士さんたちと訓練してましたし！」

「筋トレだって、ちゃんとやってましたよ。ロズルーさんが異常なんですよ」

「そんなことないって。バレッタさんだって、イステリアから村までなら1回も休まずに走り切れるぞ。お前らがひ弱すぎるんだよ」

「そ、そんなバカな」

「バレッタちゃん、俺らより体力あるのかよ……」

若者たちが愕然《がくぜん》とした顔になる。

「お前らとは気合が違うんだよ。バレッタさん、毎日家事を全部こなしながら、手が血だらけになるくらいに剣とか槍の練習をして、走り込みとか腕立ての筋トレまでサボらずにやってたんだぞ。そのうえ、夜中までずっと勉強もしてたみたいだし」

「「ええ……」」

ロズルーは若者たちの様子に苦笑すると、シルベストリアへと歩み寄った。

「シルベストリア様、おひさしぶりです」

「ひさしぶり。カズラ様から聞いたけど、ロズルーさん、偵察に出てくれるんだよね？」

「はい。反乱軍を見つけたら、すぐに無線で報告しますので」

「うん、お願い。それで、そっちの人たちは？」

シルベストリアが、地面にへたり込んでいる若者たちに目を向ける。

「弟子にしてくれって言うので、連れてきたんですよ」

「弟子？　一緒に偵察に連れて行くってこと？」

「はい。また今回みたいなことがあると、私だけでは手が足りなくなると思うので、カズラ様に許可をいただいて連れてきました」

「そっか。でも、なんかバテバテだね。大丈夫かな？」

シルベストリアが若者たちに心配そうな目を向ける。

皆、いまだにぜいぜいと息を荒らげている。

「私も、まさかあいつらがここまで貧弱だとは思ってなくて……鍛え直してやらないといけないですね」

「あはは。そうだね。みっちり、しごいてやってよ」

「はい、もちろんです」

ロズルーが若者たちに顔を向ける。

「ほら、いつまでへたり込んでるんだよ。さっさと飯食って、偵察に行くぞ。数日は戻ってこれないからな」

「えっ!?　飯食ってすぐですか!?」

「そりゃそうだろ。反乱軍がいつくるかも分からないんだから、もたもたしてられないよ」

ロズルーがズダ袋を開き、ギリースーツを出す。

青々とした草を模したものと、少し枯草が混ざっているようなものの2種類だ。

イステリアにも、同じものがまだ数着残っている。

「食事を済ませたら、こっちの青草のほうを着ろ。一応、枯草混じりのほうも持っていくから、ズダ袋に詰めておくんだぞ」

見るからに暑苦しそうなギリースーツを見て、若者たちが心底嫌そうな顔をする。

「何だよ、その顔は……えっと、あなたがセレット様ですよね？」

「はい。初めまして。よろしくお願いします」

セレットがロズルーに笑顔を向ける。

「よろしくお願いいたします。早速ですが、食事の用意はできていますか？」

「はい。そこの家のかたに用意してもらっています。持っていく食料もその家に置いてありますよ。缶詰と水だけでいいんですよね？」

「ええ、それで十分です。では、失礼します」

ロズルーは若者たちを無理やり立たせ、家へと歩いて行った。

「さてと、私たちも準備しないとだ」

シルベストリアがセレットに向き直る。

「イステリアからの増援は、すぐに来るんだよね？」

「はい。今日中に到着すると聞いています」

「今日中か。なら、たぶん夜かな。村を囲ってる空堀を水で満たすから、何人か集めて。水路から直接引き込むように」

「かしこまりました」

「あと、これを大量に作るように兵士たちに指示を出しておいて」

シルベストリアが荷物から小さな板切れを取り出した。

板には細い釘がいくつも打ち込まれており、先端が長く飛び出している。

「これは？」

「釘罠。これを村の周囲にばら撒いて、砂を被せておくの」

「なるほど。踏みつけたら、分厚いブーツでも貫通《かんつう》しそうですね」

「うん。バルベール軍が使ってきたらしいんだけど、かなり厄介な代物みたい。作るのも簡単だから、反乱軍が来るまでに作れるだけ作って埋めまくるよ。イステリアからの援軍にも、釘を持ってくるように伝えてあるから」

「これを踏んで動きが鈍っているところに、クロスボウとスコーピオンで矢を浴びせるわけですね」

「最悪、そうなるね。できれば味方となんて戦いたくないけど、いざとなったらやらなきゃいけないから……これで、思いとどまってくれればいいんだけど」

そう言って、シルベストリアが袋から白い物体を取り出した。

「それは？」

「『拡声器』っていうんだって。ええと、このボタンを押して……」

シルベストリアが拡声器の電源ボタンを押す。

ごそごそと手元をいじる大きな音が、拡声器から漏れ出した。

「わわっ⁉　なんですか⁉」

「声を大きくしてくれる道具なんだってさ。もし反乱軍が来たら、これで呼びかけて静止するようにって言われたの。グレイシオール様のことも話して、説得するようにって」

シルベストリアが「あー、あー」と拡声器に向かって言う。

増幅された声が村中に広がり、なんだなんだと家々から村人たちが出てきた。

シルベストリアの姿に気づいた子供たちが、わっと駆け寄ってくる。

「それじゃ、守備隊の皆に作業指示出しておいて」

「か、かしこまりました」

「よろしくね！　みんなー！　ひさしぶりー！」

シルベストリアは拡声器を手にしたまま、子供たちへと駆け寄って行った。

その日の夜。

グレゴルン領を大きく迂回してバイクを走らせたルグロたちは、焚火《たきび》を囲んで野営をしていた。

すでに王家の領地に入っており、グレゴルン領へと向かう王都軍を捕捉できてもいい頃合いだ。

「かーっ、美味《うま》い！　この缶詰も最高だな！」

ルグロが串焼きにしたランチョンミートにかぶりつき、頬《ほほ》を緩める。

ランチョンミートとは、ソーセージの材料のことだ。

今食べているランチョンミートは、四角い缶に入れられたアメリカ産の缶詰だ。

少々脂っこくて塩気が強いが、長時間の運転で大汗を掻いたルグロにはちょうどいい味だった。

「ですね……このようなものが、何年も腐らずに保存できるとは」

ルグロの隣で肉を頬張《ほおば》る近衛兵が、その美味しさに唸る。

軍の携行食として持たされる干し肉とは、味も満足度も雲泥の差だ。

「こっちのコーンっていう豆も美味えぞ！　ほら、お前も食ってみろ！」

ルグロがコーンの缶詰を一口頬張り、スプーンごと近衛兵に渡す。

スプーンの使いまわしなど、ルグロは気にしない派だ。

「ありがとうございます。……むむ！　これも美味しいですね！」

「だろ？　汁気があってさっぱりしてるし、ほのかに甘いし。昨日食ったラザニアっていう缶詰も美味かったし、どれ食っても美味いよな！」

ルグロが出立するにあたって、バレッタは食事に飽きがこないようにと、毎食違うものを食べられるように種類分けして荷物に詰めた。

桃缶、みかん缶、パエリヤ、シチュー、赤飯などバリエーション豊富なラインナップで、数日分、全食種類が被らないようになっている。

おかげで、食事のたびに一同はウキウキ状態だった。

ルグロたちにも食べ物の名称が分かるようにと、各種の缶詰の内容と食品名がこちらの世界の文字で書かれたメモ紙も添えられていた。

「まさかこんな野営で、これほど美味いものが食えるとは思わなかったな。この肉、マジで大当たりだわ」

「ですねぇ。でも、少し塩辛すぎる気が……」

「そうかぁ？　俺はちょうどいいと思うけど」

皆でわいわいと食事をしていると、暗視スコープを手にした若者が偵察から戻ってきた。

彼は、イステリアからついてきたグリセア村の住民だ。

「殿下。かなり遠くにですが、野営の灯りを発見しました」

「おっ、見つけたか。王都の軍勢だよな？」

「かなり大規模だったので、そうだと思います」

「おし。飯食ったらそいつらと合流するぞ。ほら、お前もこっち来て食えよ。この肉、すげえ美味いぞ！」

「ありがとうございます！」

早急に王都軍と合流すべく、ルグロたちは大急ぎで食事を済ませるのだった。


「ん？　何だあの音は？」

徐々に接近してくる聞いたことのない騒音に、歩哨が気づいた。

闇夜のなか、複数のまばゆい明かりが、かなりの速度で接近している。

彼と一緒に見張りに立っている兵士は、慌てて野営地に向けて松明を大きく振りかざした。

一拍置いて、敵襲を知らせる鐘《かね》の音が野営地全体に鳴り響く。

「敵襲だ！　戦闘態勢！」

「そ、そんなバカな⁉　まだ王家の領内だぞ⁉」

歩哨たちが慌てふためいていると、あっという間に接近したバイクの集団が彼らのすぐ前にまでやって来た。

サイドカーに乗る近衛兵が掲げるアルカディア王家の旗が月明かりに照らされ、歩哨たちが目を丸くする。

「待て待て！　味方だって！」

ルグロがバイクに跨ったまま、歩哨たちに両手を大きく振る。

「ルグロ様⁉」

「どうしてここに⁉　それに、その乗り物は⁉」

ルグロの姿に、歩哨たちが驚く。

「ああ、これはバイクっていって……って、そんな話をしてる場合じゃねえんだ。俺らを軍団長のところに案内しろ」

「か、かしこまりましたっ！」

「よし。お前ら、このままバイクで行くぞ。ついて来い」

歩哨に先導され、ルグロたちのバイクがゆっくりと野営地へと進む。

野営地からは武器を手にした大勢の兵士たちが大慌てで駆け付けたが、歩哨たちがルグロが来たことを伝えて道を空けさせた。

今まで見たことのない奇怪な乗り物に、兵士たちは皆が驚愕の眼差しを向ける。

「いったい何事だ⁉　っ⁉　で、殿下⁉」

兵士たちが空けた道の向こうから、王都軍の軍団長たちが走ってきた。

彼らも兵士たちと同様に、ルグロたちの姿を見て目を丸くする。

「おう、殿下だぞ。ちょいとばかし急ぎの用があって、丸一日これに乗って走って来たんだ」

ルグロがバイクのハンドルを叩く。

「あの……この乗り物はもしや？」

軍団長が、含んだ言いかたでルグロに問いかける。

彼と副官は地獄の動画を視聴済みで、一良《かずら》のことも知っている。

「ああ。グレイシオール様から借りてきたものだ」

ルグロが言うと、周囲を囲んでいる兵士たちからどよめきが上がった。

口々に、「噂は本当だったのか！」とか「オルマシオール様が現れたっていう話も、やはり――」などと話している。

それはあっという間に、野営地中に広がっていった。

ルグロは彼らの様子を横目で見ながら、再び口を開いた。

「緊急ってことでな。グレイシオール様が俺らを助けてくれてるってことも、公にして構わないって言ってくれたんだよ」

「そ、そうでしたか……それで、その緊急の用件とは？」

「グレゴリアで反乱が起こったんだよ。そんで――」

「は、反乱⁉」

「ダイアス様が謀反を起こしたのですか⁉」

軍団長と副官が驚愕し、ルグロに詰め寄る。

兵士たちからも、再びどよめきが起こった。

広がる喧噪に、ルグロが顔を歪める。

「お前ら、うるせえぞ！　説明するから黙って聞けや‼」

ルグロの一喝で、軍団長以下の兵士たちが一斉に口をつぐむ。

ルグロはやれやれとため息をつくと、彼らにグレゴリアでの出来事を一部始終説明して聞かせるのだった。


「なんと……ダイアス様以下、重鎮は皆殺しですか……」

ルグロの説明を聞き、軍団長が沈痛な顔になる。

「ああ。つっても、グレゴルン領が丸ごとバルベールに寝返ったってわけじゃなさそうだ」

「承知しました。イステール領がバルベール軍と手を結んだと思い込んでいる民や兵士たちを我らで説得し、誤解を解くのですね？」

「そうだ。ナルソンさんの見立てだと、反乱軍の連中はイステリアを占領しようと進軍するだろうって話なんだよ。お前らまで反乱軍の連中に丸め込まれたら大変だからって、大急ぎで来たんだ」

「なるほど。では、急いでグレゴリアへ向かわなければ」

「だな。海岸線の砦に詰めてる軍勢と沖合に展開してる軍船団も、反乱軍に丸め込まれてるかもしれねえ。そっちの説得も必要だ」

「かしこまりました。もし反乱軍がイステリアへ向かっているのなら、イステール領の村や街が略奪に遭《あ》うと思われます。そちらの対応はどうなっていますか？」

「もう伝令が向かってるよ。大急ぎでイステリアに退避するように伝えることになってる」

ルグロはそう言うと、周囲の兵士たちに目を向けた。

野営地中の兵士たちが集まってきているようで、周囲は大混雑状態だ。

「ええと……こんなにいるんじゃ、よく聞こえねえか。おい、拡声器をくれ」

「はっ！」

近衛兵が荷物から拡声器を取り出し、ルグロに手渡す。

初めて見る形状の道具に、軍団長たちが「何だろう？」といった顔になった。

ルグロが拡声器の電源ボタンを押す。

「お前ら、聞け！」

拡声器で増幅されたルグロの声が、野営地中に響き渡る。

軍団長や兵士たちが、ぎょっとした顔になった。

「俺は今、グレイシオール様から借り受けた道具を使って、お前らに話しかけている！　今まではぐらかしてたけど、グレイシオール様は本当にアルカディアに降臨したんだ！　俺も、ここにいる軍団長も、実際に会ったことがある!」

兵士たちは突然の大音声にざわついたが、みるみるうちにその表情が歓喜に染まっていった。今までひそかに広まっていた、「イステリアにグレイシオールが現れた」ということが真実だと分かり、神が味方についたと確信できたからだ。

「俺らの目的は反乱軍の討伐《とうばつ》じゃなくて、ニーベルっていうアホに騙されてるグレゴルン領の連中を説得して正気に戻すことだ!」

ルグロがあらん限りの声を振り絞り、兵士たちに語りかける。

「俺が直接説得してみるが、もし上手くいかなかったら仲間同士で殺し合いになるかもしれねえ! そのことをしっかり心に留めておけ! 土壇場になって、うろたえるんじゃねえぞ!」

兵士たちが、一斉に「応!」と返事をする。

力強いルグロのいで立ちと声、そしてグレイシオールという神の助力があると知り、皆が発奮していた。

「明日、夜明けと同時に全速力でグレゴリアに向かうぞ! 重い荷物は全部荷馬車に載せて、騎兵のラタも荷物の運搬に回せ! 今のうちにしっかり休んでおけよ!」

ルグロの指示を受け、兵士たちは荷物を纏めに駆け出して行った。

その頃、国境沿いの砦では、ウッドベルと1人の兵士がコルツの捜索に当たっていた。

２人の他にも、コルツの名を呼びながら砦内を練り歩く者、子供が隠れられそうな場所をしらみつぶしに探す者が、そこかしこに見られる。

だが、丸２日捜索しているにもかかわらず、一向にコルツを発見できずにいた。

「いないなぁ。コルツ、本当に砦にいるのか？」

以前ジルコニアが捕らえられていた倉庫の扉を開いた兵士が、隣に立つウッドベルに話しかける。

２人は、この倉庫と納骨堂を調べるように上官から言いつけられていた。

「それも定かじゃないんだってさ。イステリアでも、皆で探し回ってるって話だ」

ウッドベルが兵士と一緒に中に入りながら、困ったように言う。

「ていうか、俺、イステリアを出てくる時に、コルツが家にいるのを確認してきてるしさ。砦なんかに、いるわけがないと思うんだよ」

「ああ、そんなことも言ってたな。それ、上には報告してあるのか？」

「もちろん。ちゃんと、あのクソ教官に言ってあるよ。シルベストリア様にも話したし」

ウッドベルがその時のことを思い出し、ため息をつく。

「あの野郎、俺に『お前がしっかり見ておかないからだ！』って言って、頭を思い切りどついてきたんだぞ。何で俺が怒られなきゃならねえんだよ」

「はは。お前、教官に目を付けられてるからなぁ」

兵士は少し笑い、すぐに心配そうな顔つきに戻った。

「でもさ。そうなると、コルツはイステリアの外に遊びに行って、どこかで迷子になったとか、森で獣に食われちまったって可能性のほうが高いんじゃないか？　もしくは、川に落ちて溺れたとか」

「かもしれねえなぁ」

「かもしれねえって……お前、何をイラついてるんだ？　もう少し心配そうにしてもいいんじゃないか？　あんなに仲良く、毎日遊んでたってのに」

ウッドベルの言葉尻に少しトゲを感じ、兵士が顔をしかめる。

「え？　あ、いやいや！　心配はしてるよ！」

ウッドベルが慌てて兵士に弁解する。

「ただ、こんだけ皆に迷惑かけて、あいつ、何考えてんだって思ってさ。ご両親、きっと死ぬほど心配してるよ」

「そりゃそうだけど、イラつくのは違うだろ。お前、コルツが砦に付いて行きたいって言ってきた時、邪険にあしらったんじゃないだろうな？」

「んなことしねえって。シルベストリア様と一緒に、飯食いながら話して聞かせたし。本人も『分かった』って納得してたよ」

そんな話をしながら、2人は置かれている木箱を開けたり、物陰や天井の梁を覗き込んでコルツを探して回る。

そうしてしばらく探していると、ウッドベルは床板に染み付いている血痕に気が付いた。

「ん？　何だこれ。血の跡か？」

ウッドベルがしゃがみ込み、赤黒い染みの付いた床板を撫でる。

以前、ロズルーが警備兵を刺殺したナイフから零れたものだ。

「ああ。ジルコニア様がここに捕らえられてたらしいからな。救出された時に、ひと騒動あったんだろ」

「ふーん……この床下、空間があるな。どこに繋がってるんだ？」

「納骨堂に繋がってるんだよ。っていうか、よく見ただけで分かったな」

兵士がウッドベルに歩み寄る。

「隙間から少し風が流れ出てたからさ。で、何でここが納骨堂に繋がってるんだ？」

「工事の手違いで、納骨堂からここの下まで掘り抜いちまったらしいぞ。で、幽霊騒ぎが起きて、気味が悪いからって封鎖されたんだ」

「幽霊？　そんなもん、いるわけないだろうに」

ウッドベルが小馬鹿にしたように言う。

「いや、いるぞ。俺、実際に見たんだ」

兵士が真面目な顔で言う。

「ええ……見たって、幽霊をか？」

「いいや、人魂だよ。青白い人魂が、墓場の上をいくつも漂《ただよ》ってたんだ」

「はあ？　どうせ見間違いだろ」

「本当だって！　俺と一緒にここの警備をしてた奴も一緒に見たから、間違いない！」

兵士はそう言うと、当時のことを思い出してぶるっと身を震わせた。

「地下から気味の悪い呻き声を聞いたっていう奴も何人もいるらしくてさ……てなわけで、ウッド。この下はお前に任せた。俺、絶対に行きたくない」

「大の大人が何を言ってんだよ……」

ウッドベルが呆れ顔で言い、床板に目を向ける。

「ここ、開いてるよな？　釘が外された跡があるぞ」

「だな。ジルコニア様、ここから脱出したらしいから、その時に外したんだろうな」

「ふーん」

ウッドベルが床板に手をかけ、持ち上げる。

地下へと繋がる、真っ暗な石の階段が姿を現した。

深淵へと続いているような真の闇に、兵士が怖気づいた顔になる。

「うえ、気味悪ぃ……ウッド、しっかり頼んだぞ」

「この臆病者め」

ウッドベルはぶつくさ言いながらも、階段を下りていく。

「あっ、おい！　松明取ってこいって！　中は真っ暗だぞ！」

「ああ、平気平気。俺、夜目が利くからさ」

軽い足取りで闇の中に消えていくウッドベル。

兵士は心配そうにしばらく覗き込んでいたが、ふわっと漂ってきたカビ臭い空気を顔に受けると、そそくさと倉庫内の木箱調査に戻って行った。


「うっわ、カビ臭《くさ》！　けほっ、けほっ」

ウッドベルは闇のなかをコツコツと歩きながら、立ち込めるカビの臭いと漂う埃に咳込んだ。

一切の光が入り込まない闇のなかでも、彼にはうっすらと通路の全容が見えていた。

「なるほど。こりゃあ、すごい数だねぇ」

通路の壁に掘られた窪《くぼ》みに並ぶ頭蓋骨を見やりながら、ウッドベルは歩いて行く。

通路を抜け、納骨堂の地下部分の広々とした空間に到達した。

遺骨箱がそこかしこに並んでおり、そのどれもが『身元不明者』と殴り書きされている。

「まったく、ご苦労なこった。骸《なきがら》の丘とはよく言ったもん――」

その時、カタン、という微かな音がウッドベルの耳に届いた。

ウッドベルが無言でそちらに顔を向ける。

いくつもの大きな木箱が、壁をくり貫いて作られた棚に陳列されていた。

スタスタと木箱の1つに歩み寄り、フタを開ける。

「うげ」

中にぎっしりと詰められた頭蓋骨に、ウッドベルが顔をしかめてフタを閉める。

すると、木箱の陰に、何匹ものネズミが這いまわっているのが見て取れた。

よく見てみると、あちこちにネズミの糞が散らばっている。

「何か臭えと思ったら、お前らの臭いかよ。ったく」

ウッドベルはうんざりした顔で吐き捨てると、他の木箱は無視して足早に階段を上って行った。

上階への扉が開閉する音が、真っ暗な地下室に響き渡る。

数秒おいて、今しがたウッドベルが開いた木箱の隣の木箱のフタが、静かに開いた。

「……ウッドさん」

息をひそめて隠れていたコルツが顔を覗かせ、ぽつりとつぶやいた。

第３章　お見通しだ！

数日後の昼。

作られたばかりのバルベールの第10軍団の軍団要塞内の食堂で、カイレン、ティティス、フィレクシア、そしてマルケスの孫娘のアーシャの４人は昼食をとっていた。

「いや、フィレクシア、今さら何を言ってるんだよ……」

真剣な表情を向けてくるフィレクシアに、カイレンが料理を頬張りながら呆れ顔で言う。

「ですから、何とかアルカディアの人たちを説得して降伏させるべきなのですよ」

「んなもん、無理に決まってるだろ。お互いこれだけ軍勢を集めてこれから決戦っていうのに、何を言ったたって連中は降伏なんかしねえよ」

「でも、こんなのもったいなさすぎるのですよ」

食事に手を付けずに、フィレクシアが必死な様子で言う。

「毒の煙の兵器を作った技術者は砦にいると思うのです。水車とか荷物を上げ下ろしする機械とか、鉄の弾を真っ直ぐ飛ばしてくる兵器もその人が作ったと思うのですよ。もし今回の戦いでその人が死んでしまったら、もったいないでは済まないのですよ」

「そりゃそうだけど、戦争なんだから仕方がないだろ」

カイレンが困ったように言う。

「降伏させるにしたって、一回大きく打ち負かせてやらなきゃ無理だって。連中、この間の砦の戦いで大勝ちしたから勢いづいてるだろうし、万に一つも降伏する気なんてないと思うぞ」

「でもでも、説得はするべきなのですよ」

フィレクシアがカイレンに言いすがる。

「こちらはたとえこの戦いで敗れたとしても、国内に引っ込んで時間稼ぎをすればいくらでも戦力の補充は利きます。でも、アルカディアの人たちは、一度でも大敗したらそれっきりじゃないですか」

「そりゃあ、国力が全然違うからな。一度や二度連中に負けたって、そのうちあっちは戦力をすり減らしてジリ貧になる。結果は見えてるよな」

「でしょう？　でも、もしそんなふうな戦いになったら、後からアルカディアが降伏を申し出て来ても、こちらの国の人たちはきっと収まりがつかないのですよ」

「収まりがつかない、とは？」

話を聞いていたアーシャが口を挟む。

「そのままの意味です。散々痛めつけられた後で相手が降伏を申し入れて来ても、こっちの国の人たちは過剰に報復的な降伏条件を突きつけるはずです。どっちみち、大虐殺が起こるのですよ」

フィレクシアの言葉に、ティティスが食べていた料理を飲み込んで頷く。

「降伏の申し入れは、申し入れる方がある程度の戦力を持っている状態でなければ無意味ですからね。戦力を使い切ってから降伏しても、そのまま戦い続けて轢き潰されるのと大差ありません」

「はい。そうなってからだと、きっとアルカディアにいる天才的な技術者さんは殺されてしまうのですよ。戦いの最中に死んでしまうかもしれません。とんでもなくもったいないのです」

ティティスとフィレクシアの説明に、アーシャが「なるほど」と頷く。

「フィレクシアさんは、その技術者さんとお友達になりたいのですか？」

「はい！　こんな精密なものを作れるなんて、まさに天才なのですよ。ぜひお会いして、お友達になってもらいたいのです！」

フィレクシアがポケットから小さな布袋を取り出し、アーシャに手渡す。

アーシャは袋を広げて、驚いて目を見開いた。

中に入っていた小さな物体は、薄い赤色で綺麗な光沢を放っており、まるで宝石のような美しさだ。

「えっ、何ですかこれは？　宝石か何かですか？」

「いえ、すんごい音を鳴り響かせる道具です。ジルコニア様が砦から逃げ出した時に、注意を引き付けるために砦の中に投げ入れられてきたそうでして」

「音、ですか？」

フィレクシアに言われ、アーシャが防犯ブザーを指でつまみ上げる。

「はい。どういう仕組みなのかはさっぱり分からないのですよ。ものすごく大きな音が出ていたんですよね？　ティティスさん」

フィレクシアがティティスに話を振る。

「はい。今まで聞いたこともないようなキンキンした音で――」

ティティスが言いかけた時、扉が開いてラースとラッカが食堂に入ってきた。

ラースは手に大皿を持っており、その上には根切り鳥の丸焼きが載っている。

ラッカも皿を持っていて、その皿には果物が山盛りになっていた。

「よう！　お、アーシャもいるのか」

ラースがアーシャの姿を見て、にっと笑顔になる。

「ラース様、ラッカ様、こんばんは」

アーシャが立ち上がり、優雅に一礼する。

「相変わらずお上品なこって。ほら、肉を持ってきたぞ。たくさん食え」

ラースが、どん、と皿をテーブルに置き、どかりとアーシャの隣に腰かける。

「あらあら。ずいぶんと豪快なお料理ですわね。元気が付きそうですわ」

「だろ？　フィーちゃん、身体の調子はどうだ？」

ラースが肉を切り分けながら、フィレクシアに聞く。

フィレクシアは根切り鳥の丸焼きに目が釘付けだ。

「ラースさんが毎日お肉をたくさん持ってきてくれるおかげで、元気なのですよ！」

「そうかそうか。やっぱ、元気の基本はたらふく食ってよく寝ることだからな。今日も目一杯食うんだぞ」

「もちろんです！　山盛りでお願いします！」

「フィレクシアさん。肉だけではなく、果物や野菜も食べないと不健康です。これも食べなさい」

ラッカがナイフで真っ赤な丸い果物の皮をしゅるしゅると剥いて切り分け、小皿に分けてフィレクシアに差し出す。

「う……私、果物もあんまり好きじゃないのですよ……」

「偏食はいけません。偏った食事ばかりしていると、兄上のような雑な人間になってしまいますよ？」

「うー……ラースさん、助けてください……」

フィレクシアがラースに助けを求める。

「んじゃ、その果物を食べきるまで肉はお預けにするか。フィーちゃん、腹くくって食え」

「えー!?　ラースさん、酷いですよぉ！」

「まあまあ、俺もちゃんと果物も食うからさ」

ラースが真っ赤に熟した果物を手に取り、がぶっと皮ごとかぶりつく。

フィレクシアは心底不満げな様子ながらも、ラッカが切り分けてくれた果物をもそもそと食べ始めた。

「ところで、カイレン」

ラースがもっしゃもっしゃと果物を頬張りながら、カイレンに声をかける。

「もぐもぐ……ん？　何だ？」

「この後、軍団長を集めて作戦会議だぞ。お前も一緒に来い」

「……ああ、そういえばそうだったな」

カイレンがラースの目をちらりと見て答える。

「もぐもぐ……ラース様、後学のため、私も末席に加えていただけると嬉しいのですが」

アーシャが料理を食べながら、ラースに申し出る。

「あ、悪い。それはちょっと無理なんだ」

ラースがアーシャに申し訳なさそうに言う。

「元老院からお達しが出ててさ。この作戦会議は軍団長しか出られないんだよ。今日のところは諦めてくれや」

「あ、そうだったのですね。承知しましたわ。無理を言ってごめんなさい」

「いやいや、そういう姿勢は大事だと思うぞ。気にすんな」

ぺこりと頭を下げるアーシャに、ラースが笑顔を向ける。

「んじゃ、ぱぱっと食っちまうか！」

ラースはそう言うと、手にしていた果物をあっという間に平らげ、小皿に肉をよそい始めた。

「ほれ、フィーちゃんもさっさと果物を食わねえと、俺が肉を全部食っちまうぞ！」

「むぐっ⁉　もぐもぐもぐ！」

フィレクシアが慌てた様子で果物を頬張る。

若干《じゃっかん》涙目だ。

ティティスがそんなフィレクシアを呆れ顔で見た後、カイレンに目を向けた。

「今日軍議があるとは知りませんでした。秘書官も出席はダメなのでしょうか？」

ティティスがカイレンに聞く。

「まあ、軍団長だけって指定されてるからな。俺1人で行ってくるよ」

「かしこまりました」

ティティスが頷き、食事を続ける。

その後、あれこれと雑談しながら皆で料理をつつき、フィレクシアも果物のノルマを達成して、無事に肉料理にありつくことができたのだった。

食事を終えたカイレン、ラッカ、ラースの3人は、第10軍団の軍団要塞を出て、ラースの第14軍団の軍団要塞へとやって来た。

ラースの天幕に、3人で入る。

他に軍団長はおらず、いるのは3人だけだ。

「で、話ってのは?」

カイレンがどかりとイスに腰かけ、ラースに言う。

ラースとラッカも、それぞれイスに座った。

「マルケスのことだよ」

ラースがカイレンを真っ直ぐ見て言う。

「この前、あいつをジルコニアに始末してもらうって言ってただろ。あれ、どうすんだ?」

「どうするって、やってもらうに決まってるだろ」

さも当然のようにカイレンが言う。

「戦いが始まったら、ジルコニアにはマルケスの軍団要塞に向かってもらう。部隊は前線に出てるから軍団要塞はからっぽだし、簡単にけりはつくさ」

「軍団要塞って……開戦時には、マルケスも自分の軍団と一緒に前線にいるはずでしょう?どうやって、彼を軍団要塞にいさせるんですか?」

ラッカがいぶかしげな表情で言う。

「毒だよ。クラボ草を使う」

「クラボ草？　どんな毒草なんですか？」

「根っこに毒がある草なんだが、家畜が間違って食うと食中毒を起こすらしいんだ。それを食事にちょいと混ぜてやって、戦闘が始まった時にはあいつは軍団要塞で寝込んでるって寸法さ」

平然と言うカイレンに、ラッカが顔をしかめる。

「そんなものが……しかし、よくそんな毒草が都合よく手に入りましたね。あらかじめ用意していたのですか？」

「いいや。フィレクシアが作った毒の煙の兵器があるだろ？　あれの材料に使われてたんだ。それを少し拝借してな」

「ということは、カイレンはその兵器の材料をすべて把握しているのですか？」

「ああ。材料に何が使われてるのかは分かってる。でも、どんな分量で配合したのかまでは知らないぞ。それに、フィレクシアに黙って勝手にあれこれ試す気もないし」

あいつにへそを曲げられるわけにはいかないからな、とカイレンが付け加える。

「ったく、最近、お前はマルケスと上手くやってると思ったが、ひでえことするもんだな」

ラースが呆れ顔でカイレンに言う。

それに対し、カイレンは不満げな表情になった。

「仕方ないだろ。あいつをこのまま生かしておいて、国境付近の村を襲わせた件をティティスにバラされたら取り返しがつかないんだよ」

「まあ、それについては文句は言わねえよ。というより、本当にそんな計画、上手くいくのか？」

「いくさ。お前も、この間ジルコニアと会った時、あいつの表情を見ただろ？」

ラースはカイレンに言われ、砦のそびえる丘を下った先でジルコニアたちと会った時のことを思い返した。

11年前のアルカディアの国境沿いの村落がいくつも襲われた事件の話になった時、ジルコニアの表情は恐ろしいほどに憎悪に染まっていた。

あれは、目的のためならばどんなことでもする人間の顔だ。

「長年の恨みを晴らせる絶好の機会なんだ。絶対に乗ってくるさ」

「……まあ、好きにやってくれ」

ラースはそう言うと、カイレンに真剣な表情を向けた。

「だけどよ、マルケスをジルコニアに殺させるのはいいにしても、アーシャは巻き添えにすんなよ。あいつ、いつもマルケスに付いて回ってるから、その計画を実行する時は、何か手を回してマルケスから離れさせておけよ」

ラースの言葉に、カイレンとラッカが驚いた顔を向ける。

「え？　お前まさか、マルケスの孫娘に惚れてんのか？　あいつまだ14歳だぞ？」

「兄上……確かに彼女は来年で成人ですが、いくらなんでも自分の半分も生きていない女性を……」

「あ？　ちげえよ！　俺はあいつを気に入ってるだけだって！」

ラースが慌てて否定する。

「へぇ。戦いと食い物にしか興味がないと思ってたお前がねぇ……」

「しかも、性格が真反対の相手に惚れるとは……」

「だから、違うっつってんだろ！」

すでに決めてかかっているカイレンとラッカに、ラースが怒鳴る。

「俺はただ、いくらなんでも巻き添えにするのは可哀そうだと思っただけだよ。マルケスが死ねば、それでいいんだろ？」

「ああ。まあ、お前の言い分は分かったよ」

カイレンがにかっと笑顔をラースに向ける。

「上手いことやっとくから、心配すんな」

「そうか。頼んだぞ」

ラースがほっとした様子で息をつく。

「ん？　もしかして、話ってこれだけか？」

「ああ、そうだよ。時間取らせて悪かったな。ほら、帰った帰った」

ラースが手で2人に払う仕草をする。

カイレンとラッカは苦笑すると、席を立った。


「しかし、あのラースがあんなこと言うとはな。意外すぎてびっくらこいたわ」

ラッカと軍団要塞内を歩きながら、カイレンが言う。

「兄上は気に入った相手にはとことん目をかける性格ですからね。まあ、分からなくもないですよ」

「ふーん……そんなにあの2人は仲がいいのか？」

「ええ。とても気が合うようです。アーシャさんも兄上を慕《した》っているようですし」

ラッカはそう言うと、カイレンに目を向けた。

「カイレン。ティティスさんに言えないようなことをするのは、もうこれっきりにしてください。後ろ暗い秘密をいくつも抱えて、それが露呈することに怯《おび》えて過ごすのは嫌でしょう？」

「そりゃあ、俺だって好きでこんなことやってるわけじゃねえよ」

カイレンが顔をしかめて言う。

「俺が元老院の連中より優位に立つには、ああするしかなかったんだ。けど、もうやらねえよ」

「そうしてください。それが彼女のためにもなるのですから」

「……ああ」

絞り出すような声で言いながら、カイレンは頷いた。


その頃、グレゴリアを出立したニーベル率いる反乱軍は、イステール領との領境付近に到達していた。

途中、立ち寄った村や街では強制的に食料などの物資を接収し、さらには住人を煽り立てて軍に同行させ、その数をさらに増していた。

「イステール領討伐に加わらない者は非国民だ！」と同行している領民たちが目を血走らせて煽り立てるせいで、住人たちは軍に従わざるを得なかった。

行軍の足は可能な限り速めており、ほぼ全員が徒歩にもかかわらず、その移動速度はかなりのものだ。

軍の周囲には督戦隊として正規兵を配備し、脱走者が出ないようにと目を光らせていた。

おかげで、同行している領民たちはバテバテだ。

「よし、ここら辺でいいだろう。軍を停止させろ」

「かしこまりました。おい！　馬車を止めろ！」

ニーベルの指示で、一緒に乗っていたモルスが御者に馬車を止めさせる。

彼はすぐに馬車を降り、全軍停止の指示を出した。

ニーベルも客室馬車を降り、御者台に上がる。

さらにそこから、御者に手伝わせて客室の上によじ登った。

「聞け！　善良なる領民たちよ！」

ニーベルが大仰なそぶりで、背後に控える兵士や領民たちに大声で叫ぶ。

皆が疲労の色濃い顔を彼に向ける。

「ここより先は、裏切り者であるイステール領の領内だ！　領民の諸君には、それぞれ数名の兵士を指揮官としてあてがう！　諸君らはイステール領の各村や街へと向かい、それらをイステール家の悪事から解放してもらいたい！」

ニーベルの呼びかけに、領民たちからぽつぽつと元気のない声が上がる。

「行き着いた先々の村や街にある物資は、強制的にすべて徴発しろ！　賊軍に与する者たちから物資を接収すれば、奴らの弱体化にもつながるからだ！」

ニーベルが語りかけるが、連日の無理な行軍のせいで皆が疲れ切っており、あまり元気な返事は返ってこない。

そんな彼らの様子も気にせずに、ニーベルは拳を振り上げ、力強く訴えかける。

「諸君らが徴発したものは、すべて諸君らのものだ！　私や軍に徴発物を差し出すような真似はしなくてよろしい！　行く先々で手に入れたものは、すべてが諸君らの所有物である！」

ニーベルの言葉に、領民たちからどよめきが起こった。

「これは大義のための闘いである！　歯向かうものには容赦はするな！　我らに逆らう輩《やから》は、すべて敵とみなせ！　そのような者たちは、すべからく賊軍である！　我らはアルカディア王国のために正義を執行するのだ！」

領民たちの大半から、先ほどとは比べ物にならないほどの歓声が上がった。

相手は賊軍だから、すべてを好き勝手に奪っていいと言われたのだ。

貧しさに身を置いていた者たちにとっては、またとない好機である。

領民たちとは違い、兵士たちの多くは、あまりにも過激な指示に困惑した顔をしていた。

しかし、この熱狂の中で異を唱えられるはずもない。

「私は諸君らを搾取《さくしゅ》し続けていたダイアスとは違う！　イステール家を征伐した折には、彼らがしこたま貯め込んでいた財を諸君らに等しく分配することを約束しよう！　諸君らはもう、貧困にあえぐ必要はない！　諸君らには、富に満ち溢れた輝かしい未来が待っているぞ！」

大歓声を上げる領民たちに、ニーベルが満足げに頷く。

「王都軍やフライス領軍に扮《ふん》した輩が、諸君らをたぶらかそうとするかもしれん！　だが、けっしてそのような甘言に惑わされてはならん！　私の指示どおり、各村や街を制圧し、物資を徴発することだけを考えるのだ！」

ニーベルが、傍に控える兵士たちに目配せする。

兵士は頷くと、作戦開始合図のラッパを吹いた。

点々と配備された兵士たちの下に、領民たちがぞろぞろと集まっていく。

あまりにも人数が多いため、誰がどこの部隊に所属するといったことは細かく決められていない。

各々が、手近にいる兵士のもとに好き勝手に集まり、付近の村や街を目指して進んでいくのみだ。

ニーベルたちは領民を従えず、兵士たちのみを連れてイステリアを目指すことになっていた。

「これでいいだろう。私たちも、急いでイステリアに向かうとしようか」

ニーベルは満足げに頷くと、屋根から降りた。

「はっ！　おい、水だ！」

「大声を出したら喉が渇いたな」

ニーベルが言うと、モルスが傍にいた少女に顔を向けた。
15、16歳ほどの、肩にかかるほどの長さの輝く金髪と、ほっそりとした体つき、そして何よりも、非常に整った容姿が目を引く美しい少女である。
少女がすぐさま、水の入った革袋をモルスに差し出す。

「ああ、私に直接寄こせ。ほれ、こっちにこい」

「はい！」

少女は嬉しそうに微笑むと、小走りでニーベルの下へと駆け寄った。

その様子に、ニーベルは満足そうに頷く。

「よしよし、いい娘だ。少しばかり、馬車で話でもしようじゃないか。さあ、乗りたまえ」

ニーベルが粘つくような笑みを浮かべ、少女に言う。

すると少女は、にこりと可愛らしく微笑んだ。

彼女は、以前ニーベルがダイアスに貢物として差し出した、借金の形に身受けをした少女だ。

身受けをするにあたって両親はニーベルの手によって暗殺されており、今は天涯孤独の身である。

ダイアスを捕らえた折、彼女の姿を見つけたニーベルは、美しく成長したその姿に目を留め、再び手元に置くことにしたのだ。

彼女はまったく反抗するそぶりすら見せず、むしろ進んでニーベルに付き従う様子を見せていた。

「可愛いやつだ。ダイアスなんぞに、くれてやるんじゃなかったな」

「ありがとうございます。これからは誠心誠意、ニーベル様に仕えさせていただきます」

「ふふ、物分かりがいいのは良いことだ。ほれ、手を貸してやろう」

少女の手を取り、ニーベルが客室に乗り込む。

「そうだ、あの女はどうしている？」

客室の扉に手をかけたニーベルが、思い出したようにモルスに小声で言う。

「街を発ってからずっと、そこの馬車に閉じ込めておりますが」

モルスが、すぐ後ろにある荷馬車に目を向ける。

「そうではない。様子を聞いているのだ。さぞかし、怯えているだろう？」

「何日も前に私も見たきりですが、まあ、そうでしょうな。ダイアスの生首を馬車の中に放り込んでやりましたし、次は自分の番だと、気が気ではないでしょう」

「くくっ、あの時の表情は傑作だったな。あの女の、あそこまで怯えた表情を見れるとは」

ニーベルが堪《こら》えきれず、声をかみ殺すようにして笑う。

彼らが言っているのは、ダイアスの妻のことだ。

ダイアスを捕らえた際に、一緒に彼の妻も捕らえたのだが、ニーベルは彼女を処刑台には上げなかった。

もちろんそれは、彼女に利用価値があるからだ。

「まったく。私の顔を見るたび、まるで汚いものでも見るような目を向けおって。本来ならば、すぐさま目玉をくり貫いてやりたいところだが……」

ニーベルはそう言うと、悪意に満ちた笑みを浮かべた。

「まあ、もう少しの辛抱だ。といっても、その時まで生きていればの話だがな。くくっ、楽しくて堪らんわ。なあ、モルス？」

「はい。まったくもって、おっしゃるとおりです」

「うむ。では、私はしばらく、休養を取るとしよう。お前は別の馬車に乗ってくれ」

「かしこまりました」

ニーベルが少女とともに客室に入り、扉を閉める。

モルスはそれを見届けると、やれやれとため息をついて別の馬車へと向かって行った。


一方その頃。

ロズルーとグリセア村の若者5人は、草むらから反乱軍の様子を窺《うかが》っていた。

距離は2キロほど離れているが、大所帯の反乱軍の様子はここからでもよく見える。

「連中、ずいぶんと速足だな。あれだけの数なのに、行軍速度がまったく落ちないぞ」

ギリースーツに身を包んだロズルーが顔をしかめる。

ロズルーたちは数日前に反乱軍を発見して以来、距離を保ちながら彼らを見張り続けていた。

無線機で逐一一良《かずら》たちに報告を入れており、情報は共有済みだ。

「ですね。予想より、ずいぶんと早い」

「それに、すごい数だ。何万っていそうですよ」

ロズルーの隣に立つ若者たちが、困惑した様子で言う。

反乱軍は多くても1個軍団程度だとナルソンは予想していたのだが、実際はとんでもない大軍団だ。

「だな。でも、ほとんどは一般市民だし、皆、ろくな装備をしていない。いったい何をする気なんだか……しかも、皆えらく嬉しそうな顔をしてるし」

「ロズルーさん、この距離からでも表情が分かるんですか？」

別の若者が、驚いた顔をロズルーに向ける。

「ん？　お前らも見えるだろ？　よく見てみろよ」

ほら、とロズルーが顎をしゃくってみせる。

「いや、見えませんよ。どんな目をしてるんですか……」

「ロズルーさん、やっぱりちょっとおかしいですよ。本当に人間なんですか？」

困ったように言う若者たちに、ロズルーも困り顔になる。

「弱ったな。そんなに目が悪いんじゃ、この先が思いやられるぞ。夜中だって見張らないといけないんだし」

「無茶言わないでくださいよ……ロズルーさんだって、さすがに真夜中じゃきつくないですか？」

「少し見えにくくはなるけど、夜中でもこの程度の距離なら服装くらいは分かるよ。この半分の距離まで近づけは、真っ暗闇《くらやみ》でも表情まで分かる」

「やっぱ人間じゃねえよ……」

「体の作りが違いすぎる……」

「お前らの鍛え方が足りないだけだって。秋になったら、俺と一緒に狩りに行こう。鍛えれば、夜の森でもアルマル（真っ黒なウサギのような獣）を見つけられるくらいにはなるから」

「いや、その目の良さは、さすがに鍛えてもどうにもならない気がするんですけど」

ロズルーたちがそんな話をしていると、反乱軍が方々に散り始めた。

「ん？　動き出したけど、なんであちこちに散らばって……」

ロズルーが顔をしかめる。

「あの方向は……おいおい、あいつら、近くの村とか街に向かってるみたいだぞ。そこらじゅうを襲って回る気か」

ロズルーが言うと、若者たちが「おお」と声を上げた。

「てことは、連中の進路の傍にある村とか街の住民をイステリアに避難させたナルソン様の指示は正解だったってことですか」

「だな。だけど、あの動きは進路上の村落だけを狙ってるわけじゃなさそうだ」

ロズルーが無線機を取り出す。

若者の1人がすぐさま携帯用アンテナを砦の方へと向けた。

ロズルーは無線機の電源を入れようとして、いったん手を止めて他の若者たちに顔を向けた。

「お前ら、この近辺で人が住んでる場所は分かるか？」

「いや、分からないですよ。地図でもあれば別ですけど」

「だよな。皆、方位磁石は持ってるよな？」

若者たちが頷き、ポケットから方位磁石を取り出す。

一良《かずら》が大量に買ってきた子供用のお菓子付き玩具だ。

一良《かずら》の指示で、彼の部屋のダンボール箱から持ってきていた。

フタを開けると中にチョコレートの粒がたくさん入っているもので、フタに方位磁石が付いているものだ。

「よし。今からカズラ様に、退避指示が出ていない村や街の場所を全部聞くから、お前らは手分けして、住民にイステリアに避難するように伝えて回ってくれ。絶対に反乱軍の連中に見つかるんじゃないぞ」

「い、いきなり単独行動ですか？」

若者の1人が不安そうに言う。

「仕方がないだろ。俺だけじゃどうにもならないんだから。ちょっと早いけど、独り立ちしてもらわないと」

ロズルーはそう言うと、無線機の電源を入れるのだった。


数日後。

一良《かずら》はバレッタと一緒に、防御塔の階段を上っていた。

「コルツ君、見つかりませんでしたね……」

バレッタが暗い顔で言う。

あれから、砦内を皆でくまなく探したのだが、結局コルツを見つけることはできなかった。

やはり砦にはいないだろうという結論に達し、今はイステリアにいる者たちに指示し、街周辺の森や川を捜索している状況だ。

「ですね。どこに行っちゃったんだか……」

「ユマさんのことも心配です。ほとんど食事も食べられないみたいですし」

「そうですね……毎日泣いてるらしいし、早く見つかればいいんだけど……」

「ミュラちゃんも酷い状態みたいですよ。全然口をきかなくなっちゃって、げっそりしちゃってるって話です」

バレッタが無線で聞いた話を一良《かずら》にする。

ミュラも大人たちに交じって、コルツを探して森へと毎日出向いているのだが、毎日泣きそうな顔で家に帰って来ては、ずっと落ち込んだ様子でいるらしい。

父親のロズルーが偵察任務で不在であり、母のターナと2人きりというのも心細さに拍車をかけているのだろう。

森へ行くたび、1人で森の奥へと走って行ってしまいそうになるので、ターナは目が離せず気が気ではないとのことだ。

「コルツ君とミュラちゃん、仲がいいですもんね。心配なんだろうな」

「はい……コルツ君、どこに行っちゃったんでしょうね」

そんな話をしながら、2人は防御塔へと上がった。

一良《かずら》が双眼鏡を目に当て、彼方に見えるバルベール陣営を眺める。

数キロ先に、あちこちから集結してきたバルベールの大軍勢が野戦陣地を築いているのが見て取れた。

「むう、すごい人数だな」

双眼鏡のレンズ越しに蠢く銀色の鎧を纏った兵士たちを見つめ、一良《かずら》が言う。

「ここ数日で一気に集まってきましたね。でも、ずいぶんと遠いです」

バレッタが一良《かずら》から双眼鏡を受け取り、敵軍を眺める。

バルベール軍は昨日姿を現し、周辺の木々を伐採《ばっさい》してかなりの速度で陣地構築を行っていた。

非常に手馴れている様子で、1日しか経っていないにもかかわらず、先端を尖らせた丸太を用いた防護壁が広範囲で出来上がっている。

「近くで遠投投石機《トレビュシェット》を組み立てるつもりはないみたいだけど、どうやって攻めてくるんだろ」

「うーん……攻めてくる時になってから、部分的に組み上げたものを運んでくるつもりかもしれないですね。もしくは、私たちが使っているカタパルトみたいなものが存在するとか」

「その可能性もありますね。まあ、その時はカノン砲で狙い撃ちできますけど」

「そこ！　第2列の左から3番目、盾を構えるのが遅い！」

2人がそんな話をしていると、背後からジルコニアの怒声が響いた。

一良《かずら》とバレッタが砦内を振り返る。

大勢の兵士や市民兵が木剣や模擬《もぎ》槍を手に訓練しているなか、仁王立ちしたジルコニアが1つの部隊に鬼の形相を向けていた。

怒鳴りつけられたのは、敵の投げ槍を想定しての防御訓練をしている者たちだ。

「貴様が守っているのは仲間の命だ！　一時たりとも気を抜くんじゃない！」

怒鳴られた兵士がびくっと肩をすくめ、大声で返事をする。

再び部隊指揮官が同じ命令を下し、兵士たちは一斉に盾を掲げて盾の壁を作った。

隣に立つリーゼはなだめようとしているのか、何かジルコニアに話しかけているのが見て取れる。

「……ジルコニア様、荒れてますね」

兵士たちを怒鳴っているジルコニアを、バレッタが心配そうな目で見やる。

先日の会議での一件の後、ジルコニアはずっとこんな調子だった。

一良《かずら》やナルソンが話しかけても気のない返事ばかりで、いつも暗い表情をしている。

そして兵士たちの訓練を視察しては、過剰とも言えるほどの厳しさを見せていた。

「ですね……家族の仇を見つけられるかどうかの瀬戸際っていうのは分かるんですけど、あそこまでピリピリされてしまうと……」

「困りましたね……敵の使者、いつになったら来るんでしょうか」

バレッタが再びバルベールの野戦陣地へと目を向ける。

カイレンからは、あれから何の音沙汰もない。

ずっと焦らされているような状態で、ジルコニアは苛立っているのだろう。

「早く来てもらいたいものですね。このままじゃ、戦いの前に兵士たちが参っちゃいますよ」

『カズラ様、ニィナです。どうぞ』

その時、一良《かずら》の腰に付けている無線機からニィナの声が響いた。

一良《かずら》が無線機を取り、宿舎の屋上に目を向ける。

ニィナがこちらに大きく手を振っていた。

「カズラです。どうしました？　どうぞ」

『グリセア村のシルベストリア様から無線連絡が入りました。予想外の出来事があったとのことで。すぐにこちらに来ていただけますか？』

ニィナの台詞に一良《かずら》とバレッタは顔を見合わせ、宿舎へ向かうべく防御塔を下りるのだった。

「皆、殺されてしまったわ！　お願いよ、助けて‼」

その頃、グリセア村では、酷く憔悴した様子の貴婦人が、イステリアからやって来た守備隊長に縋《すが》り付いていた。

彼女はダイアスの妻だ。

服は乾いてどす黒く変色した血で汚れ、何日も風呂に入っていないのか、髪はベトベトで垢まみれの酷い有様だ。

頬はこけており、かなりやつれている。

「フィオナ様、落ち着いてください。何があったのか、1つずつ説明してください」

「だから、さっきから言ってるじゃない！ 皆殺されて、私だけ捕らえられてここに連れてこられたのよ‼」

困惑顔の守備隊長に、フィオナが必死の形相で訴える。

「ニーベルが、夫も護衛兵長も、皆殺してしまったわ！ すぐにここにもやって来る！ 早く逃げないと！」

「フィオナ様は、ニーベルたちから逃げ出して来たのですか？」

「違う！ 少し前に放り出されたのよ‼」

喚き散らすフィオナを守備隊長や兵士たちが囲んでいる様子を、シルベストリアは少し離れた場所で無線機を手に眺めていた。

「セレット、どういうことだと思う？」

シルベストリアが、隣に立つセレットに話しかける。

「分かりません。フィオナ様がおっしゃっていることは、ロズルーさんが言っていたとおりのようですが」

数時間前、ロズルーからシルベストリアに、「反乱軍から少し先行して進んでいた馬車から女が1人降ろされ、村に向かっている」という無線連絡があった。

彼女が釘罠地帯に突っ込みそうだったので迎えを出し、そのまま収容したというわけだ。

かなり離れたところから、その様子を確認している反乱軍の斥候がいたことも把握している。

半日前にも反乱軍の斥候が村に接近したのを確認していたが、守備隊はあえて気づかないふりをしていた。

ちなみに、釘罠を撒いた場所は作成した地図に印がつけてあり、後で回収できるようにしてある。

『こちらカズラ、聞こえますか？　どうぞ』

シルベストリアとセレットが話していると、無線機から一良《かずら》の声が響いた。

シルベストリアが無線機を口元に寄せる。

「こちらシルベストリア。よく聞こえます。突然お呼びしてしまってすみません。先ほど――」

シルベストリアが現在の状況を一良《かずら》に説明する。

「どういう意図か分かりませんが、ニーベルがフィオナ様をわざと逃がしたようでして。どうぞ」

『ふむ……夫人を処刑せずに、わざと逃がしたんですか』

一良《かずら》が言い、少しの沈黙が流れる。

『……シルベストリアさん、フィオナさんは村の中に隠してください。絶対に、反乱軍の目につかないようにするんです。どうぞ』

一良《かずら》の指示に、シルベストリアとセレットは意図を察せずに小首を傾げる。

「かしこまりました。理由をお伺いしてもよろしいでしょうか？　どうぞ」

『おそらく、彼らはフィオナさんをわざとこの村に逃がして、我々がダイアスさんと手を組んでいることの理由付けにしようとしているのかと思うんです』

「理由付け……ああ、なるほど。そういうことか」

セレットが納得した様子で頷く。

ダイアスの妻であるフィオナがイステール領軍に保護されているとなれば、イステール領がダイアス同様、アルカディアを裏切ってバルベールと手を組んでいるという証拠を示すことになるからだ。

シルベストリアは顔をしかめながら、話の続きを待つ。

『きっと、まもなく反乱軍の斥候か何かが村に駆け込んでくるはずです。急いでフィオナさんを隠してください。どうぞ』

「承知しま――」

シルベストリアが返事をしかけた時、村の入口で見張りをしている兵士が叫んだ。

「騎兵の集団が来ます！」

騎兵が数十騎、かなりの速度で村に迫っているのが見て取れる。

偵察をしているロズルーから連絡があってもいいはずなのだが、シルベストリアが一良《かずら》に送信していて繋がらなかったのだろう。

「罠地帯に入れさせるな！　止まらせろ！」

守備隊長が指示を出し、兵士の1人が騎兵たちへと向かって走り出す。

説得する前に罠を踏まれては敵対行為と同等になり、説得どころか裏切り者としての信憑性を与えることになってしまう。

「隊長！　フィオナ様を建物の中へ！　敵に見られてはいけません！」

シルベストリアが守備隊長に叫ぶ。

守備隊長はその一言で瞬時に状況を理解し、兵士たちにフィオナを村の家へと隠れさせた。

「止まれ！　所属部隊名を名乗れ！」

兵士が罠の間を走り抜けながら、大手を振って騎兵に呼びかける。

騎兵――モルスー――は兵士の面前で急停止すると、彼に鋭い目を向けた。

「我らはグレゴルン領第1軍団だ！　貴様ら、どうしてこんな場所に大部隊を駐屯させているんだ⁉」

「あの男は……」

怒りのこもった口調で叫ぶ男に、シルベストリアが、ぎり、と歯を噛み締める。

「知っている男ですか？」

セレットがシルベストリアに問いかける。

「前に話した、この村に立ち寄ったグレゴルン領からの援軍部隊の隊長だよ」

「ああ、何日か泊っていったっていう部隊ですか」

「うん。やっぱり、あいつ、この前のは村の下見をしてたのか」

シルベストリアとセレットが話している間にも、モルスは厳しい口調で兵士を問い詰める。

「バルベールとの国境では、今にも決戦が始まろうとしているはずだ！　それにもかかわらず、なぜこんな場所にこれほどの軍勢を置いている⁉」

下手なことを言うわけにもいかず、兵士が守備隊長を振り返る。

守備隊長は舌打ちをすると、護衛の兵士たちを数十人伴ってモルスたちの下へと走った。

守備隊長がモルスの数メートル手前で立ち止まる。

「お前たちこそ、持ち場はグレゴルン領の国境だろう！　イステール領に何をしに来た⁉」

「何をしにだと？　しらばっくれおって。貴様らがバルベールと手を結んで、奴らを国内に誘い入れようとしてることは分かっているのだぞ！」

モルスが傍の兵士を見やる。

兵士は袋からダイアスの腐った生首を取り出し、守備隊長に見せつけるように掲げてみせた。

「ダイアスがすべて白状したわ！　即刻武装解除をし、我らに投降しろ！」

「それは違う！　すべて、お前たちを扇動しているニーベルという男が仕組んだものだ！」

怒鳴り散らすモルスに、守備隊長が負けじと怒鳴り返す。

「砦では王都軍とフライス領軍が、今も我らとともにバルベール軍と睨《にら》み合いを続けている！　ダイアス様がバルベールと通じていたなどという事実もなければ、イステール家が反旗を翻したなどという話も事実無根だ！　貴様らは騙されているのだ！」

守備隊長が一息に捲し立てると、モルスはわずかに眉を動かした。

わずかにだが、驚いた雰囲気が見て取れる。

「ふん。騙されているだと？　ならば、ダイアスの妻を匿った理由を教えてもらおうか」

「知らん！　ここには貴様ら以外、誰も来ていない！」

モルスが侮蔑の眼差しを守備隊長に向ける。

「よくもぬけぬけと……それに、この村に駐屯させている軍勢だ。しっかり要塞化までしてあるし、我らグレゴルン領軍やフライス領軍が進軍するのを妨害するために、兵を集めていたのだろうが！」

モルスが表情を怒りに歪め、叫ぶように言う。

「さあ、答えてみよ！　この火急の時に、なぜここにこれほどの軍勢をこんな場所に集めている⁉　どう考えても不自然ではないか！　納得のいく説明をしてもらおう！」

モルスの背後に控える兵士たちが、同意するように声を上げる。

確かに、彼らからしてみれば、これほど早期に完全武装の兵士たちが村に詰めているのはおかしな話だ。

反乱が起こって即日情報がナルソンたちに伝わらなければありえない事態であり、普通に考えてそんなことは起こりえない。

モルスの言い分には、背後に控える兵士たちを納得させるだけの説得力があった。

村を守ろうと兵士を集めた結果、イステール家の裏切りという雑言に信憑性を与えてしまっているのだ。

「……シルベストリア様、これはまずいですよ」

村の入口でその様子を見ていたセレットが、隣のシルベストリアに言う。

「うん。まずいね。もう、力業で行くしかない」

シルベストリアはそう言うと、無線機を手に取ってセレットをちらりと見る。

セレットは頷き、携帯用アンテナを砦の方角へと向けた。

「カズラ様、シルベストリアです。どうぞ」

『カズラです。どうなりました？　どうぞ』

シルベストリアの声に応え、一良《かずら》の声が無線機から響く。

「今、反乱軍の斥候が村の前に来ているのですが、どうにも説得は無理に思われます。予定通り、拡声器で説得を行います。どうぞ」

シルベストリアが送信ボタンから指を離す。

数秒置いて、無線機から一良《かずら》の声が響いた。

『分かりました。何を言ってもらっても構いませんから、何とかして戦闘は回避するよう努力してください。どうぞ』

「ありがとうございます。殿下がグレゴリアの人たちを説得できているようでしたら、説得した軍人と一緒にこちらに向かうように伝えていただくことはできますか？　説得に応じた連中と殿下のお言葉があれば、上手くいくかと思うのですが。どうぞ」

『確かに、それなら何とかなるかもしれませんね。ルグロには、説得が済み次第そちらに向かうよう、連絡を入れておきます。どうぞ』

「ありがとうございます。よろしくお願いいたします。通信終わり」

『シルベストリアさん』

シルベストリアが無線機を腰に戻そうとすると、無線機から再び一良《かずら》の声が響いた。

シルベストリアは慌てて、無線機を口元に戻す。

『嫌な役回りをさせてしまって、本当にすみません。万が一の時はつらいでしょうが、どうかよろしくお願いします。どうぞ』

絞り出すような一良《かずら》の声に、シルベストリアがぐっと歯を噛み締める。

その目には、すさまじい怒りの色が浮かんでいた。

一良《かずら》にあのようなつらそうな声を出させた反乱軍に対し、シルベストリアの心に煮えたぎるような怒りが湧き起こる。

「カズラ様のためでしたら、嫌なことなど何もありません。反乱軍は必ず我々が止めてみせます。また後ほど、ご連絡差し上げます。どうぞ」

『……ありがとうございます。よろしくお願いします。通信終わり』

シルベストリアが無線機を腰に戻し、傍《かたわ》らに置いてあるズダ袋を開く。

中から拡声器を取り出し、守備隊長に怒声を浴びせているモルスへと向けた。

大きく息を吸い込み、憤怒の形相で彼を睨む。

「よぉく聞け！　反乱軍の大バカ野郎ども‼」

突如響いた大音声に、モルスをはじめとした反乱軍兵士、守備隊長や兵士たちまでもが、ぎょっとした顔でシルベストリアに振り向く。

彼女の隣にいたセレットも、耳をつんざくようなすさまじい怒声に肩を跳ねさせた。

「貴様らのしでかしたことは、王家にも、フライス家にも、イステール家にも、そしてグレイシオール様にも、まるっとすべて筒抜けだ！」

仁王立ちしたシルベストリアが、彼らを指差す。

「な、何だあの大声は⁉　おい、いったい、あの女は何をしているんだ⁉」

奇妙な物体を口元に当てて常識外れの大音声を発するシルベストリアに、モルスが怒りの形相から一転して狼狽した表情で守備隊長に言う。

守備隊長は、憐れみを含んだ目をモルスに向けた。

守備隊長も地獄の動画は見ており、罪を背負ったまま死ぬことの恐ろしさはしっかりと認識している。

「……悪いことは言わん。あの世で怪物に切り刻まれたくなければ、今すぐ投降しろ」

「な、何をわけの分からんことを——」

「ダイアス様にイステール家と共謀してバルベールに寝返ったなどという濡れ衣を着せ！　民の面前で重鎮どもも腸《はらわた》を引きずり出し！　立ち寄った村や街の住人を煽って無理やり反乱軍に組み込み！　あげくの果てには、彼らをイステール領の村や街を襲わせに向かわせただろう！　だが、我らの領民はすべてイステリアに退避済みだ！」

モルスの表情が強張《こわば》る。

モルスたちは領境を越えた後、イステール領の街の1つに立ち寄っていた。

だが、すでにそこは人っ子1人おらず、食料も丸ごとなくなっていて、完全にもぬけの殻だった。

反乱軍内に間者がいたとしても、あまりにも相手の対応が早すぎて、何かがおかしいと訝しんでいたのだ。

自分たちの行動が斥候に見られていたというのなら、彼女らがそれらを把握しているということは理解できる。

だが、すでにすべての領民をイステリアに避難させたというのはどういうことか。

あまりにも手際が良すぎるとモルスは考えていた。

「アルカディア王国に降臨なされたグレイシオール様の名のもとに、今から貴様らに神命を下す！　心して聞け！」

動揺するモルスに畳みかけるようにして、シルベストリアが言葉を放つ。

「今すぐ反乱軍全軍の武装を解除し、我々に投降しろ！　今投降すれば、寛大な処置を取り計らっていただけるよう、グレイシオール様にかけ合ってやる！」

シルベストリアが言葉を続ける。

「王家に反旗を翻し、神をも恐れぬ凶行をこのまま続けるというのなら、貴様らはこの地で屍を晒《さら》すことになるぞ！　たとえ死んでも、貴様らに安寧など訪れない！　未来永劫、地獄で亡者に引き裂かれる運命が待っているからだ！」

「ちょっ、シルベストリア様！　そんな話をしても、あの連中には伝わりませんよ！」

セレットが慌てた様子でシルベストリアに言う。

シルベストリアは拡声器のスイッチを切り、セレットを横目で見た。

「あの男がいる時点で、あそこにいる連中の説得なんてどのみち無理だよ。ひとまず、これで今は追い返すの。連中はもう前に進むことしかできないはずだから、他の兵士たちを引き連れてきた時に、もう一度この拡声器で説得してみる」

「……確かに、イステール領の謀反を口実にしている時点で、引き返すのは無理ですね。連れてきた市民も、あちこちに放っているんですし」

「うん。今は、あの男の後ろにいる騎兵たちを動揺させないと」

シルベストリアが再び拡声器のスイッチを入れる。

「さあ選べ！　これが貴様らに示された最後の救いの道だ！　神をも恐れぬ不届き者には、想像を絶する永遠の苦痛が待っていると心得ろ‼」

「モルス様、あれはいったい⁉」

「どうしてあんな大声が……グレイシオール様がイステール領に降臨したという噂は、本当だったのではないですか⁉」

その様子に、モルスの周囲に控える騎兵たちが、動揺した様子で彼に問いかける。

モルスははっと我に返った。

「バカなことを言うな！　あれは奴らの雑言だ！　正義は我らにあるのだぞ‼」

モルスが騎兵たちを怒鳴りつける。

「し、しかし、あれはどう見ても人のなせる業では――」

「黙れッ！　あれは連中の使う邪悪な魔術か何かだ！　いったん本隊に戻るぞ！」

モルスがラタの腹を蹴り、来た道を駆け戻って行く。

他の騎兵たちは酷く動揺した顔をしながらも、彼の後を追った。

「……帰っていきましたね」

去っていくモルスたちをセレットが眺めながら言う。

「まあ、そうするしかないよね。どうしてこんな大声が出せるかなんて、説明しようがないんだから」

「シルベストリア！　今のは、グレイシオール様に指示されたのか⁉」

守備隊長が兵士たちとともに、2人の下へと駆け戻って来る。

「いいえ、何を言ってもいいとグレイシオール様には申し付けられていたので、おらーって思うがままに言ってやりました」

「そ、そうか。まあ、なかなか迫力があって上手かったぞ」

「へへ、どうも」

守備隊長が振り返り、小さくなっていくモルスたちを見やる。

「だが、あの男の様子からするに、我らの説得に応じるとは思えん。邪悪な魔術がどうとか言っていたし、兵士たちを煽って無理やり攻めてくるかもしれんな」

「ですね。最悪の事態に備えて、全軍に戦闘準備をさせるべきかと思いますが」

「そうしたほうがよさそうだな」

守備隊長が頷き、集まっている兵士たちを見渡す。

「聞いてのとおりだ！　反乱軍の大部隊と戦闘になるかもしれん！　全軍、配置に就け‼」

兵士たちは一斉に了解の返事をし、それぞれの持ち場へと駆け出して行った。


「ニーベル様！」

グリセア村へと向かって行軍中の反乱軍本隊に帰り着いたモルスは、先頭を進んでいるニーベルの馬車へとラタを横付けした。

ニーベルが窓を開け、顔をのぞかせる。

「おお。モルス、戻ったか」

ニーベルの隣には、金髪の少女が彼にぴったりと寄り添っていた。

彼女の服が乱れているのをモルスは見て取り、この大変な時に、と内心舌打ちする。

「どうだ、奴ら、驚いていただろう？　フィオナを兵士たちに見せることはできたか？」

「いえ。早々に村の中に隠したようでして、こちらが問い詰めても知らぬ存ぜぬを押し通してきました」

「ふっ、そうかそうか」

ニーベルがにやりと笑う。

モルスに同行させた騎兵たちには、フィオナがグレゴリアから逃亡し、グリセア村に逃げ込んだと話して聞かせていた。

その場でフィオナの姿を見せることができれば、それでよし。

もし姿を隠されたとしても、村を制圧したのちに彼女を引きずり出せばいいとニーベルは考えていた。

要は、彼女を使って兵士と民衆の怒りを煽ることができれば、それでいいのだ。

「しかしあいつら、どうしてあの村に大軍を配備していたのだろうな。十分組み伏せられる数ではあるようだが、まるで我らの動きを予見していたかのような――」

「ニーベル様、そのことについてなのですが、予想外の出来事が起こりまして」

モルスが少女をちらりと見る。

「ん？　何だ、言ってみろ」

「いえ、できれば人払いをお願いしたいのですが……」

「構わん。話せ」

「いえ、そういうわけには」

ニーベルが舌打ちをし、少女に目を向ける。

少女は頷き、手早く衣服を整えると馬車を降りた。

モルスは彼女が離れたのを確認し、ニーベルに顔を向ける。

「どうした、何があった？」

「それが、敵兵の1人が突然、あり得ないほどの大声で我らに語りかけてきまして」

「何だそれは。怒鳴りつけてきたということか？」

「違います。辺り一帯に響き渡るような、それこそ雷の轟音にも匹敵するような大声を突如として発したのです。あれは、人のなせる業ではありません」

ニーベルが怪訝な顔になる。

こいつは何を言っているのだ、といった様子がありありと見て取れた。

「さっぱり意味が分からんぞ。バカでかい声の持ち主が、大声で怒鳴り散らしてきたということか？」

「違います。あれは、人の出せる声量ではありません。しかも、連中はグレイシオール様の名を語り、我らに降伏を勧告してきました。何やら様子がおかしいですぞ」

「何をわけの分からんことを言っておるのだ、バカ者‼　貴様はたぶらかされているのだ！」

突然、ニーベルが額に青筋を立ててモルスを怒鳴りつけた。

遠巻きに見守っていた兵士たちは、何事かとぎょっとした顔を2人に向ける。

「そのようなふざけた話があってたまるか！　何かからくりがあるに決まっているだろう！」

「で、ですが、あれはどう考えても――」

「黙れ！　この一刻を争うという時に、何を言っておる！　子供の使いを出した覚えはないのだぞ！」

ニーベルがモルスの言葉をさえぎり、再び怒鳴る。

「今すぐ村に進軍し、連中を駆逐してフィオナを引きずり出すのだ！　四の五の言っている場合ではない！」

「ニーベル様、兵が見ております」

モルスに指摘され、ニーベルが肩で息をしながら周囲を見る。

不安げな目を向けてくる兵士たちに、ニーベルが舌打ちをする。

「いいか、モルスよ。連中が何を考えていようと、村を制圧してフィオナを兵士たちに見せつければこっちのものだ。惜しむべくは時間なのだぞ」

「しかし、私が話した村の守備隊は、我らの動きをすべて把握しているようなことを言っていました。我らが立ち寄った村はもぬけの殻でしたし、このまま進むのは危険かと」

「よく考えろ。あの村には、祝福の力が強く備わった土が採れるという話があっただろう」

先ほどとは打って変わり、ニーベルが柔らかい口調でモルスに語りかける。

「イステール領が飢餓から脱したのは、本当にその土のおかげなのだろう。戦時でイステリアから軍が出払った隙に野盗に襲撃されないように、兵を置いているとは考えられんか？」

「だとしても、以前私が訪れた時は50名ほどしか兵はおりませんでした。今いるのは、それよりもはるかに多い軍勢です。いくらなんでも不自然でしょう」

「ならば、何だというのだ？　我らが軍勢をイステリアに向けるのを見越して、ここで迎え撃つために兵を集めたとでもいうのか？」

ニーベルが小馬鹿にしたような表情で言う。

「少しは考えろ。たとえ我らがダイアスを処刑した日に伝令がグレゴリアを発ったとして、砦にいるナルソンに伝わり、部隊を編成して村に送るというのがこの短期間でできると思うのか？」

「それは、そうですが……」

「だろう？　奴らが村にそれほどの部隊を置いている理由は正直分からんが、お前の言っているように、ナルソンたちが我らの動きをすべて把握しているなどということはあり得ないのだよ」

「……」

「おそらく、物資の集積拠点として使っているといったところだろう。フライス領からの輸送隊が、たまたま到着していたのではないか？」

「しかし、あの大声がどうにも——」

「ええい！　分からん奴だな！」

煮え切らないモルスに、ニーベルが痺れを切らして言葉を荒らげる。

「部隊のいる理由など、どうでもいい！　我らはさっさと村を制圧し、フィオナを兵たちに見せつけ、そのままイステリアへ進軍するのだ！　さっさと指揮を執れ！」

怒りに顔を歪めるニーベル。

モルスはぐっと奥歯を噛み締め、「かしこまりました」と答えた。


「……来た」

戦闘隊形でぞろぞろと進んでくる反乱軍の一団を見て、守備隊長とセレットとともに跳ね橋の上に立つシルベストリアがぽつりと言う。

中央に歩兵中隊、両脇に騎兵隊という、一般的な隊形だ。

『シルベストリア様、ロズルーです』

すると、シルベストリアの腰に付けている無線機からロズルーの声が響いた。

シルベストリアが無線機を手に取る。

『村の入口から見て、右斜め前方の草むらにいます』

シルベストリアがそちらに目を向ける。

目を凝らしてよく見てみるが、彼がどこにいるのかさっぱり分からなかった。

『合図をいただければ、ここから連中の部隊指揮官を矢で仕留められます。どの者かを指定していただければ、連中の中に飛び込んでニーベルを取り押さえますが。どうぞ』

「狙撃って、傍に近寄って狙い撃つってこと？　危ないから、村の中に入ってよ。どうぞ」

『いえ、風もないですし、かなりの遠距離から射殺せます。危険な距離には近づきませんので。どうぞ』

「む、誰と話しているんだ？」

守備隊長がシルベストリアに目を向ける。

「以前、ジルコニア様を砦から救出したロズルーという者です。今まで反乱軍を追尾して、逐一連絡をしてきてくれていたのも彼ですね」

「ああ、たった1人で砦に侵入したという者か」

「はい。ギリースーツという、風景と一体化できる服を着ているらしいんです。あそこら辺の草むらにいるらしいのですが」

守備隊長がシルベストリアの視線を追い、草むらを見る。

だが、どうにもロズルーの姿を見つけられず、小首を傾げた。

「ううむ、分からん。これも、グレイシオール様の道具というわけか」

「ですね。彼の持っている弓も特別製だと聞いています。かなりの射程と正確さを持っているとかで」

「なるほどな。だが、狙撃はいいが、敵陣に飛び込ませるのは危険すぎる。死なれでもしたら、グレイシオール様に顔向けできん。その場で待機するように伝えろ」

「了解です」

シルベストリアが無線機の送信ボタンを押す。

「ロズルーさん、その場で待機で。狙撃が必要な時は、こっちから言うから。どうぞ」

『かしこまりました。標的を選ぶようでしたら、あらかじめご連絡ください。通信終わり』

シルベストリアが無線でやり取りしている間にも、反乱軍は村へと迫って来る。

守備隊長が片手を上げて、兵士たちに合図を出した。

クロスボウを手にした兵士たちが、柵越しに矢先を反乱軍に向ける。

柵の内側にはいくつも台座が作られ、急遽組み立てられた数十機のスコーピオンが設置されていた。

数棟ある監視塔にもスコーピオンが置かれており、兵士たちが配置についている。

守備隊の兵士たちは、イステリア防衛のために守備戦に特化した訓練を受けた者たちだ。

クロスボウとスコーピオンの扱いは、お手の物である。

「シルベストリア、やれ」

反乱軍が罠地帯の数十メートル手前に来たところで、守備隊長が指示を出した。

シルベストリアは頷き、拡声器の電源を入れる。

「反乱軍よ、そこで止まれ‼」

シルベストリアが発した大声に、反乱軍の兵士たちの表情が驚愕に染まった。

誰とはなしに足を止め、反乱軍の前進が止まった。

「うおっ⁉ な、何だ、あの大声は⁉」

御者の隣に腰かけて部隊中央を進んでいたニーベルが、突如響いた大声に驚いた声を上げた。

ニーベルの隣には金髪の少女が座っており、拡声器の大音声に目を丸くしている。

彼に続く反乱軍の兵士たちも、突然の出来事にざわついていた。

「おい、モルス！ あれはどういうことだ⁉」

ニーベルがモルスを怒鳴る。

モルスは「だからさっき言ったんじゃないか」と内心げんなりしながらも口を開いた。

「先ほど私が申し上げたとおりです。あれ以上、説明のしようがありません」

「それならそうと、しっかり私に伝えておかんか！ このバカ者が！」

「……」

怒鳴り散らすニーベルに、モルスは閉口した。

謀略にかけてはニーベルはかなり頭が回るのだが、こと戦闘に関してはズブの素人だ。

戦地において指揮官が慌てふためいたり、味方の指揮官を罵倒するなどもってのほかである。

それが周囲の兵にどういう影響を与えるか、ニーベルはまるで考えていないのだろう。

これは従う相手を間違えたか、とモルスが考え始めた時、ニーベルが御者台で立ち上がった。

「兵士たちよ、静まれ！」

ニーベルが兵士たちに大声で語りかける。

「あれは、連中の仕組んだ――」

「貴様ら反乱軍の企みは、王家もフライス家もイステール家もグレイシオール様も、すべてまるっとすっきりお見通しだ‼」

「うるさい！　私がしゃべっているだろうが‼」

ニーベルの声に被せるようにして響き渡るシルベストリアの大声に、ニーベルが額に青筋を浮かべて彼女に叫ぶ。

シルベストリアからもその様子は見えているのだが、当然、おかまいなしだ。

むしろ、「わめいてる、わめいてる」とニヤついていたりする。

「哀れな反乱軍兵士たちに告ぐ！」

シルベストリアは跳ね橋の上で仁王立ちし、ビシッと反乱軍を指差した。

「諸君らは、ニーベル・フェルディナントに騙されている！　ダイアス様が国を裏切ってバルベールと手を組んでいたなどということは、すべてニーベルの出まかせだ！」

「黙れ！　出まかせは貴様らの――」

「反乱が起こったその日のうちに、ルグロ殿下は砦を発ち、グレゴリアへ急行した！　今こうしている間にも、殿下から真実を告げられたグレゴリア市民たちが、殿下と王家の軍団ととも

にこちらへ向かっているぞ！」

「な、なんだと⁉」

ニーベルが驚愕に目を剥く。

その場にいる兵士たちも、驚いた顔でシルベストリアを見ている。

先ほどから一方的にシルベストリアの声だけが兵士たちの耳には届いており、ニーベルの声は大音声にかき消されて、ほとんど聞こえてこないのだ。

「なぜ、これほど早くグレゴリアでの情報が砦にいる殿下に伝わったか不思議だろう⁉　それは、アルカディアに降臨したグレイシオール様のお力によるものだ！　どれだけ離れていても、国内で起こっていることは私たちにすべて筒抜けだ！」

ニーベルに話をさせてなるものか、とシルベストリアが言葉を続ける。

反乱軍の兵士たちが動揺している様子はシルベストリアも雰囲気で察しており、畳みかけるのなら今だ、と考えていた。

「今こうして諸君らが聞いている私の大声も、グレイシオール様のお力によるものだ！　このような真似、人間にできるわけがないことは諸君らも分かるだろう⁉　神は現実に存在しているのだぞ！」

「だ、黙れっ！　兵士たちよ、耳を貸してはならん！　あれは邪悪な魔術によるものだ！」

「ニーベルはこの畏れ多い神の力を、邪悪な魔術だとでも言って諸君らをたぶらかそうとするかもしれない！」

ようやく言葉を発せられたと思った傍からそんなことを言われてしまい、ニーベルが顔を真っ赤にして「黙れ！」と再び叫ぶ。

傍にいたモルスは、シルベストリアの台詞を聞いて、「あ、俺がついさっき守備隊長に言った台詞だ」と内心シルベストリアに感心していた。

「諸君ら兵士たちは騙されているだけだ！　王家もグレイシオール様も、それはご理解しておられる！　今投降すれば、グレイシオール様のご慈悲で諸君らの罪は大幅に軽減されるはずだ！」

兵士たちがざわつく。

人知を超えた出来事に、もはや思考が追い付かないのだ。

「兵士たちよ、目を覚ませ！　諸君らはニーベルに騙されていたのだ！　ニーベルこそ、諸君らを巻き込んでバルベールに与しようとする造反者だ！　ニーベルは諸君らを扇動してイステリアを制圧し、領内の村や街も手当たり次第襲わせて、砦にいる友軍を干上がらせようとしているのだぞ！」

「ふざけるな！　お前たち、耳を貸すんじゃない！　あいつの言うことはでたらめ……」

ニーベルはそこまで言って、周囲の兵士たちが自分に向けている視線に気づき、「うっ」と言葉を止めた。

皆が、敵意とまではいかないが、明らかに疑いを含んだ視線を向けてきていたからだ。

シルベストリアの言うことは兵士たちが知っている事実をなぞっているし、砦を干上がらせるためという理由は確かに納得がいく。

拡声器による常識外の大音声の効果も相まって、まさかこいつは、と多くの兵士が考え始めていた。

「今ならまだ間に合う！　諸君らの手でニーベルを取り押さえろ！　諸君らが王家とグレイシオール様から赦しを得られる最後のチャンスだ！」

「お、おい、モルス！」

「……」

ニーベルがモルスに目を向けるが、モルスは口を閉ざしたままニーベルを見返すだけだ。

自分でどうにかしてみろ、と目が言っていた。

「っ！　兵士たちよ、騙されるな‼　ダイアスが諸君らに強いてきたことを忘れたか⁉」

ニーベルが額に玉のような汗を浮かべながら、必死の形相で兵士たちに訴えかける。

「民に重税を課し、器量のいい女は無理やり召し上げ、異議を唱えれば罪をでっちあげて首を撥ねた！　奴がどうしてそんな真似を、今までやり続けてきたと思う⁉」

ニーベルが兵士たちに叫ぶように言う。

シルベストリアは口を挟まず、叫んでいるニーベルに目を向けている。

言うべきことはすべて言ったので、あとは兵士たちが自ら動くことを祈るしかない。

「それは、奴が最初からアルカディアを裏切ると決めていたからだ！　自らの保身と引き換えにバルベールに献上する国の民など、どうなっても構わないと思っていたからだ！　私は、そんな悪魔を打ち倒し、領内のすべての民を圧政から解放――」

「悪魔はお前のほうよっ‼」

「ぐあっ⁉」

ニーベルの言葉を遮って、御者台に座っていた少女がニーベルを突き飛ばした。

まったく予想していなかった衝撃に、ニーベルが御者台から地面に転落する。

周囲の兵士たちはその場を動かず、唖然とした様子で少女に目を向けた。

「ダイアス様が悪魔ですって⁉　大勢の小さな女の子を攫《さら》って慰み者にしていたお前がそれを言うの⁉　孤児院とは名ばかりの牢獄に、あちこちから攫ってきた子供を百人以上も閉じ込めているお前が⁉」

「モ、モルス！　そいつを黙らせろ‼」

ニーベルは慌てふためきながらも、モルスに指示を飛ばす。

「その話、詳しく話してみろ」

「モルス⁉」

モルスはニーベルには一瞥もくれずに、少女を真っ直ぐに見つめて言った。

少女は頷くと、憎悪に顔を歪ませてニーベルを睨みつけた。

「私、その孤児院にいたんです。父がこの男にすごい額の借金を作ってしまって。私はそのカタとして売られたんです。そうしないと、家族全員、餓死するしかなかったから」

「黙れ！　黙らんか！」

ニーベルが叫ぶと、モルスは腰の剣の柄に手を添え、チャキ、と指で鍔を押し上げた。

「ニーベル様、少しの間、お静かにお願いできますでしょうか？」

「モルス、貴様っ……！」

ニーベルが激高しかけ、押し黙る。

自分を見る兵士たちの目が、恐ろしいほどに冷え切っていたからだ。

「私はこの男に、街はずれにある孤児院に連れて行かれました。そこには、私のように借金のカタに売られてきたり、家族が死んでしまって連れてこられた娘たちが大勢いました」

少女が淡々と、自身が目にしてきたことを話す。

孤児院で目にした、大勢の少女たちのこと。

世話をしてくれるのも年上の少女たちで、彼女たちは隠していたが、14、15歳くらいになるとニーベルに夜伽《よとぎ》を強制されていたこと。

その娘たちも数年経つと、どこかへ連れて行かれて二度と戻ってこなかったこと。

話が進むにつれて少女の目には涙があふれ、それは頬を伝ってぽたぽたと足元に零れ落ちた。

「ダイアス様は、そんな地獄のような場所にいた私を救ってくださったんです。他の侍女《じじょ》たちと同じ待遇で使ってくださって、夜伽を強制されたことなど一度もありません。奴隷みたいな生活を送らされていた私を、ダイアス様は救ってくれた」

いまだに地面に尻もちをついているニーベルを、少女が睨みつける。

「ある日、私はダイアス様に何日かお休みを頂いて、貯めたお給金を手に両親を訪ねて故郷へ向かいました」

少女の話に、ニーベルが「まずい」といった顔になった。

だが、今すぐ少女の言葉を止めては、これから彼女が話すことが真実だと証言するようなものだ。

「両親は、とっくの昔に死んでいました。私が売られてから、ほんの一カ月後に。家に押し入った野盗に斬り殺されたという話でしたが、それと同じような話を孤児院にいた娘が何人も――」

皆が口を閉ざす中、少女の声だけが辺りに響いていった。

「えっ、なになに？　何が起こってるの？」

突然御者台から突き落とされてしまったニーベルに、シルベストリアが唖然とした顔になる。

距離が離れすぎていて聞こえないが、彼を突き落とした少女が兵士たちに何かを語っているようだ。

地面に落ちたニーベルは兵士たちに隠れてしまい、ここからでは姿が見えない。

「内輪揉めか？　ニーベルが突き落とされたようだが……あの女は誰だ？」

守備隊長が、シルベストリアに話しかける。

「いえ、私にもさっぱりで……セレット、双眼鏡を持ってきてくれる？」

「かしこまりました」

セレットが村の中へ走り、双眼鏡を手に戻って来る。

砦でシルベストリアが一良《かずら》から借りてきた、高倍率のものだ。

シルベストリアはそれを受け取り、目に当てた。

「えーと……」

くりくりと双眼鏡のメモリを回して低倍率にし、ニーベルを探す。

手振れ補正機能付きの高性能品なので、遠くの被写体が揺れずにはっきりとよく見える。

御者台に立つ少女の姿を見つけ、倍率を上げた。

「んー、なんかしゃべってるけど……何を言ってるんだろ」

「なんだその道具は？　それも、グレイシオール様からお借りした物か？」

守備隊長が怪訝な顔で双眼鏡を見る。

「はい。遠くのものを、間近にあるように見ることができる道具です。隊長も見てみます？」

はい、とシルベストリアが守備隊長に双眼鏡を手渡す。

「どれどれ……うおっ⁉」

突然目の前にラタの顔のドアップが現れ、守備隊長が驚いてのけぞる。

「あ。今それ、すごく大きく見えるようになっちゃってるんです。そこのツマミで調節してください」

シルベストリアが横から手を伸ばし、使い方を指導する。

「お、おお？　大きくなったり小さくなったり……おお」

守備隊長は双眼鏡をのぞきながら、感心した声を漏らした。

あちこちの風景を見ながら、双眼鏡を楽しんでいる。

「これはすごいな。偵察にはもってこいじゃないか」

「隊長、ニーベルたちを見ないと」

「あ、そうだった」

守備隊長が双眼鏡を目に当てたまま、ニーベルたちを探す。

「……ん？　あいつ、さっき村に来た騎兵に剣を向けられているぞ。こっちに来るようだが」

「えっ⁉」

シルベストリアが、ニーベルが転落した場所へと目を向ける。

兵士たちの隙間から、モルスに剣を向けられてあとずさりしているニーベルの姿が遠目に見えた。

すると、兵士たちが両脇に退いて道を開けた。

モルスに追い立てられるようにして、ニーベルがこちらに歩み寄って来る。

「守備隊長殿！ 話をさせていただきたい！」

ニーベルに剣を突き付けたまま大声で呼びかけてくるモルスに、シルベストリアと守備隊長は顔を見合わせた。

「上手くいった……のか？」

「かもしれないですね。行ってみましょう」

2人がセレットと護衛の兵士を伴い、ニーベルたちの下へと走る。

シルベストリアたちが彼らのところへ着くと、モルスはニーベルに向けていた剣を鞘にしまい、苦悶した表情になった。

「申し訳ございません。我々はどうやら、この男に騙されていたようです」

モルスの後に続いていた他の兵士たちも、深く頷く。

装備からして、中隊長や騎兵隊長のようだ。

シルベストリアたちは知らないことだが、彼らの大半はモルスと同様に、「ダイアスに対する領民の不満に付け込んで反乱を起こし、グレゴリアとイステリアを占領し、後々はバルベール側に付く」という計画をニーベルから直接聞かされている。

ところが一般兵士たちの不穏な空気を察したモルスが翻意したことを受けて、阿吽の呼吸で彼に同調したのである。

「ダイアス様がバルベールに寝返るという話をこの男に吹き込まれ、愚かにも信じてしまいました。偽の血判状までこの男は見せつけてきまして――」

「モルス！　貴様――」

怒りに顔を歪めてニーベルが叫んだ瞬間、モルスは目にも留まらぬ速さで剣を抜き、彼の首めがけて振り抜いた。

ニーベルの首からわずか1センチのところで剣はビタッと止まり、その風圧でニーベルの髪が大きく揺れる。

「次に余計な口を叩いたら、その首を撥ね飛ばしてやるぞ！　この薄汚い売国奴め！」

「っ、ひぃっ」

ガタガタと震えるニーベルをモルスは睨みつけると、再び剣を鞘に納《おさ》めた。

「こいつは口が上手すぎる。これ以上雑言を吹かせて、兵に動揺を与えるわけにはいかん。口を縛っておけ」

「はっ！」

部隊長の1人（モルスの仲間）が自分の腰のベルトを外して、ニーベルの口を縛り付けようとする。

「よ、よせっ！　ぐぼっ⁉」

抵抗しようとしたニーベルのみぞおちに、モルスが強烈な蹴りを食らわせた。

革ブーツによる容赦のない蹴りをモロに食らい、ニーベルがその場に膝をついて地面に嘔吐する。

「クズが。おい、早く縛れ！」

「はい！　おら、さっさと立て！　この裏切り者！」

ベルトを手にした中年の部隊長が、言葉とは裏腹にニーベルの背中に蹴りを入れた。

ニーベルはその衝撃で自らの吐瀉物に倒れ込んでしまい、ぐえ、とくぐもったうめき声を上げる。

「ゲロ野郎が。手間をかけさせるな！」

彼はニーベルの髪を掴んで無理やり立たせ、ゲロまみれの口にベルトを巻き付けた。

シルベストリアと守備隊長は、まるで下品な拷問でも見ているかのような不快な気分になってしまい、顔をしかめている。

「守備隊長殿、この男はそちらに……ん？　貴女は、シルベストリア様ではないですか！」

「え？　ああ、どうも」

今さらかよ、という言葉をシルベストリアはのみ込み、モルスに会釈する。

「我々はこの男に騙されたとはいえ、王家に剣を向けるという大罪を犯してしまい……弁解の余地もございません」

モルスが神妙な顔でうなだれる。

他の部隊長たちもそれに倣うように、表情を暗くしてうなだれた。

「私はどんな罰《ばつ》でも受ける覚悟です。ですが、後ろにいる者たちは、ニーベルにそそのかされた私が説得してしまったようなもの！　何とぞ、陛下には寛大な処置を取っていただけるよう便宜を――」

「モルス殿、それは違います！」

「そうです！　モルス殿は民と国のためを思って立ち上がったのではないですか！」

「悪いのはすべて、そこにいるニーベルですぞ！」

口々にモルスをかばう部隊長たち。

シルベストリアと守備隊長は、内心「何だこの流れは」と困惑しながら、それを眺める。

「あー、えっと……モルスさんたちは、ニーベルに騙されていただけ、ということなんですね？」

シルベストリアが言うと、モルスはすぐに頷いた。

「はい。ダイアス様がバルベール側に寝返るという話を、この男に聞かされまして。血判状をはじめ、数々の『裏切りの証拠』を見せつけられ――」

ニーベルがどうやって自分たちをそそのかしたのかを、モルスがつらつらと語る。

いかにニーベルが言葉巧みに自分たちをそそのかしたのか、そのためにどれだけの罪のない者たちを殺めてしまったのか。

ダイアスが日頃領民に対して行っていた苛烈な行いは実際に目にしていたので、ついつい信じてしまったという話だ。

シルベストリアはそれを少しの間黙って聞き、片手を上げて制した。

「皆さんが騙されたというのは分かりました。後で私も皆さんに同伴して、ナルソン様や陛下にお話ししますから」

シルベストリアの言葉に、モルスの背後にいる部隊長たちがほっとした顔になる。

「皆さんのやってしまったことは途方もない重罪です。ですが、本当に騙されていたというのなら、陛下もグレイシオール様も、きっと寛大な処遇を約束してくださるでしょう」

「先ほどの大声でも言っていましたが……グレイシオール様というのは？」

怪訝な顔でモルスが聞く。

「そのままです。今から1年くらい前に、本当にグレイシオール様が現れたんですよ」

シルベストリアが言うと、モルスをはじめ、部隊長たちは困惑した顔になった。

「ええと……神が現世に降臨した、ということでしょうか？」

「ええ、そうです。後ほど皆さんには面会してもらいますから、何か質問があればその時に直接どうぞ」

「大丈夫だとは思うが、グレイシオール様には絶対に嘘はつかないようにな。さもなくば、死ぬよりも恐ろしい目に遭うことになるぞ」

「は、はあ」

釘を刺すように言う守備隊長に、モルスたちが困惑顔のまま頷く。

守備隊長は王家やグレゴルン領の重鎮たちと一緒に地獄の動画を見た際、グレゴルン領の者たちが死んだ同僚が怪物に引き裂かれている姿を見て、青い顔で大騒ぎしていたのを目にしている。

もともと人の道に外れるようなことはしてこなかった彼だったが、それ以降はなおのこと、清く正しく生きるよう心掛けていた。

さて、とシルベストリアは彼らの背後にいる兵士たちに目を向けた。

「兵士たちに、ことのいきさつを説明しないと。それと、あなたたちがあちこちに放った市民たち。それも止めないといけません」

「はい。すぐに作戦中止を伝えに伝令を出します。すでに現地で被害が出ているかもしれませんが……」

「それなら大丈夫です。さっき私が言ったとおり、領内の村や街の人たちは、全員イステリアに避難させてありますから」

シルベストリアの台詞に、背後の部隊長たちがざわつく。

たとえ反乱の起こったその日にグレゴリアから伝令が砦に向かっていたとしても、時間的に自分たちの動きを見越して、そこまでの対応を取れるはずがない。

何が何だか分からない、といった状態なのだ。

「……先ほど大声で『全部お見通し』と言っていたのは、事実だというのですか？」

信じられない、といった表情のモルスに、シルベストリアがにっこりと微笑む。

「もちろん！　そちらで起こったことは、ナルソン様やルグロ殿下も全部知っていますよ」

「その、いったいどうやって、それほど早く情報を砦に伝えたのでしょうか？　グレゴリアから最速で砦に伝令が向かったとしても――」

「グレイシオール様のお力です。そちらでダイアス様たちの処刑が行われている時点で、砦にはその情報は伝わっていましたから」

「……」

モルスたちが顔を見合わせる。

いまだに納得できていない様子だが、シルベストリアは気にせず話を進める。

「ここでのんびりしている暇はありません。今すぐ、市民たちに伝令を出してください。あなたがたのとりあえずの処分は、こちらに向かっているルグロ殿下が到着してから判断していただこうと思います」

「……殿下も、本当にこちらに向かっているのですか」

「向かってますよ。グレゴリアでの説得も、もう済んでる頃合いじゃないですかね」

「承知しました。お前たち、兵を集合させろ！　私が状況を説明する！」

モルスの指示で、部隊長たちが兵士たちに集合を呼びかける。

シルベストリアは守備隊長へと目を向けた。

「隊長、私はグレイシオール様に無線で報告をしたいのですが」

「ああ、分かった。後は私がやっておこう。兵たちには、そのまま臨戦態勢を維持しろと指示しておいてくれ」

「すみません。セレット、一緒に来て」

「かしこまりました」

守備隊長たちにその場を任せ、シルベストリアは村の中へと戻るのだった。


その頃、砦の南門の防壁上では、バレッタがカノン砲担当の兵士たちとともに射撃訓練を行っていた。

彼女の傍にはカノン砲が3門並んでおり、中央の1門だけが射撃準備をしているところだ。

——そろそろ、ひと雨来るかな。

どんよりと曇った空を、バレッタが眺める。

今は乾季であり、例年ならほとんど雨は降らないのだが、ここ最近は何度か降っていた。

降っている最中は涼しくていいのだが、上がった後の蒸し暑さがかなりつらい。

バレッタとしては、雨が降れば降るほど丘の向こうに陣を敷いているバルベール軍の消耗《しょうもう》を誘えるので、雨上がりの炎天下は大歓迎だ。

「バレッタ様、配置に就きました！」

1基のカノン砲の傍にいた兵士が、仲間たちが持ち場に就いたのを見てバレッタに声をかける。

砲弾を持っている者、火薬箱の傍にいる者、込め矢を持っている者、着火するための火のついた棒を持っている者、射角と火薬量を計算する者の計5人が配置に就いている。

込め矢とは、棒の両端に布を巻いた物だ。

片側で砲弾と火薬を砲身の奥に押し込み、反対側で射撃後の砲身内を掃除するのである。

「あ、はい。それでは、射撃準備開始」

兵士たちが返事をし、軍事コンパスを用いて左右の角度と射角を調整し、火薬袋に火薬を詰めた。

使っているカノン砲は、砦攻めで使ったものと同じタイプのものだ。

砦攻めでは砲弾が小さすぎたのと火薬の量が多すぎたせいで、砲撃した城門を貫通してしまったことが分かっていた。

今後バルベール国内に攻め込むような事態になれば、より大口径のカノン砲を開発する必要があるだろう。

「装填よし！」

「照準よし！」

諸々の準備が整って兵士たちが宣言すると、それを見守っている他の兵士たちが祈るように手を合わせた。

「1発こっきりだぞ！　絶対に決めろよ！」

「ほんと頼む。何日も前から拝み倒して、やっと約束を取り付けたんだからさ！」

「バレッタ様が朝昼晩の食事を作ってくれるんだぞ！　外したら、お前らのケツ穴に夏イモをねじ込んでやるからな！」

「あ、あはは……それじゃ、撃ち方始め」

騒ぐ兵士たちにバレッタは乾いた笑いを浮かべながら、射撃指示を出す。

着火手が火のついた棒を点火口に差し込むと、どかん、という轟音が響いた。

数秒して、はるか遠方の地面から土煙が上がった。

バレッタは双眼鏡を目に当て、着弾地点を眺める。

赤く塗った看板の少し後ろの地面に、鉄製の砲弾が当たった窪みができていた。

看板の前後には距離を示す棒が1メートル間隔でいくつも並んでいるのだが、窪みは看板から奥に数えて3本目付近に付いているようだ。

砲弾はそのまま跳弾し、はるか後方へと吹き飛んで行ってしまっている。

「着弾位置、左右よし。誤差、後方に約3メートルです。修正をお願いします」

バレッタが双眼鏡をのぞいたまま、兵士たちに言う。

「ダメじゃん！」

「あー！　火薬を入れすぎなんだよ！　1回弾が跳ねていく分には当たり判定なんだから、少な目にしろよ！」

「このアホ！　ポンコツ兵士！」

「ま、マジでごめん！　まさか外すなんて……」

「前に撃った時はこの火薬量でいけたんだよ！　軍事コンパスの目盛りにも従って計算したし！　俺は悪くない！」

「今日は追い風があるだろうが！　それくらい考慮しろよ！」

「お前ら全員、夏イモの刑だ！」

「謝罪はいいから尻を出せ！」

見ていた兵士たちが騒ぎたてながら、射撃を行った兵士たちをしばき倒す。

いつの間に用意していたのか、手に夏イモを持っている兵士までいる始末だ。

「バレッタ様！」

ズボンを下ろされそうになっている兵士たちを見てバレッタがあわあわしていると、背後の防壁の下から声が響いた。

バレッタがそちらに目を向ける。

防壁へと上る階段から少し離れたところに、ウッドベルの姿があった。

階段には見張りの兵士が立っており、現在は通行止めとなっている。

「ウッドベルさん。お久しぶりです。ちょっと、お見せしたいものがあって。そっちに行きますね」

「あっ、ウッドベルさ――」

「待て待て、ここは通行禁止だ」

ウッドベルが階段に駆け寄ると、見張りの兵士が行く手を塞《ふさ》いだ。

「ん？　話は聞いてただろ？　バレッタ様に見せなきゃいけないものがあるんだって」

「いや、ナルソン様の命令で、今は防壁には誰も上がらせられないんだ。カノン砲の射撃訓練中だからさ」

「ああ、さっき撃った音がしたな。近くにも寄らせてもらえないって、ずいぶん厳重なんだな」

「まあ、一応機密扱いっていうのもあるけど、うかつに近寄ると危ないんだよ。発射音で耳を悪くするかもしれないし、煙は臭いし。そんなわけだから、通せないんだ」

「そっか。となると……」

警備兵とウッドベルがバレッタを見上げる。

「すみません、今そちらに行きますから。皆さん、射撃訓練はそのまま続けてください。雨が降りそうなんで、手早く済ませてくださいね」

バレッタが若い兵士に双眼鏡を手渡す。

「次の班が1発で当てたら、食事を作ってもらえますか⁉」

「え、えっと……それはまた、次の機会にということで」

「「「えー……」」」

兵士たちが不満げな声を上げる。

バレッタとしてはやる気を出してもらいたいので、仕方がない、と苦笑して口を開いた。

「じゃあ、明日もう一度射撃訓練をして1発で当てたら、侍女さんたちも誘って3食ご馳走《ちそう》を作ってあげます！　だから、気合入れて頑張ってください！」

バレッタの提案に、兵士たちから「おおっ！」と声が上がった。

ゴネ得である。

「やった！　お前ら、死ぬ気で訓練しろ！　明日に備えるぞ！」

「このまま雨が降ったら、もう撃てねぇぞ！　急げ急げ！」

兵士たちの元気な声を背に受けながら、バレッタが小走りで階段を降りる。

「お待たせしました。それで、私に見せたいものって？」

「お手間取らせてすみません。これなんですけど」

ウッドベルが、手にしている草編みのサンダルをバレッタに手渡す。

バレッタはそれを見て、はっとした顔でウッドベルを見た。

「子供用のサンダル……これをどこで？」

「食事棟の物陰です。もしかしたら、コルツのじゃないかなって」

「見つけたのはいつですか？」

「昨日の夜ですね。調理場でメルフィを手伝って残飯を捨てに行ったら、そこで落ちてるのを見つけたんですよ」

「そうでしたか……あの、メルフィさんって？」

小首を傾げるバレッタに、ウッドベルが頭を掻く。

「俺の彼女っす。少し前から付きあってて。今、部隊の使用人として働いてるんですよ」

「そうなんですね。知らせてくれてありがとうございます。もう一度、砦の中を探してみますね」

バレッタがにこりと微笑む。

「お願いします。俺も、暇を見つけてあちこち探してみますんで」

「はい。よろしくお願い――」

『バレッタさん、カズラです。どうぞ』

バレッタが言いかけた時、彼女の腰に付けている無線機から一良《かずら》の声が響いた。

バレッタは「しまった！」といった顔で、慌てて無線機に手を伸ばして電源を切る。

有事の際は耳にイヤホンを付けているのだが、いつもつけっぱなしだと耳が痛くなってしまうので、普段はこうしてイヤホンを付けずに使っているのだ。

ウッドベルは少し驚いた顔で、バレッタの無線機に目を向けている。

「えっ？　今、その腰の物から声が聞こえませんでした？」

「え、ええと……その、機密事項なんで、詳しくは言えないんです。ごめんなさい」

「あ、いやいや！　別に詮索《せんさく》しようなんてつもりはないですから！」

ぺこりと頭を下げるバレッタに、ウッドベルが慌てて手を振る。

「それじゃ、俺はこれで！　また来ますから！」

ウッドベルがバレッタに軽く頭を下げ、走り去って行く。

バレッタはそれを見届けると、無線機を手に取り電源を入れた。

「カズラさん、バレッタです。どうぞ」

『バレッタさん、反乱軍の件ですけど、ルグロとシルベストリアさんたちが上手くやってくれました。今、宿舎の会議室に集まってるんで、来てもらえます？　どうぞ』

「分かりました。すぐに行きますね」

バレッタは無線機を腰に戻すと、サンダルを手に宿舎へと走るのだった。

バレッタが会議室に入ると、すでに一良《かずら》をはじめとした首脳陣が勢ぞろいしていた。

イステール領軍からは、ナルソン、ジルコニア、一良《かずら》、リーゼ、イクシオス、マクレガー、そして武官と文官の重鎮が数名。

王都軍とフライス領軍からは、各軍団の軍団長と副軍団長が出席している。

「すみません、お待たせしました」

バレッタがそそくさと一良《かずら》の隣の席に着く。

「では、会議を始める。先ほど言ったとおり、殿下のおかげでグレゴリアに詰めているグレゴルン領軍の説得は上手くいった。また、グリセア村に向かっていた者たちも説得に応じたようだ。首謀者のニーベルも、生きたまま捕らえることができた」

ナルソンの話に、皆が頷く。

王都軍と合流したルグロがグレゴリアの市民たちを説得して街を解放し、海岸線の砦には王都軍に拡声器を持たせて向かわせたと報告を受けている。

ルグロは今、バイクでシルベストリアたちのいるグリセア村へと急行しているはずだ。

「反乱を手引きした者たちを早急に洗い出さねばならん。だが、首謀者はニーベルで確定だが、他の協力者が誰なのか、現時点ではまだ分からない状態だ」

「ニーベルに吐かせましょう。それが一番手っ取り早い」

王都軍の軍団長の1人が提案する。

「ニーベルは仲間たちに翻意されたようですから、その連中の名前は惜しげもなく吐くはずです。簡単な話ですな」

「うむ。だが、下手をすれば本当に騙された連中まで巻き添えを食う可能性もある。ニーベルの自白だけというわけにはいかんな」

ナルソンがカズラに目を向ける。

「カズラ殿。ここはやはり、主だった部隊長たちにも地獄の様子を見せて白状させるべきかと思うのですが」

「まあ……それが一番確実ですかね」

一良《かずら》がナルソンの意見に頷く。

嘘をついたまま贖罪もせずに死ねば地獄行き、と言われれば、騙されていたとうそぶいている者たちも白状せざるを得ないだろう。

ただ、あまりにも重い罪を重ねているニーベルに関しては、逆に絶望して自暴自棄になってしまう可能性がある。

贖罪をさせるために野に放つわけにもいかないので、扱いは別で考えたほうがよさそうだ。

「グレイシオール様」

すると、今度は別の王都軍の軍団長が口を開いた。

彼は王家の血筋の者だ。

「王家への謀反を画策、または実行した者への刑罰《けいばつ》は、公開での『石潰し刑』と決まっておりますが……そちらは従来通り執行する旨を、陛下に進言してもよろしいでしょうか？」

「石潰し刑？　どんな刑罰です？」

「横長に加工した石を、足の先から1つずつ載せて体を少しずつ潰していく刑罰です。爪先、脛、膝といった順に潰れるまで上に石を積み重ねて、しっかりと潰れたら次の部位へ移ります。生きていようが死んでいようが、頭まで潰したら終了です。王家に歯向かった者の存在を磨り潰す、という趣旨の刑罰です」

「最後は生きたまま口から内臓を吐き出すらしいのですが、なにぶん、最後に行われたのが100年以上前でして。本当にこの刑罰が相応しいのか、今一度話し合う必要があるやもしれません」

もう1人の軍団長が補足するように言う。

だが、その処刑法でいいかと聞かれても、一良《かずら》としては困る。

過去に一度、アイザックから「舌引き抜きの刑」を宣告されたことを、ふと思い出した。

「そ、そうですか。まあ、処刑についてはまた後で検討としましょう」

「処刑を行うこと自体に問題はありませんでしょうか？　その……それを指示した者の徳が下がるというような」

「んー……私も担当外のことなんではっきりとは分かりませんが、権力を振りかざして不当な理由で処罰を行うとかじゃなければ大丈夫かと。まあ、皆さんの罪にならないようにリブラシオール（すべての神の元締め）には私から伝えておきますね」

一良《かずら》の返答に、軍団長たちが「おお」と声を漏らした。

実際に他の神への口利きが可能であると分かり、なおのこと一良《かずら》には好印象を持たれるよう努めようと内心決意していたりする。

「カズラさん」

それまで黙っていたジルコニアが口を開いた。

「おそらくニーベルは、自分が処刑されることは分かっているでしょう。そのうえで地獄の様子を見せると、絶望して自暴自棄になってしまうかもしれません」

「ですね。それは俺も思いました」

ジルコニアの意見に一良《かずら》が頷くと、軍団長たちも同意して頷いた。

分かりやすく、「確かに」だとか「もっともだ」と声まで出している。

「なので、ここは地獄の様子は見せずに、助命の約束と引き換えに情報を聞き出したほうがいいと思います。処刑はしないでおきましょう」

ジルコニアが言うと、王都軍の軍団長たちが打って変わって驚いた顔になった。

「な、何をバカなことを！」

「そうだ！　王家に逆らった者を生かしておくなど、あっていいはずがないではないか！」

大声で喚く軍団長たちを、ジルコニアが冷めた目で見る。

「なら、数千の兵士と数万の市民たち全員に地獄の様子を見せろと？　部隊長たちがすべての裏切り者を把握しているとは限らないでしょう？　重要なのは、裏切り者を全員炙り出して後顧の憂《うれ》いを断つことでは？」

もっともな指摘を受け、軍団長たちが「うっ」と言葉に詰まる。

「ニーベルは、公には獄中で病死したということにでもしましょう。真相を聞き出した後は、彼の身柄はイステール家が最後まで責任を持って管理しますから」

「……真相を聞き出した後で公開処刑すればいいのでは？　なにも、謀反者との約束を律義に守る必要などないでしょう」

「うむ……扇動された民草も、ニーベルを引きずり出して目の前で殺さねば収まりがつかないようにも思えますな」

王都軍の軍団長たちが言う。

それを聞き、ジルコニアは呆れ顔になった。

「犯罪者だから約束を破って殺してしまえ、ということですか？　グレイシオール様の前で、よくそんなことが言えますね。ご自身の徳を下げたいのですか？」

ジルコニアが言うと、彼らははっとした様子で一良《かずら》を見た。

「あっ！　い、いや、今のは言葉の綾です！」

「例えばです！　例えばの話でして！」

「え、ええ。分かってます。あなたがたの徳が下がったりはしませんよ。大丈夫ですから、安心してください」

一良《かずら》がフォローを入れると、彼らはほっとした様子で息をついた。

「では、ニーベルの処遇とその他の裏切り者の調査については、イステール家にお任せします。皆も、それでよいな？」

一良《かずら》のことをチラチラと見ながら、額に汗を浮かべて言う軍団長。

他の者たちも、こうなっては異議など唱えられるはずもなく、すぐに頷いた。

一良《かずら》は「これはちょっとまずい傾向だな」、と内心思う。

余計な発言をして徳が下がることを恐れて、イエスマンばかりになるのも困りものだ。

意見は率先して出してもらわねば、会議の意味がなくなってしまう。

後で彼らには何かしらのフォローを入れておくべきだろう。

「よし、決まりだ。ジルコニア殿、よろしくお願いしますぞ」

「ええ、大丈夫です。裏切り者が誰なのか、私が責任を持ってニーベルにきっちりしゃべらせますから」

ジルコニアがにこりと微笑む。

　隣のナルソンは何も言わず、難しい顔で腕組みしていた。

「では、ニーベルたちに騙されて扇動されてしまった市民たちですが、彼らは騙されただけですので、なるべく寛大な処置を取るように陛下に進言すべきかと」

「うむ。さすがに無罪とはいきませんが、処刑や奴隷化のような苛烈な処罰は控えるべきですな。彼らも国や家族を想って、ニーベルの口車に乗せられてしまったのでしょうから」

　先の軍団長たちが率先して、会議を取りまとめながら話を進め出した。

　ことあるごとに「寛大な処置」やら「騙されていた領民には慈悲深い対応を」といった言葉を吐き出している。

　ここぞとばかりに、自らの徳を上げようと頑張っている様子だ。

　慈悲と豊穣の神である一良《かずら》を強く意識しているというのもある。

　皆があれこれと話し合っていると、バレッタが小声で一良《かずら》に話しかけた。

「あの、カズラさん」

「ん、どうしました?」

「さっき、ウッドベルさんがこれを見つけたって教えてくれて」

　バレッタがサンダルを一良《かずら》に見せる。

「これは……もしかして、コルツ君の?」

「分かりません。けど、残飯を捨てる場所に落ちていたとウッドベルさんは言っていたので、もしかしたら……」

「ふむ……ん？」

「どうしました？」

何かに気づいた様子の一良《かずら》に、バレッタが小首を傾げる。

「そのサンダル、紐《ひも》の裏に何か書いてありますよ」

「えっ？」

バレッタがサンダルの紐の内側を見る。

黒い糸でこちらの世界の文字で「リリ」と刺繍《ししゅう》されていた。

「それ、そのサンダルの持ち主の名前じゃないですかね？」

「ほんとですね……はぁ、やっと手掛かりが見つかったと思ったのに」

肩を落とすバレッタに、一良《かずら》も少し暗い顔になる。

「やっぱり、砦にはいないんじゃないかな……イステリアでも見つかっていないし、どこへ行っちゃったんだろ」

「ですね……あ！　ウリボウさんたちに手伝ってもらえないでしょうか？　匂いを追って探してもらうとかで」

「なるほど、彼らなら何か分かるかもですね。今夜あたり、一緒に森に行ってみますか」

「グレイシオール様、この方針でよろしいでしょうか？」

一良《かずら》とバレッタが話し込んでいると、会議を進行していた軍団長が一良《かずら》に声をかけてきた。

「えっと……」

一良《かずら》がちらりとリーゼを見る。

リーゼはそれで察したようで、こくこくと小さく頷いた。

どうやら、その方針とやらに問題はないようだ。

一良《かずら》は「大丈夫です」と軍団長に答え、心の中でリーゼに感謝するのだった。


その日の夜。

しんと静まり返っている納骨堂内に、ギイ、という扉がきしむ音が響き渡った。

地下室へとつながる扉から顔をのぞかせたコルツが、暗闇にそっと目を走らせる。

「……」

時刻は23時を回っており、冷たい石造りの納骨堂内には誰もいない。

そこかしこに背の高い棚が設置され、遺骨の入った大量の木箱が並んでいる。

コルツは人の気配がないことを確認してから室内に入り、扉をそっと閉めた。

広々とした真っ暗な室内を、慣れた様子で壁際へと歩く。

高さ5メートルほどの位置にある採光窓を見上げ、その真下にある棚をよじ登った。

棚の上で立ち上がり、採光窓を見上げる。

窓まで、あと3メートルほどの高さだ。

「よっ！」

コルツはぐっとかがむと、勢いよく垂直に跳んだ。

2メートル近くも跳躍し、窓のふちに両手をかける。

そのままぐっと窓枠に上がると、向かいの建物の屋根に飛び移った。

とん、と軽い音を立てて屋根に着地し、周囲を見渡す。

周囲に人がいないことを確認し、屋根の上を走って飛び移りながら、兵舎の建ち並ぶ区画までやって来た。

食事棟の上に来ると、屋根に手をかけ、煮炊きの排煙用の窓からするりと中へ入った。

軽やかに着地し、傍にあった水瓶に歩み寄る。

ここは、食事棟の調理場だ。

「ふう……干からびるところだった」

傍にあった柄杓で水を掬い、ごくごくと喉を鳴らして飲む。

コルツは砦に来てからというもの、時折こうして水を得るために食事棟へとやって来ていた。

隠れていた間の食べ物は、家から持ってきた糒《ほしいい》だ。

1日で口にする分量はたった一口ほどだが、今のところ問題なく活動できている。

炊いた米を干したものが糒という保存食になることはコルツは知らなかったのだが、「干せば長持ちするんじゃないか」と考えて、食事のたびに出る白飯を少しずつ持ち出して干してみたら上手くいったのだ。

グレイシオールの言い伝えと今までの経験から、自分の体が一良《かずら》が持ってきた食べ物を一口食べれば、丸一日程度なら十分活動できることは分かっていた。

「おっ、パンだ」

近くのテーブルにあったカゴにかけられていた布をめくると、丸パンが入っていた。

おそらく、夕食の残り物だろう。

早速、1つ手に取ってかじる。

――ミュラ、大丈夫かな。大人たちにバラしてないといいけど。

もぐもぐと口を動かしながら、イステリアにいる友人を思い浮かべる。

部隊の運ぶ飼い葉に紛れてこっそり砦にやってくる計画を、コルツはミュラに打ち明けていた。

当然ながら彼女には必死に止められたのだが、「どうしても」と説得してなんとか協力を取り付けた。

部隊がイステリアを発つ日の朝、コルツはミュラをこっそり家に呼び、両親の目を欺くために自分のベッドで毛布に包ませて身代わりになってもらった。

ウッドベルがやってきて、返事を聞いたのはミュラの声だったのだ。

その間にコルッは部隊に忍び込み、荷馬車の飼い葉にもぐりこんで砦までやって来たのだった。

「……！」

コルッがパンをかじりながら革の水筒に水を入れていると、窓の外から誰かがしゃべりながら歩いてくる音が聞こえてきた。

とっさに物陰に隠れて、耳を澄ます。

「今さらだけどさ、こんな夜中にいきなり森に行って、ウリボウたちは出てきてくれるのかな？」

「事前に連絡を取れたりはしないの？　夢の中で伝えるとかさ」

「できるわけないだろ。俺、ただの人間だぞ」

「でも、カズラは野営地でご神託を受けられたんでしょ？　夢の中で呼びかけたら、その時みたいに話せるんじゃない？」

聞き覚えのある声と名前に、コルッは「えっ」と思わず声を漏らした。

足音と声は、壁を挟んだ向こうから聞こえてくるようだ。

「いや、いつも彼らから接触してくるから、こっちからっていうのは無理だよ。ていうか、あれは本当に夢じゃなかったんだって」

「えー？　だって、あり得ないじゃん。見張りだらけの野営地にウリボウが入って来て、誰も気づかないなんてさ」

「だから、本当に……バレッタさん、何とか言ってやってくださいよ」

「うーん……私もそれについては、カズラさんの夢だと思ってて……」

「うわ、バレッタさんまで俺を否定するんですか。どんな時でも俺の味方というのは嘘だったのか……」

「えっ⁉ べ、別にカズラさんを否定してるわけじゃなくて！」

――今から森に？ それに、ただの人間って……。

一良《かずら》たちを追おうと、コルツが物陰から出て窓に目を向けた時。

ぽん、と誰かがコルツの頭に手を置いた。

「うむぐっ⁉」

「騒ぐな。俺だ、ウッドだよ」

思わず叫び声を上げそうになった口を押さえつけられ、コルツが首を回して背後を見る。

いつの間に背後にやって来たのか、ウッドベルがコルツの口と頭を押さえつけていた。

「離すぞ。大声出さないでくれよ？」

ウッドベルに言われ、コルツがこくこくと頷く。

拘束を解かれ、コルツは背後を振り返った。

「ウッドさん……」

「ったく。お前、本当に此に来てたのか」

やれやれといった顔で言うウッドベル。

「いったいどうやって付いてきたんだ？　お前、俺が家に行った時はベッドで――」

「あっ、コルツ君！」

ウッドベルの背後から響いた声に、コルツが目を向ける。

ウッドベルの彼女のメルフィが、食堂の入口から驚いた顔でコルツを見ていた。

どういうわけか、服が少し乱れているように見える。

「メル姉ちゃんまで……なんでこんな時間に、ここにいるの？」

「え？　え、えっと……お、大人の事情ってやつかな！」

えへへ、とメルフィが誤魔化《ごまか》し笑いをする。

「それより、コルツ君。皆、キミを探して大騒ぎしてたんだよ？　今までどこにいたの？」

「……」

コルツが口をつぐみ、うつむく。

「こら！　黙ってたら分からないでしょ！　ちゃんと答えなさい！　私もウッドも、すっごく心配したんだからね!?」

「そうだぞ。お前、いったいどこに隠れてたんだ？」

メルフィに続き、ウッドベルも険しい表情でコルツに言う。

「砦でもイステリアでも、お前を探して大騒ぎだったんだぞ。ご両親だって、死ぬほど心配してるはずだ」

「そうだよ！　お母さん毎日泣いてるって、ニィナちゃんが言ってたよ？　コルツ君、どうして砦になんか来たの？」

「……そういえばお前、しばらく前に、カズラ様を守れるとかなんとかって言ってたよな？」

ウッドベルが言うと、コルツが少し顔を上げた。

「とりあえず、話を聞かせてみろよ。ここまでやるってことは、それ相応の理由があるんだろ？」

「……」

「誰かに言ったり、お前をカズラ様とかナルソン様に突き出したりなんてしないからさ。俺に話してみてくれないか？」

「えっ、ちょ、ちょっとウッド！　そんな約束――」

「メルフィちゃん。友達がここまで悩んでたら、助けてやりたいって思うのが普通だと思うんだけど、どうかな？」

ウッドベルがメルフィに顔だけで少し振り返って、にかっと笑って言う。

「でも……あそこまで大騒ぎしてたのに、匿ったりしたら大変なことになるよ？　ウッドの上官に報告したほうがいいよ」

戸惑《とまど》った様子で言うメルフィに、ウッドベルが「いやいや」と首を振る。

「規則だ罰則だってのは、友情の前には何の効力もないもんさ。な、コルッ？」

ウッドベルがコルツに笑いかける。

コルツは険しい顔のまま、ウッドベルを見返す。

「そんな顔すんなって。協力してやろうって言ってるんだからさ。理由、話してみろよ？」

「……俺、オルマシオール様と約束したんだ。だから、カズラ様の傍にいないといけないんだ」

「オルマシオール様……戦いの神様だよな？」

「うん」

ウッドベルとメルフィが顔を見合わす。

「神様と約束って、何か誓いでも立てたってことか？」

「違うよ。オルマシオール様から、カズラ様の傍にいるようにって言われたんだ。それで、約束したんだよ」

「あのねぇ、コルッ君。ウッドは真面目に聞いてるんだよ？　どうして、そんな嘘を言うの？」

「……はあ」

少し怒ったように言うメルフィに、コルツがため息をつく。

その様子に、メルフィはむっとした顔になった。

「ちょっと！　なんでため息なんてつくかな！」

「嘘なんて言ってないのに、メル姉ちゃんが嘘だって決めつけるから」

「何言ってんの！　神様と会って話したなんて言われて、はいそうですかって信じるほうがどうかしてるでしょ⁉」

「まあまあ、メルフィちゃん。そうカリカリすんなって。コルツにだって、言いにくい理由があるんだよ」

怒るメルフィを、ウッドベルがなだめる。

「なっ⁉　ウッドまでそんなこと言う！　あれだけたくさんの人に迷惑かけたんだよ？　悪いことしたらちゃんと反省させないと、ろくな大人にならないよ⁉」

「いいから、ここは俺に任せろって。後でちゃんと、さっきの続きしてやるからさ」

「っ……もう！」

ぷい、とメルフィが顔を赤らめてそっぽを向く。

ウッドベルは苦笑すると、コルツに顔を向けた。

「まあ、お前はカズラ様の傍にいないといけないってのは分かったよ。この戦いが終わるまで、砦にいるつもりなんだな？」

「うん。だから、カズラ様たちには俺がいたってことは黙ってて。見つかったら、イステリアに送り返されちゃうから」

「ふむ。でも、お前の父ちゃんと母ちゃん、すっごく心配してると思うんだ。そこは何か考えて、無事を伝えるくらいはしないといけないんじゃないか？」

「それは……」

ウッドベルの指摘に、コルツが口ごもる。

両親が今もイステリアであちこちコルツを探しまわっているのは知っていた。

ニィナたちがコルツを探しながら、そんな話をしているのを、隠れながら耳にしたからだ。

コルツは一日中納骨堂にいるわけではなく、夜のうちに移動して、民家の屋根裏や厩《うまや》の梁の上に潜んでいた。

通りかかる人の話を聞いて、今砦がどんな状況にあるのかを知っておくためだ。

納骨堂に戻るのは、食事と睡眠を取る時だけである。

「メルフィ、あの黒いやつを持ってきてくれ」

「えっ？　でも……」

「いいから、な？」

「う、うん」

メルフィが食堂に走り、黒い物体を持って戻ってきた。

無線機だ。

「コルツ、お前、これの使い方知ってるか？」

「えっ……ウッドさん、これどうしたの？」

コルツが驚いた顔で、ウッドベルを見上げる。

「メルフィも持たされてるんだよ。ニィナって娘たちと一緒に、カズラ様の手伝いでさ。な？」

ウッドベルがメルフィをちらりと見る。

メルフィはこくこくと頷いた。

「これを使えば、離れた相手とでも話ができるんだろ？ コルツは使い方知ってるか？」

「……知らないよ。何か話してるのは見たことがあるけど、どうやったら使えるのかまでは見たことないし」

コルツはそう言って、ウッドベルを見上げる。

「メル姉ちゃんに聞けばいいじゃん。手伝いで持たされてるなら、使い方も分かるでしょ？」

「それがさ、機密情報だからって言って教えてくれないんだよ。どんなものなのか、俺も興味があるんだけどさ」

「……興味があっても、聞いちゃいけないこともあるんだよ。メル姉ちゃんだって困っちゃうよ」

コルツがメルフィを見上げる。

「そ、そうなのよ！　ウッド、ダメなものはダメなんだから、諦めなよ！」

「なんだよ、ケチだなぁ。まあ、仕方がないか」

ウッドベルは軽く笑うと、よし、と言って立ち上がった。

「さて、コルツ。お前に協力するにあたって、1つ聞いておかないといけないことがあるんだけどさ」

「……なに？」

「お前、今までどこに隠れてたんだ？」

「納骨堂の地下の木箱の中だよ」

コルツが言うと、メルフィが驚愕した顔になった。

「えっ⁉　納骨堂の地下って、あの骨だらけの場所に隠れてたの⁉」

「うん。あそこなら、誰も来ないと思って」

砦に来る前、コルツはロズルーから、ジルコニアを救出した際の話を聞いていた。

そのなかで、納骨堂の地下の話も聞いており、隠れ場所にちょうどいいと目星をつけていたのだ。

根掘り葉掘り聞いてくるコルツに、ロズルーは「やっぱり男の子だな」と微笑ましく思いながらも、納骨堂の外観や砦内での位置などを詳しく教えたのだった。

「マジか。俺、あそこは一回探したんだけどな」

「ウッドさんが来たのは知ってるよ。俺が隠れてる木箱の隣の箱を開けたでしょ？」

「あー、あの木箱の隣だったか。何か音がしたから見に行ったんだけど、あれってネズミの音じゃなくて、コルツが動いた音だったんだな」

納得した様子で、ウッドベルが頷く。

「で、他にはどこに隠れてたんだ？　ずっと納骨堂にいたわけじゃないんだろ？」

「うん。ずっと納骨堂にいたよ。食べ物を取りに、夜中にここに来る以外は」

「いやいや、そんなことないだろ？　カズラ様のいる宿舎に忍び込んだりしてたんじゃないか？」

「そんなの無理だよ。あっちこっちうろうろしてたら、すぐに見つかっちゃうもん。あそこ、見張りだらけだし」

「……ふーん。そっか。まあ、そうだよな」

納得したのか、ウッドベルが頷く。

「ウッドさん、今度は俺が聞いてもいい？」

「ん、何だ？」

「ウッドさんは、いつも夜中にここに来てるの？」

「んー、そうだな。たまにメルフィとおしゃべりしに来るよ」

「いつもメル姉ちゃんと一緒に来るの？」

「そりゃそうだろ。1人でこんなとこ来ても、何も面白くねえし。なんでそんなこと聞くんだ？」

「メル姉ちゃん以外の人とも来てるのかなって思って」

コルツが言うと、メルフィが真顔になった。

「ウッド、来てるの？」

「来ねえよ！ コルツ、不穏なこと言うなって！」

「だって、ウッドさん、シア姉ちゃんに散々言い寄ってたじゃんか。メル姉ちゃん以外にも、彼女いるのかなって」

「あれは場を盛り上げるために言ってただけだよ！ メルフィちゃん、ほんとだからね⁉」

「どーだか」

あからさまに不機嫌な顔になるメルフィ。

いろいろと思い当たる節があるようだ。

ウッドベルはやれやれと頭をかくと、コルツを見た。

「ったく、お前、ろくな大人にならねえぞ」

「ウッドさんみたいにならないように、気を付けるよ」

「言っとけ。で、これからのことだけどさ」

ウッドベルがコルツの頭をわしわしと撫でる。

「毎日ここに水とか食べ物を取りに来るんじゃ大変だろ。これからは俺が毎晩、納骨堂に食事を届けてやるよ」

「えっ、ウッド、それはやめたほうがいいよ。やめなよ」

メルフィが不安そうな顔になる。

「そんなことして、バレたら大変なことになるよ？ウッドがコルツ君を砦に連れ込んだんじゃないかって、疑われちゃうよ。やっぱり、上官に報告したほうが……」

「あのなぁ……コルツを見つけたって報告するにしても、なんで夜中に調理場にいたんだって聞かれたら、なんて答えるんだよ。それに、見つけた場所を誤魔化すにしても、俺が報告する時点でどう考えてもろくなことにならないだろ」

「そ、それは……そうだけど……」

メルフィが口ごもる。

夜中に調理場に侵入して密会していました、と正直に言うわけにもいかない。

もしメルフィの父親にバレでもしたら、大目玉どころかウッドベルと強制的に別れさせられる可能性すらある。

「まあ、それが理由じゃないけどさ。コルツがこれだけ覚悟を決めてるんだから、手伝ってやろうよ」

「うう……分かった」

メルフィが渋々頷く。

ウッドベルがコルツに笑顔を向ける。

「よし、決まりだ。明日の夜、メルフィの手料理を持って行ってやるから、ちゃんと地下にいるんだぞ？」

「……うん」

頷くコルツの頭を、ウッドベルはがしがしと撫でるのだった。

第4章　ごめんね

コルッがウッドベルたちと話している頃。

砦の南門を出た一良《かずら》、バレッタ、リーゼの3人は、並んで森へと向かって歩いていた。

護衛として、門の前で合流したアイザック、ハベル、そしてニィナをはじめとしたグリセア村の若者が10人ほど付いて来ている。

あと数十メートルで、森の入口だ。

「当たり前だけど、夜の森って真っ暗だなぁ」

目の前に広がるうっそうとした森を見て、一良《かずら》が言う。

空には半分に欠けた月が浮かんでいて大地を照らしているのだが、森の奥までは光が届いていない。

薄っすらと様子が見て取れる森の入口のその先は、深淵のような漆黒の闇がどこまでも続いているように一良《かずら》には見えた。

「リーゼ、森の中は見えるか？」

「見えるわけないでしょ。真っ暗じゃない」

「だよなぁ。アイザックさんとハベルさんは？」

一良《かずら》が歩きながら、背後の2人を見やる。

「いえ、ほとんど見えません」

「私もです。森に入って少しすれば、目が慣れるかとは思いますが」

アイザックとハベルが続けて答える。

彼らはジルコニア救出作戦の折に夜の森に入っていたが、その時は松明などの光源を使うわけにはいかなかったので、ほとんど何も見えずにかなり苦労した経験があった。

「ニィナさんは見えます？」

一良《かずら》がニィナを振り返る。

「あ、はい。ちょっと暗いですけど、ちゃんと見えますよ」

「えっ？　あんなに真っ暗なのに？　すごいね！」

リーゼも振り返り、ニィナを見る。

「えへへ。まあ、田舎者ですから。村にいた頃は、夜は暗いのが普通だったので」

「それに比べて、イステリアは夜でも明るくていいよね！　夜中にトイレに起きても、安心して行けるしさ」

「そうそう。こっちと違って、村だと夜におしっこしたくなったら真っ暗なトイレに入らないといけなかったもんなぁ」

「注意しないと、トイレの穴に足を突っ込むことになっちゃうもんね。子供の頃、何回かはまったことあるし」

ニィナや娘たちがわいわいと答える。

少し前から、彼女たちはリーゼとよくおしゃべりする間柄になっていた。

リーゼの部屋の警備担当だったセレットがグリセア村の守備隊に異動になってから、代わりにニィナたちが交代で警備につくことになり、会話する機会が増えたのが理由の1つだ。

「いいなぁ、皆さん目が良くて。俺とは大違いだ」

「カズラ様は見えないんですか？」

「いやぁ、俺、夜目がまったく利かなくて全然ダメなんです。バレッタさんも見えるんですよね？」

一良《かずら》が話を振ると、バレッタはすぐに頷いた。

後ろでは、娘たちが「神様も目の良い悪いがあるんだね」などと話している。

「はい、見えますよ。辛うじて薄っすらと、ですけど」

「えっ？　薄っすらと？」

一良《かずら》がバレッタを怪訝な顔で見る。

「前に一緒にグリセア村からイステリアに遊びに出かけた時は、真っ暗な森の中でもはっきり見えてませんでしたっけ？」

「あの頃は真っ暗闇でも平気だったんですけど……最近、少し目が悪くなっちゃったみたいで」

自覚していたのか、バレッタが気恥ずかしそうに笑う。

バレッタはイステリアに来てから毎晩寝る前に、一良《かずら》の持ってきた本や資料室の歴史資料を読むことを日課としていた。

読書のお供は、一良《かずら》から貰ったLEDランタンだ。

非常に明るくて便利な代物なのだが、暗い部屋の中で光源として使うには、あまり目によろしくないのだろう。

「もしかして、毎日夜遅くまで本を読んでたりします？」

「え、えっと……はい」

「薄暗いところで本を読むと目に悪いですよ？　視力って、一度下がったら戻すのは大変なんですから」

「うう、ですよね……こっちにも、眼鏡屋さんがあればいいのに。眼鏡さえあれば、目が悪くなってもへっちゃらですよね」

「いや、へっちゃらっていうのはどうかと……でも、バレッタさんの眼鏡姿、見てみたいなぁ。きっと似合うと思いますし」

「えっ？　そ、そうですか？」

「眼鏡？　何それ？」

2人の話に、リーゼが口をはさむ。

「目が悪くなった人でも、かけることで目が良かった時みたいに見えるようになる道具です。こんな形に加工した透明なガラスとかプラスチックの板を、目に当てるものですね」

バレッタが両手で輪っかを作り、目に当てて見せる。

「ふーん……あ、雑誌にそういうのかけてる人が載ってたよね。あれ、オシャレの道具じゃなかったんだ」

「オシャレ用の眼鏡もあるみたいですよ。あと、歳を取って近くの物が見えにくくなった人用の眼鏡もあるみたいです」

「そうなんだ。マクレガーが、『最近、近くの物が見えなくなってきて困る』って前に言ってたんだよね。カズラ、今度にほ……あっちに戻ったら、マクレガーに眼鏡を持ってきてくれない？」

リーゼはニィナやアイザックたちがいることを忘れて「日本」と言いそうになってしまい、慌てて言い直す。

「ああ、いいぞ。老眼用ならざっくりで平気だからな」

「バレッタの眼鏡も用意する？　目が悪くなっちゃってるんでしょ？」

「いや、遠くの物が見えにくいのは近視っていうんだけど、そっちはちゃんと検査しないと眼鏡は作れないんだ」

「へえ、目の悪さにも種類があるんだね。検査って、どうやるの？」

「紙にCの字を描いて、少しずつ距離を離していくんだよ。Cの線が繋がってない部分が分かるのはどの距離までかを、テストするんだ」

「へえ、なんだか面白そう！　試しに、明日やってみたいな」

リーゼがわくわく顔で提案する。

「ああ、確かに面白そうだな。でも、検査するにしても専用の表がないとダメだから、すぐにはできないぞ」

「えー、そうなの？　自分たちで作れないの？」

「俺も詳しく規定を知ってるわけじゃないからさ。あ、でも、百科事典を見たらもしかしたら――」

「ランドルト環ですね。詳しく載ってましたから、宿舎に戻ったら私が作っておきますよ」

バレッタの申し出に、リーゼが「おおっ！」と声を上げる。

「さっすがバレッタ！　そのなんとかっていうの、私も作るの手伝うよ。百科事典って、ほんとに何でも載ってるんだね」

「ふふ、そうですね。いろんなことが書いてあって、すごく楽しかったです」

「リーゼ。バレッタさんは百科事典の全ページを暗記してるんだぞ」

「……え？」

一良《かずら》の衝撃的な発言に、リーゼがきょとんとした顔で一良《かずら》を見る。

そして、その向こう側にいるバレッタを見た。

「百科事典って、パソコンで見るやつだよね？　あれって確か、すんごいページ数があったと思うんだけど……何ページだっけ？」

「え、えっと……２４９７１ページですね」

「それを全部覚えてるの？　ほんとに？」

「は、はい。一応は」

おずおずと頷くバレッタに、一良《かずら》以外の全員が驚愕の眼差しを向ける。

アイザックやニィナたちは百科事典が何なのかは知らないが、膨大なページ数の本の内容をすべて暗記しているという時点で、尋常ではないことは分かる。

「バレッタ、本当に私と同じ人間だよね？　その頭、どうなってるわけ？」

リーゼが怖いものでも見るような目でバレッタを見つめる。

「バレッタさん、前に覚え方を教えてくれましたよね。もしかしたら、リーゼはできるかもしれないですよ？　教えてあげたらどうです？」

「ええ……」

明らかに楽しんでいる表情で言う一良《かずら》を、バレッタが困り顔で見る。

以前、一良《かずら》に覚え方を話した時は、「バレッタさんしかできない」と即座に否定したのに、と内心困り果てた。

そんなバレッタの心の内などつゆ知らず、リーゼは興味津々といった様子だ。

「えっ、やり方があるの!?　私にも教えて！」

「その……見たものを写真を撮るみたいにして覚えて、頭の中に置いておくんです。見返したい時は、その場面を頭の中で見る感じ――」

「できるわけないでしょ!?　バカにしてんの!?」

「ひゃっ!?　お、怒らなくてもいいじゃないですかっ!?　本当にそうやってるんですから！」

「あはは、やっぱ普通はできないよなぁ」

「なっ!?　カズラさん酷いですよ！　こんなの理不尽です！　あんまりです！」

無責任に笑っている一良《かずら》に、バレッタが頬を膨らませる。

「えっ？　俺のせい？」

「カズラさんのせいでリーゼ様に怒られたようなものですよっ！」

そうやって騒ぎながら歩いているうちに、一同は森の入口にたどり着いた。

さて、と一良《かずら》が後ろの皆を見る。

「それじゃあ、この先は俺とリーゼとバレッタさんで……バ、バレッタさん、ほんとすみませんでした。許してください」

ふくれっ面になっているバレッタに、一良《かずら》が謝る。

「……カズラさんが私に似合うと思う眼鏡を選んでくれたら許してあげます」

「わ、分かりました。度入りの眼鏡を作るのには専用の測定器具で測ってもらわないとダメなんで、伊達眼鏡でもいいですかね？」

「はい、大丈夫です」

にこっとバレッタが微笑む。

どうやら、機嫌を直してくれたようだ。

実は、バレッタは内心、一良《かずら》に眼鏡を選んでもらえる口実ができて喜んでいたりするのだが。

「あー、いいなぁ！　カズラ、私も！」

「分かった、分かった。ほら、森に入るぞ。皆さん、ちょっと待っててくださいね」

「カズラのセンスが問われるからね！　ちゃんと似合うのを選んでよ？」

「分かったたって。向こうで見比べるから、後で写真撮らせてくれな。バレッタさんもお願いしますね」

「はい！」

あれこれ話しながら、3人が森へと入っていく。

ハベルはその姿を見送りながら、隣に立つアイザックに目を向けた。

「アイザック様、今さらですすけど、リーゼ様のことはもう諦めたほうがいいと思いますよ？」

「うるさい。余計なお世話だ」

ごつん、とアイザックがハベルの頭に拳骨《げんこつ》を食らわす。

ハベルは「親切心で言っているのに」とぼやきながら、去っていく一良《かずら》たちの背を見送るのだった。

「うう、真っ暗じゃん……私もライト持ってくればよかった」

ガサガサと草をかき分けて歩きながら、リーゼが一良《かずら》の腕にしがみつく。

光源は一良《かずら》の手にしているペンライトが１つだけだ。

「どこまで歩くの？　オルマシオール様が出てきてくれるまで？」

「いや、森の奥まで行ったからって出てきてくれるとは限らないし。というより、リーゼが一緒にいて、会いに来てくれるのかかなり不安なんだよな」

「あー……カズラとバレッタは、別々に会ったことがあるんだっけ」

「うん。俺は何度も話したな。バレッタさんは2回でしたっけ？」

一良《かずら》がバレッタに話を振る。

「はい。山で炭焼きをしていた時に夢に出てきたのと、バルベールの騎兵から救っていただいた時は直接お話ししました」

「そっか……いいなぁ、２人だけ。なんだか、私だけのけ者みたい」

リーゼが少し寂しそうに言う。

「まあ、そう言うなって。こればっかりは俺じゃどうしようもできないことなんだし」

「うん……」

そうしてしばらく歩き、３人は立ち止まった。

おそらく、３００～４００メートルは歩いただろうか。

「うーん。やっぱりいきなりは無理があるかな……連絡の取りようがないけどさ」

「いくらオルマシオール様でも、事前連絡なしだと厳しいかもですね」

一良《かずら》とバレッタが周囲を見渡しながら言う。

「今度会ったら、何か連絡の合図とか決めておいたら？　いつもこんなんじゃ、すごく不便だし」

「だな……無線機でも渡して、持っててもらったほうがいいよな。持ってくればよかった」

「あ、でも、オルマシオール様じゃ、ボタン押せないんじゃない？　獣の手足なんだし」

「そこはほら、人間に化けられる相方がいるから大丈夫だよ」

「ああ、黒髪の女の人だっけ？　どんな人なの？」

「んー……すっごい美人さんで、人を驚かすのが趣味ってことしか分からないな」

「神様なのに、迷惑な趣味持ってるんだね……」

そのままだらだらしゃべりながら、黒い女性やウリボウたちの出現を待つ。

だが、いくら待っても、彼らは姿を見せない。

「こないなぁ。これはもう、諦めたほうがいいか」

「うー……なんだか眠くなってきちゃった……」

リーゼが疲れた顔で、その場に座り込む。

「もう夜遅いしな。戻ろうか」

「ううん……もう少し待ってみようよ」

「悪いな、付き合わせちゃって」

「……」

「バレッタさん？　どうしました？」

やや険しい顔つきになっているバレッタに、一良《かずら》が小首を傾げる。

「……いえ、何でもないです。座って待ちましょうか」

一良《かずら》とバレッタも、その場に座り込む。

すると、リーゼが一良《かずら》の肩に頭を持たれかけた。

「リーゼ？」

「ごめん……眠くて……」

そしてすぐに、リーゼがすやすやと寝息を立て始めた。

これはと一良《かずら》は思い、隣のバレッタに目を向ける。

バレッタは額に脂汗を浮かべて唇を噛み、両腕を抱いて爪を立てていた。

「バレッタさん、もしかして……」

「たぶん、そろそろ来ると……思います」

バレッタにも、かなりの眠気が襲い掛かっているようだ。

一良《かずら》は特に何も感じていないのだが。

その時、一良《かずら》たちの正面から、がさりと落ち葉を踏みしめるような音が微かに聞こえた。

はっとして、2人がそちらに目を向ける。

真っ暗な森の中に、金色に光る2つの玉が浮かんでいた。

闇から滲み出すようにして、巨躯のウリボウがゆっくりと一良《かずら》たちの数メートル手前にまで歩み寄ってきた。

「何か用か？」

巨躯のウリボウが口を動かし、低い声でしゃべった。

一良《かずら》が慌てて立ち上がろうとすると、バレッタがその腕を掴んだ。

「バレッタさん？」

「手を……貸してください……」

一良《かずら》に支えられながら、バレッタが朦朧とした様子で立ち上がる。

ウリボウはそれを見て、ふん、と鼻を鳴らした。

「相変わらず、大した意志の強さだな。よく眠らずにいられるものだ」

「やっぱりこれって、あなたたちがやってたんですね？」

一良《かずら》が聞くと、ウリボウは軽くうなずいた。

「こうしなければ、余計な人間とも関わることになってしまうからな」

ウリボウがリーゼに目を向ける。

「あいつが言うには、我らが人間たちと深く関わると悪い未来に繋がりやすくなるらしい。次からは、できれば貴君だけで来てもらいたい。大勢いると、この力は通じないようだからな」

「えっ、よくないって……ええと、黒い女性が言ってたんですか？」

「うむ。まあ、私からしてみれば、ここまで肩入れしておいて今さらだとは思うがな」

ウリボウがその場に座り込む。

「それで、我らに何の用だ？」

「えっと……コルツ君について聞きたくて」

「あいつが目をかけていた小僧か。どうかしたのか？」

「しばらく前から、行方不明になってるんです。どこにいるのか、知らないかなと思って」

「知らん。お前の傍にいるようにと、あいつが小僧に言いつけておいたのは聞いているがな。大方、砦のどこかにいるのではないか？」

「いや、それも分からなくて……あの、彼を探すのを手伝ってもらうことはできませんか？匂いとかをたどったりして」

「ふむ。小僧の匂いが付いた持ち物はあるのか？」

そう言われ、一良《かずら》が「うっ」とたじろぐ。

手元にも砦にもコルツの持ち物は1つもなく、イステリアに取りに行くにしてもバイクはすべて出払っている。

ルグロの安全のために仕方がなかったとはいえ、1台くらいは残しておくべきだったと今さらながらに後悔した。

「ないのか。まあ、あいつなら匂いも分かるだろうから、後で伝えておいてやる」

「あ、そうか。彼女なら……あの、今近くにはいないんですか？」

「いない。他の連中と一緒に、向こうの国の奴らを見張っているからな。今、この国には、我らの仲間はほとんどいないぞ」

「えっ。もしかして、俺たちのために？」

予想外の言葉に、一良《かずら》が驚く。

「うむ。この間の戦いのように、貴君らが油断したところに付け入られて万が一でも大敗されては、元も子もないからな。微力ながら、加勢はさせてもらう」

ウリボウがバレッタに目を向ける。

バレッタは一良《かずら》に支えられながら、辛うじて立っているような状態だ。

「いつまでそうして頑張っているつもりだ。さっさと眠ってしまえ」

「嫌です……カズラさんは、私が守ります……」

バレッタは朦朧としながらも、ウリボウを睨みつける。

「なんだ、私がこの男を食うとでも思っているのか？」

「違います。カズラさんをどこかに連れて行ってしまいそうで……怖いんです」

バレッタが言うと、ウリボウの目つきが少し柔らかくなったようにバレッタには見えた。

「お前たちは、あの２人に似ているな」

「……あの２人？」

バレッタが聞き返す。

「魂だけになって、森で彷徨《さまよ》っていた者たちだ」

その言葉に、バレッタの目に動揺が走る。

何百年も離れ離れで互いを探し続けていたという話を思い出し、心の底から恐怖が湧き起こった。

「さて、私はそろそろ行くとしよう」

ウリボウが立ち上がる。

「そのうち、あいつが訪ねていくだろう。しばらく待っていてくれ」

ウリボウはそう言うと踵《きびす》を返し、闇の中へと消えていった。

途端に、バレッタの足から力が抜け、その場に膝をつく。

「うわ⁉　バレッタさっ⁉」

一良《かずら》はバレッタを支えようとしたが、自身も足に力が入らずに膝をついた。

「い、いてて……前にもこんなことあったな。半分眠ってるってやつか。バレッタさん、大丈夫ですか？」

「うう、頭がくらくらしちゃって……足に力が入らないです。カズラさん、大丈夫ですか？」

バレッタが自身の頭に手を当てながら、一良《かずら》を気遣う。

「大丈夫です。リーゼは……爆睡してますね」

一良《かずら》が隣を見やると、リーゼは地面に横たわってすやすやと寝息を立てていた。

顔も体も、落ち葉と小枝まみれになっていそうだ。

「前に彼らに会った時、『意識に霧をかけないと語りあえない』みたいなことを言ってたんですよね。そのせいかな」

「意識に霧、ですか。私が前に会った時は、そんなことなかったんですが……」

バレッタがそう言って、「あ」と思い出したように言う。

「そういえば、あの時はオルマシオール様は口を動かしてなかったです。頭に直接話しかけてくる感じでした」

「ふむ。さっきは口を動かしてしゃべってましたし、俺が会った時も同じだったんですよね。やっぱり、夢を見ながら話してる感じだったのかな」

「かもしれないですね。私たちがいるせいで、そうしていたのかも」

バレッタが森の奥を見やる。

もうそこにはウリボウはおらず、暗い森が広がっているばかりだ。

「さてと、そろそろ戻りますかね。皆、心配しているでしょうし」

「はい。リーゼ様、起きてください」

バレッタがリーゼの肩を揺さぶる。

「んにゅ……いひひ、カズラぁ。あん……」

リーゼが横になったまま、ニヤニヤして寝言を言っている。

声色が艶っぽいのだが、いったい何の夢を見ているのだろうか。

「むう、よく寝てるな。俺がおんぶしていきますかね」

「やぁ、カズラ、すごいよぉ……」

「っ⁉　いえ、起こします！　リーゼ様、起きてください！」

バレッタがリーゼの肩を掴んで、ガクガクと揺らす。

「そんなとこダメだって……あっ」

「リーゼ様、起きて！　起きなさい‼」

「……ん。あ、あれ？」

リーゼが薄っすらと目を開け、目の前で顔を赤くしているバレッタを怪訝そうな目で見る。

自分をのぞき込んでいる一良《かずら》を見て、「はあ」と残念そうにため息をついた。

「なんだ、夢かぁ……残念」

「リーゼ様、立ってください。帰りましょう」

バレッタが真顔でリーゼの腕を掴み、立ち上がらせる。

「え、えっと……帰ろうか。はは」

「うー。いいとこだったのに……って、オルマシオール様は？」

「もう終わったよ。ひととおり話して、帰って行った」

「えー？　私が寝てる間に？　起こしてよ」

むう、とリーゼが不満げな顔になる。

「そうは言ってもな……帰りながら説明はするから、皆のところに戻ろう」

そうして、３人は森の入口で待つ皆の下へと戻るのだった。

リーゼはだいぶアレな夢を見ていたようで、道すがら一良《かずら》の顔をチラチラと見てはニヤついており、バレッタはふくれっ面になっていた。

砦に戻り、一良《かずら》たちと別れたニィナたち村娘は、自身の寝泊まりする使用人棟へと皆で歩いていた。

「はー、汗でベトベトだよ。今日、すっごく蒸し暑いよね」

ニィナが服の胸元を摘んでぱたぱたする。

ここ最近、季節外れの雨が多く、気温の高さも相まって、かなり蒸し暑い。

「だよねー。早くお風呂に入ってさっぱりしたいよ」

「お風呂から出たら、皆で果物の缶詰食べない？　私、水瓶で冷やしておいたんだ」

「おっ、マヤ、気が利くじゃん！」

「ほんといい娘だよ、あんたは！」

皆がわっとマヤを褒《ほ》め称えてこねくり回す。

「えへへ。出発前にカズラ様から、いろんな種類の果物の缶詰を貰ったの。皆で食べてって言ってくれて」

「そうなんだ。マヤ、最近カズラ様と仲いいよね」

「ねー。屋上でカズラ様に抱き着いてから、なんだか距離が詰まった感じがしてさ。よく話してるとこ見るし」

「でも、あんまり色目使うとバレッタに怒られるよ？」

「大丈夫だって。お妾さんにしてもらえたらなってくらいにしか、考えてないし」

「「それを色目って言うんだよ！」」

わいわいと雑談をしながら、使用人棟の玄関をくぐる。

「あーあ。私もオルマシオール様に会ってみたかったなぁ。いろんな神様と友達になれたら、なんだか楽しそう」

「オルマシオール様も、カズラ様みたいに優しい人なのかな？」

「人っていうか、見た目は獣だったじゃない。この前の会戦で見たでしょ？」

「異種族間の恋……うう、なんだか切ない感じがして燃え上がりそう」

部屋へと向かって歩いていると、曲がり角の先からぱたぱたと誰かが走って来る音が響いた。

慌てた様子で姿を現したメルフィが、ニィナとぶつかりそうになる。

「わわっ!? あいたっ!?」

「わあっ!?」

メルフィが驚いてのけぞった拍子に、その場に尻もちをつく。

「ちょ、メルフィさん、大丈夫ですかっ!?」

「いたた……あ」

メルフィがニィナたちの姿を見て、表情を引きつらせる。

娘たちが慌てて、彼女に手を貸して立ち上がらせた。

「どうしたんです？　そんなに慌てて」

「あ、えっと……」

「あれ？　これ、ニィナの部屋の鍵じゃない？」

メルフィの足元に落ちていた鍵を、マヤが拾い上げる。

鍵にはニィナが手作りした、アルマル（真っ黒なウサギのような獣）の小さなぬいぐるみが付いている。

「えっ？　あれ、ほんとだ。ポケットに入れといたと思ったんだけど」

ニィナがポケットの裏地を引っ張り出して言う。

「う、うん！　そこでたまたま拾って、届けなきゃって思って！」

「あちゃ、そうだったんですね。ありがとうございます」

「いえいえ！　それじゃ！」

メルフィが慌てた様子で、ばたばたと走り去って行く。

「ちょっと、ニィナ、ダメじゃないの。部屋の鍵を落とすなんて危ないよ！」

「そうだよ。見られたらダメなものも置きっぱなしなんだから」

「ご、ごめん。おかしいな、いつ落としたんだろ？」

頭を傾げながら、皆で廊下を進む。

宿舎のお風呂に集合と決めて皆と別れ、ニィナは自分の部屋に入った。

3畳ほどのスペースの、板張りの小奇麗な部屋だ。

ベッド、引き出し付きの机、タンスがあるだけの簡素なものだが、大部屋ではないだけ他の使用人に比べれば、かなり恵まれている。

部屋の隅《すみ》には、一良《かずら》から貰った缶詰や米、乾燥野菜といった食べ物が入った木箱が置かれていた。

「はあ、やっちゃった……泥棒とか、入ってないよね？」

念のため、机の引き出しを開けて中を見る。

「ええと、ノート1冊、ボールペン2本、無線機、お財布。中身は……よし、大丈夫……ん？」

ニィナが首を傾げ、引き出しの中を見つめる。

無線機を取り出し、小首を傾げた。

確か、いつもは2段目の引き出しにしまっていたような気がするのだが。

しかし、なくなっているのならともかくとして、現物はここにあるのだ。

まあいいか、とニィナは無線機を2段目にしまい直し、風呂へ行く用意をするのだった。


翌日の午後。

砦の北の防御塔に、一良《かずら》たち首脳陣は集まっていた。

視界の先には、バルベール軍によって築かれた防御陣地が広がっている。

今も、多数の兵士たちが荷車や天秤棒を使って泥を運び、陣地を作っている様子が見て取れた。

馬防柵や櫓《やぐら》、さらには防塁まで備えた、かなり大掛かりな陣地だ。

「このたびは到着が遅くなり、申し訳ございません。編成に少々手間取りまして」

バルベール陣地を眺めながら、カーネリアンがナルソンに言う。

つい数時間前に、クレイラッツの軍勢が砦に来援したのだ。

軍司令官のカーネリアンをはじめとした数人の指揮官が、一緒に敵陣を眺めている。

「いやいや、来援いただき感謝いたします。バルベールはまだ集結しきれていないようですし、時間的余裕は少しはありそうです」

「そのようですね。特に、東のプロティアやエルタイル方面からの軍勢が所々で妨害に遭って、行軍に支障が出ていると聞いています。まさかあんな遠方にまで手勢を出すとは、さすがですね」

「妨害……ですか？」

身に覚えのない情報に、ナルソンが怪訝な顔になる。

他の軍団長たちも、何のことだ、と互いに顔を見合わせていた。

「ええ。森の中の小道に大量の倒木があって除去に手間取ったり、落石が道を塞いでいて進軍に支障が出ているようです。貴国が行った妨害工作ではないのですか？」

「いや……さすがに我らも、そんな遠方にまで兵を出す余裕はありません。地理も把握できていませんし……プロティアかエルタイルが行ったことでは？」

「いいえ、それはないでしょう。彼らは日和見を決め込むようですので」

傍らにいた若い外交官からカーネリアンが書状を2枚受け取り、ナルソンに差し出す。

「……これは？」

「プロティア王国とエルタイル王国からの書状です。貴国へ送り届けるようにと、使者に頼まれました。自分たちで送る気すらないようでして」

ナルソンが書状を受け取る。

蝋で封がしてあり、蝋に押し付けられたマークはプロティア王家とエルタイル王家の家紋だ。

ナルソンはそれを開いて目を走らせ、顔をしかめた。

「『先の戦いの痛手から回復しきれておらず、軍勢や物資を送る余裕はない』、か。両方とも、一語一句変わらず同じ文面ですな」

「やはりそうですか。私たちの下へ送られてきた書状も、まるで書き写したかのように、まったく同じ内容でした」

「両国ともバルベール側に付いた、ということでしょうか？」

「いえ、先日イステリアに伺った時にも申しましたが、彼らは日和見を決めているのでしょう。書状の内容からみて、両国は口裏を合わせているのかと」

何年も前からプロティアとエルタイルにはバルベールから離反工作が行われていたことは確実で、両国とも当初は寝返るつもりだったと見て間違いないだろう。

だが、バルベールが休戦条約を一方的に破棄して砦に攻め入ったことで、『はたしてこのままバルベールに付いても大丈夫なのか？』という考えが生まれた、というのがカーネリアンの見解だ。

たとえ今同盟国を裏切って生き延びたとしても、後々約束を反故にされて攻め滅ぼされるのでは、と両国とも考えたのではないか。

とはいえ、バルベールは圧倒的な大国であり、離反の話を蹴るというのは、それはそれで取り返しのつかないことにもなりかねない。

しかしそこに来て、アルカディアの砦奪還の一報である。

バルベールが全力を挙げ、アルカディア・クレイラッツ連合軍が守る砦を再奪還したならば、同盟国を裏切ってバルベール側に付く。

しかし、バルベールが砦を何年も攻めあぐねたり、はたまた敗北するようであれば、同盟は維持してバルベールに攻め入る。

それまでは、形だけは同盟に加わっているということにして、日和見を決め込もうというのだ。

これらの内容は、前回カーネリアンがイステリアに来た時に出た話だ。

「まあ、休戦前の戦いでは、プロティアもエルタイルも我らと同じ戦場には立ちませんでしたからな。いかんせん、距離が離れすぎている」

「ですね。私たちクレイラッツは、プロティアとは何度か一緒に戦いましたが、エルタイルからは海上輸送で物資のやり取りがあったくらいです」

「ふむ。ではこの書状は、『現時点で裏切っているわけではない』という言い訳のようなものですか」

「そんなところでしょうね。まったく、両国とも、ろくなものではありません」

カーネリアンが呆れたような口ぶりで言う。

自由のために死ぬ覚悟で戦うというクレイラッツの者たちからしてみれば、プロティアもエルタイルも命が惜しいだけの腰抜けに見えるのだ。

ナルソンとしては、自国が生き残る手段としてそういった選択をした両国の考えも理解できる。

どんな選択が正しいなど、後世にならなければ分かるはずもない。

「敵の陣地構築の具合はどうでしょうか？　見たところ、かなり進んでいるようですが」

カーネリアンがバルベール軍の防御陣地を眺めながら言う。

「ええ。奴らの兵は陣地構築にかなり慣れているようでして。この分だと、あと数日で完成といったところでしょうか」

バルベール軍は砦から2キロほど離れた場所で、すでに大掛かりな陣地構築を開始している。

森から切り出した木材でいたるところに馬防柵を設置し、土を盛って防塁を築き、いくつもの櫓《やぐら》を組み立てている様子だ。

こちらからの反撃を警戒してのものだろう。

前回に比べてかなり距離が離れているのは、カノン砲の砲撃を警戒しているとみて間違いない。

「だいぶ離れた場所に陣地を作ったようですが、まさかあそこまでカノン砲の弾が届くとは考えていないようです。戦いが始まれば、敵は目を剥くでしょうな」

「この場所から、あの陣地まで届くのですか？」

カーネリアンが信じられないといった顔で言う。

「届きますとも。バレッタ、そうだな？」

「はい。最大で、あの距離の3倍近くまでは届く計算です。威力と命中精度は、かなり落ちますが」

バレッタの台詞に、カーネリアンたちだけでなく、王都軍やフライス領軍の軍団長たちまでもが驚いてどよめいた。

バルベール軍が使ってきた遠投投石機《トレビュシェット》ですら、400～500メートルといった射程だったのだ。

それを10倍以上も上回る射程があるなどと言われれば、驚いて当然である。

「ふむ……そのような兵器をいくつも有しているのなら、この戦いは利がありそうですね」

「ええ。近づかれなければ、どうということはありません。まあ、たとえ大軍で接近されたとしてもーー」

「ねえねえ、カズラ。ちょっとこっち来て」

一良《かずら》がナルソンたちの話に耳を傾けていると、隣にいたリーゼが一良《かずら》の袖《そで》を引っ張った。

こっそりと皆から離れ、防御塔の柵の傍に来る。

「どうした？」

「さっきカーネリアン様が言ってた妨害工作って、オルマシオール様がやってくれたのかな？」

「あー……それはあるかもな。『微力ながら、加勢はさせてもらう』って言ってたし」

「戦いの時にも、前みたいに一緒に戦ってくれないかな？」

「それはどうかなぁ。来てくれればありがたいけど、この前は何匹もウリボウが殺されちゃったし、黒い女の人も大怪我《けが》してたし。不死身ってわけでもないみたいだから、下手すれば戦いで死んじゃうかもしれないぞ」

「あ、そっか……さすがにそれはダメだよね。あとさ」

リーゼがちらりとジルコニアを見る。

ジルコニアは穏やかな表情で、ナルソンやカーネリアンと何やら話している様子だ。

「最近のお母様、なんか様子が変じゃない？」

「え、そうか？　ここ何日かで落ち着いてきたみたいだし、別に変っていうふうには感じないけど」

カイレンとの交渉以来、ジルコニアは彼からの返事がこないもどかしさからか、常にピリピリとした雰囲気を纏っていた。

だが、近頃はそれも落ち着いた様子で、以前のように皆との雑談に加わるようにもなっている。

とはいえ、決戦の前ということもあり、連日兵士たちを集めては、猛烈な戦闘訓練に励むようになっていた。

付きあわされているのは、もっぱら彼女の子飼いの護衛兵や、古くから付き従っている第2軍団の古参兵たちだ。

また前線に飛び込むつもりなのではと心配したナルソンが声をかけたりもしたのだが、「そんなことしない」と言って笑ってあしらっていた。

「えっと、なんていうか言葉では表しづらいんだけど……妙に落ち着いてるっていうか、前よりも私に話しかけてくる頻度《ひんど》が増えたっていうか」

「そりゃあ、戦いの前だし、ジルコニアさんも不安なんじゃないか？　リーゼと話してるのが一番落ち着くんだよ、きっと」

「そうなのかな……」

納得がいかないといった様子で、リーゼは不安そうにジルコニアを見つめる。

ジルコニアは敵陣を指差して、ナルソンたちに何やら話している様子だ。

一良《かずら》がリーゼをうながし、彼らの下に戻る。

「敵の防御陣地だけど、砦から見て右側だけかなり広く作ってあるわ。あそこを起点にして、こちらの右翼を集中的に攻めてくるつもりでしょうね」

「うむ。真正面から攻めるよりも、防壁上からの攻撃を多少なりとも受けにくくなると考えているのだろうな」

「うん。ナルソンの第1軍団を右寄りに配置して、王都軍とフライス領軍で両脇を固めましょう。手薄な左翼は、私の第2軍団が受け持つわ」

「ふむ。まあ、それで問題はないと思うが、お前が部隊の配置に口を出すなんて珍しいな。それも、自分の軍団を真正面に置かないとは」

意外そうに言うナルソンに、ジルコニアがにこりと微笑む。

「私だって、ただ剣を振るってたわけじゃないもの。どうすればいいのかくらい、考えたりもするわ。正面はあなたが守ったほうがいいでしょう？」

「そうだな。だが、いつでも互いに連絡を取れる状態にあるのだから、本陣の配置はそこまで気にする必要もないがな」

ナルソンがカーネリアンたちに目を向ける。

「カーネリアン殿。此度の戦いは、私に全軍の総指揮を執らせていただきたい。連絡役として、我が軍から1名付けますので、当日の行動はその者の指示に従っていただければ」

ナルソンが言うと、カーネリアンはすぐに頷いた。

「ええ、もとよりそのつもりです。不慣れな地ゆえ、あなたがたの指示に従いましょう。しかし、連絡役など置かなくとも、伝令を送ればよいのでは？」

「いえ、実は伝令よりも早く確実な連絡手段がありまして。詳細は言えないのですが、ご容赦ください」

「む。もしや、また新たな道具を作りだしたので？」

「ええ、まあ。詳しく説明できず申し訳ございません」

カーネリアンや他の指揮官たちが、怪訝な顔になる。

ともに命をかけて戦うのだから、すべての情報を共有すべきと思うのは当然だろうな、と傍で聞きながら一良《かずら》は思った。

「……承知しました。今さら文句を言うつもりはありませんが、我らは自国の民の命を貴君に預けるのです。勝利の暁には、それ相応の対価は頂きますよ」

「もちろんです。無理を言った手前、可能な限り戦費の補填はさせていただきます」

ナルソンがにこりとカーネリアンに微笑む。

王都軍やフライス領軍の軍司令官たちも、それについては特に文句はないようだ。

ちなみに、あれから一良《かずら》は、地獄の動画を見た者たちに、「失敗を恐れて意見を出さないようなことは絶対にしないでくれ」と個別に話して聞かせていた。

たとえ出した意見が採用されて事態が悪い方向に転がったとしても、国のために努力したという事実は称賛されるべきものと伝えてある。

彼らがひたすらに気にしている「徳」の評価にも繋がると言ってあるので、イエスマン集団になるということは避けられるはずだ。

一良《かずら》に対して絶対服従というスタンスには、全員変わりないようだが。

「バレッタさん、何をしてるんです？」

丘の先を小さく指差しながらもごもごと口を動かしているバレッタに一良《かずら》が気づき、声をかける。

「あ、はい。火炎弾の投射位置を考えてて。敵が全面攻勢をかけてきたら、両翼を炎上させれば敵兵は中央からしか進めません。なので、中央にスコーピオンを多めに配備して、ぎりぎりまで引き付けてから集中砲火を浴びせるのがいいかなって」

「そ、そうですか。それは効果的ですね」

「ただ、戦場がかなり広いので、投射地点はよく考えないと。追い風があれば、ガソリンの黒煙で敵司令部の目もくらますことができそうなんですが」

「バレッタは、もう私の代わりに副軍団長あたりの役職に就いたほうがいいんじゃない？　私なんかより、よっぽど頭が回るしさ」

リーゼの提案に、バレッタが苦笑する。

「いえ、私はただの頭でっかちなんで、そんなのは無理ですよ。実戦になったら、きっと冷静な判断なんて下せないと思いますし」

「えー、そうかなぁ？　バレッタって、いつでも冷静ですごく頼りになるよ？　カズラのことになると、周りが見えなくなっちゃうけど」

「う……こ、後半部分は自覚してます……」

バレッタが一良《かずら》をちらりと見る。

リーゼが一良《かずら》の腕に抱き着き、その横腹を肘でつついた。

「まったく、こんな可愛い娘2人に愛されちゃってどうするつもり？　この色男！」

「え？　え、えっと……こ、光栄です」

面と向かってそんなことを言われ、一良《かずら》がどもる。

そんな3人を、近くにいた軍団長の何人かが「グレイシオール様がいちゃついてらっしゃる……」と思いながらチラ見していた。

翌日の早朝。

一良《かずら》は1人、宿舎の屋上で無線機を手に話していた。

相手は、グリセア村にいるルグロだ。

「まるっと手のひら返しねえ……」

ほっとしたような、半ば呆れたような口ぶりで一良《かずら》が言う。

モルスたち反乱軍の部隊長たちは一貫して、「自分たちはニーベルに騙されていた」としつこいほどに言っているらしい。

普通に考えて協力者がいるのは当たり前なので、状況不利と見てすべての責任をニーベルに押し付けた者が多数いるはずだ。

ニーベルは現在、ダイアスの妻のフィオナが閉じ込められていた馬車に入れられ、身柄を確保されているとのことだ。

「ダイアスさんの奥さんはどんな様子？　どうぞ」

『あー。あの人な、ずっと「ニーベルを殺せ！」って言ってきかねえんだよ。よっぽど酷い目に遭ったみたいでさ。目が据わっちまってて、怖いったらねえぞ』

ルグロがフィオナの様子を、一良《かずら》に話して聞かせる。

夫や近しい者たちを目の前で皆殺しにされ、どうやら精神に異常をきたしているらしい。

ダイアスよりも他の何人かの男の名をよく口にしているそうなのだが、彼女の愛人の名なのかもしれない。

『自分もいつ殺されるのか分からない状況に何日も置かれてたうえに、馬車の中でクソもなにも垂れ流しだったんだから、そりゃあおかしくもなるよな。彼女と面識のある若い侍女がずっと付き添ってるけど、どうだかな……カズラの力で、なんとか治してやることはできないか？　どうぞ』

「うーん……まあ、心が安らぐ薬はあるから、イステリアに行ったら使ってあげるように指示は出しておくよ」

日頃の素行はともかくとして、フィオナは完全に被害者だ。

今後、ダイアスの後継として領主になれるのかは甚だ疑問だが、それはさておき治療はしなければならない。

「それと、ルティーナさん、すごくルグロのこと心配してるよ。気丈には振る舞ってるけど、ちょっと暗い感じかな。どうぞ」

『そ、そうか。子供たちはどうだ？　どうぞ』

「お子さんには、『お父さんは急用で別のところに行ってる』って言ってある。ルルーナさんとロローナさんがルティーナさんを元気づけようとして、あれこれやってるみたい。どうぞ」

『そっか。あの2人、俺と違ってかなり利口だからな。なんとなく察してるのかもしれねえな』

ルグロの安心したような、少し疲れたような声が無線機から響く。

『今日中にバイクでそっちに戻る。あと、反乱軍の指揮官連中は、全員ラタで砦に向かわせるぞ。あいつらにあのまま、グレゴルン領の軍団を任せるわけにはいかないからな』

バイクでグリセア村に急行したルグロは、兵士たちやモルスたち指揮官連中に、グレイシオール降臨のことを噛み砕いて説明していた。

彼らはわけの分からない乗り物に乗ってやって来たルグロに目を白黒させていたが、グレイシオールから借りた乗り物だと聞いて、兵士たちは歓声を上げて喜んでいたらしい。

兵士たちは皆、グレイシオール降臨の噂は聞いていたようだ。

『言われたとおり、今のとこは全部ニーベルが仕組んだってことにしてある。ニーベルと組んであれこれ画策した奴らはいるだろうけど、そこはあえて無視してるぞ。どうぞ』

「うん、それでいいよ。こっちに来たら、全員に地獄の様子を見てもらうから。それで犯人は炙り出せると思う」

当初、犯人捜しをすぐには行わないと一良《かずら》がルグロに伝えたところ、「それがいいだろうな」とすぐにルグロは賛同してくれた。

現場での犯人捜しなどできるはずもなく、その場で追い詰めるなど論外だ。

後々、犯人には罰を受けてもらうことにはなるだろうが、動画を見せることで今後の行動を縛ることができるなら、彼らにも利用価値があるだろう。

「それじゃ、なるべく急いで戻って来てよ。バルベールの軍団も集まりつつあるし、戦いも近そうだ。ルグロがいないと士気が上がらないからさ。どうぞ」

『別に俺がいなくても、どうとでもなると思うけどな。必要なのは、カズラとナルソンさんとジルコニア殿だろ。どうぞ』

「そんなことないって。少なくとも、俺はルグロが傍にいてくれたほうが安心だよ。俺と違って、威厳たっぷりで皆に指示を出してくれるしさ。どうぞ」

『はは、ありがとさん。帰ったら一緒に、酒でも飲もうぜ！　じゃあな！』

ルグロからの通信が切れ、一良《かずら》が無線機を下ろす。

領内の方々に散った市民たちには、元反乱軍の兵士たちが作戦中止の連絡を伝え回っている状況だ。

しばらくすれば、皆グレゴリアへと帰還させることができるだろう。

「さてと……あ、ジルコニアさん」

階下へ戻ろうと一良《かずら》が振り返ると、すぐ後ろにジルコニアが立っていた。

鎧ではなく、私服姿だ。

「カズラさん、おはようございます。殿下とお話ししていたのですか？」

「ええ。ジルコニアさんは何をしに？」

「カズラさんとお話がしたくて。あちこち探しちゃいましたよ」

ジルコニアがにこりと笑い、一良《かずら》の隣に来る。

会議室での一件があって以来、こうして彼女が一良《かずら》を訪ねてくるのは初めてだ。

イステリアにいた頃は、それこそ暇さえあれば一良《かずら》の下へ訪ねて来ていたのだが。

「この間はごめんなさい。カズラさんに当たり散らすようなことをしちゃって」

石の柵に両肘を乗せて砦内の街並みを眺めながら、ジルコニアが言う。

数日前に会議室で一良《かずら》に怒鳴ったことを言っているのだ。

一良《かずら》も同じように、街並みに目を向けた。

「いえ、いいんですよ。俺のほうこそ、ジルコニアさんの気持ちをないがしろにするようなことを言ってしまって……ごめんなさい」

「謝ることなんてないですよ。私の身勝手を、カズラさんが諫めてくれただけですから。カズラさんが言っていたことはもっともですし、悪いのは私です」

「うーん……じゃあ、おあいこですね。お互い、『感情的になってしまったことにごめんなさい』ってことで」

一良《かずら》が言うと、ジルコニアが小さく笑った。

そんな彼女に、一良《かずら》がきょとんとした顔を向ける。

「あれ？　俺、変なこと言いました？」

「だって、全然おあいこじゃないじゃないですか。明らかに私のほうが間違っていたのに」

「んー……でも、何が正しいかとか間違ってるかなんて、その人によって違いますよ。譲《ゆず》れない一線は、誰にだってあります」

一良《かずら》が街並みに目を戻す。

すでにあちこちで朝の炊事が始まっているようで、建物の煙突や窓からは白い煙が立ち上っていた。

砦の住人や使用人たちが物干し縄に洗濯物を干している姿が、そこかしこに見られる。

「ジルコニアさんが今までどれだけつらくて悲しい想いをしてきたのか、俺には分かりません。でも――」

そう言って、一良《かずら》は再びジルコニアに目を向け、にこりと微笑んだ。

「その悲しみを癒すために俺にできることがあるのなら、どうか頼ってください。吐き出したいことがあるのなら、1人で悩んでいないで俺に話してください。俺にできることなら、何だってしますから」

「……っ」

「えっ⁉　ジ、ジルコニアさん？」

急に涙を流し始めたジルコニアに、一良《かずら》が慌てる。

「っ、ごめんなさい……何だか、じんときちゃって」

ジルコニアが指先で涙を拭《ぬぐ》い、濡れた瞳で一良《かずら》に微笑む。

「ダメですね。近頃、涙もろくなっちゃったみたいで。ちょっとしたことで、涙が出ちゃいます」

「そっか……最近いろいろとありましたし、きっと心が弱ってるんですよ。ルグロが帰ってきたらバイクがまた使えますし、気分転換に一緒にドライブでもしませんか？」

「……いえ。それよりも、カズラさんにしてもらいたいことがあって」

「何です？　何でも言ってください」

「ぎゅって、抱き締めてもらえませんか？」

「……え」

「ダメですか？」

「いえ……じゃ、じゃあ、失礼します」

一良《かずら》がジルコニアを引き寄せ、抱き締める。

ジルコニアは一良《かずら》の背に手を回し、きゅっとしがみ付いた。

「……あなたに会えて、本当に良かった」

一良《かずら》の温もりを確かめるようにその顔に自身の頰を寄せながら、ジルコニアが言う。

「もし、これから先、私に何かあったら、その時はリーゼをよろしくお願いします。私の代わりに、あの娘を守ってあげてくださいね」

「縁起でもないことを言わないでください。俺にはジルコニアさんの代わりなんてできません。それに俺、ジルコニアさんがいなくなるなんて絶対に嫌です」

「……」

「お願いですから、先走って敵陣に突っ込むような真似はしないでくださいよ？　そんなこと

したら、死んでも許しませんから」

「死んでも、ですか」

「死んでもです。絶対にやめてください」

「じゃあ、簡単には死ねないですね」

「簡単じゃなくても死んじゃダメです」

「……うん。分かりました」

　ジルコニアが、そっと一良《かずら》から離れる。

「ありがとうございます。すごく落ち着きました」

「どういたしまして。でも、今言ったこと、守ってくださいね。絶対に勝手な真似はしちゃダメですよ？」

「はい。約束ですね」

　ジルコニアがにこりと微笑む。

　もう、涙は流していなかった。

「そろそろ戻りましょうか。もうすぐ朝食の時間でしょうし」

　ジルコニアが屋上への出入口に目を向けて言う。

「ですね。たくさん食べて元気を付けましょう。食事が終わったら、どこかでお茶でもしましょうか。お菓子も山盛り用意するんで」

「はい。皆を呼んで、トランプでもしながらお菓子パーティーをしましょっか」

そう言いながら、ジルコニアが苦笑する。

「ん？　どうしました？」

「今の、誰かに見られてたみたいです。恥ずかしいところを見られちゃいましたね」

「え」

「まあ、仕方がないですよね。行きましょう」

仕方がないでは済まないのではないか、と一良《かずら》は思いながらも、ジルコニアと一緒に出入口へと向かう。

その後、食事時に明らかに挙動不審な様子で給仕をするマリーに一良《かずら》は気づき、念のためにとこっそり事情を話して口止めをし、事なきを得たのだった。


その日の夜。

砦の南門では、ちょっとした騒動が巻き起こっていた。

バイクで帰還したルグロに、ルティーナがいきなり平手打ちをかましたのだ。

「ばかあああ！　どうして行く前に、一言言っていってくれなかったの!?　どれだけ心配したと思ってるのよ！」

涙目のルティーナが、砦中に響き渡るかというほどの声量でルグロを怒鳴りつける。

ルグロは左頬に紅葉マークを付けながらも、ペコペコと頭を下げてルティーナをなだめている。

この場には一良《かずら》をはじめとして、砦にいる重鎮が勢ぞろいしているのだが、皆唖然とした顔になっていた。

「ごめん！　ほんとごめん！　あの時は急いでて、それどころじゃなくて――」

「それどころって何よ⁉　私、ルグロに何かあったらって……うえええん！」

その場にへたり込んで大泣きを始めたルティーナに、子供たちが心配そうに集まる。

「お母様、お父様はちゃんと帰ってきましたよ」

「お父様はお勤めを果たしてきたんです。許してあげてください」

ルルーナとロローナが、それぞれルティーナの背と頭を撫でてなだめる。

下の子2人はルティーナに感化されてしまったのか、えぐえぐと泣き出してしまっていた。

ルティーナをなぐさめているルルーナとロローナも涙目で、必死に泣くのを堪えている様子だ。

「ごめんな。もう二度とこんなことはしないからさ」

ルグロが膝をつき、ルティーナと子供たちを抱き締める。

それまで堪えていたルルーナとロローナも、声を殺しながらすすり泣きを始めてしまった。

「カズラ、護衛の連中を休ませてやってくれ」

「うん」

一良《かずら》の指示で、護衛の近衛兵や村人たちが倉庫にバイクを運んで行く。

皆、何日もバイクであちこち走り回っていた割には元気そうだ。

「殿下、ニーベルは一緒ではないのですか？」

そんな彼らを一良《かずら》が見送っていると、ジルコニアがルグロに声をかけた。

「ああ。あいつは後から馬車で来るぞ。主だった部隊長たちも一緒だ」

「そうでしたか。反乱軍の兵士たちは？」

「俺の護衛を何人かと村の守備隊の兵士をいくらかつけて、グレゴリアに送り返したよ。あちこち散らばってる市民たちにも伝令は送ったから、そのうち街に戻るはずだ」

「分かりました。彼の尋問は私がやらせていただきますね」

「別に俺は構わねえぞ。他にもグルになってる奴がいるはずだから、きっちり聞き出してくれな」

「ええ、分かってます。すべて洗いざらい吐かせますから。ふふ」

ジルコニアがにこりとルグロに微笑む。

ルグロはなぜか、その笑顔に寒気を覚えた。

その時、街の方から１人の兵士がナルソンに駆け寄って来た。

ナルソンは彼から書簡を渡され、それを広げて目を走らせる。

ナルソンはすっと目を細め、一良《かずら》たちに顔を向けた。

「皆、会議室に集まってくれ。カイレンからの使者が来た」

皆が一斉にナルソンを見る。

ルグロたちの騒ぎで騒然としていた場が、一瞬にして緊張感に包まれた。

会議室に移動した一同は、皆が険しい顔で壁に目を向けていた。

壁にはプロジェクタで投影された書簡が映し出されており、今しがたナルソンがそれを読み上げたところだ。

カーネリアンたちクレイラッツの重鎮はここにはおらず、後ほど会議の内容を報告することになっている。

「すごいですね。犯人の名前と所在が、こんなに……」

一良《かずら》が驚きの混じった声で言う。

書簡には、事件を指示した者と実行部隊に加わっていた者の名前と所在が書かれていた。

事件の首謀者の名は『ネイマン』と記されており、元老院議員の1人のようだ。

実行部隊に参加していた者たちは十数人の行方が分からないとのことだが、判明した者の名は所在とともに記されている。

すでに戦死や病死してしまった者も、何人かいるようだ。

「この、首謀者の『ネイマン』っていう人は、元老院議員の軍団に参加してるんですか。矢印と名前が書いてありますね」

書簡には手書きで乱雑な地図が描かれており、そのなかに『元老院軍団』と丸が付けられていた。

「そのように書かれていますな。それよりも、元老院議員の約3分の2が軍団に加わっているとは……元老院軍団の陣の配置場所まで記されておりますし」

ナルソンが言うと、壁に映し出された書簡を腕組みして見ていたイクシオスが、むう、と唸った。

「軍団の配置場所は敵陣営の中部後方ですか。私には、我らを欺くためのカイレンの罠というよりは、『こいつらを殺してくれ』と言っているように思えるのですが」

書簡には、元老院議員の陣の配置場所だけでなく、彼らを示す軍団旗の絵柄と色までもが記されていた。

カイレンと約束したのは、事件に関わった者が誰なのかを調べ上げるということだ。

陣営の配置や軍団旗の種類まで知らせるようにとは、約束していない。

イクシオスは合点がいかない様子だ。

「元老院議員が犯人だったのね。名前まで分かっているのなら、戦いの後で生き残っていたら捕まえて裁判にかけましょう。他の連中も、それでいいわ」

ジルコニアが静かに言う。

皆が、驚いた顔を彼女に向けた。

「何？　そんなにびっくりした顔をして」

皆の反応に、ジルコニアが苦笑する。

皆、「そいつを殺すために自分の軍団を正面に配置しろ」と彼女が言うと思っていたので、まさかこんな冷静なことを言うとはと驚いていた。

「ジルコニア様、成長されましたな。それこそが、指揮官としてあるべき姿ですぞ」

イクシオスが珍しく表情を緩めて言う。

マクレガーも、ほっとした様子で頷いていた。

「ありがと。ナルソン、戦いの指揮は全部あなたに任せるから。戦闘でそいつらが死んでしまったとしても、文句は言わないわ」

「……うむ」

「どうかした？」

「いや……」

険しい顔をしているナルソンに、ジルコニアが小首を傾げる。

ナルソンは気を取り直し、皆を見渡した。

「カイレンは約束を果たしたということだな。名目上、此度の戦いでは双方が毒ガス兵器は使用しないことになる」

　ナルソンの言葉に、皆が頷く。

　とりあえずはこれで、毒ガス兵器の乱打戦という事態は回避されたことになる。

　どちらかが追い詰められれば、どうなるかは分からないが。

「砦の防御陣地はほぼ完成した。敵方も軍団要塞と陣地の構築はかなり進んでいて、後は軍団の集結を待つばかりとなっている。いつ戦闘が始まってもおかしくない状況だ」

「どちらが仕掛けるかだけの話ね」

「そうだな。だが、戦いの始まりが延びれば延びるだけ、こちらとしてはありがたい。戦いが長引けば、プロティアとエルタイルがこちらに付く公算は高くなるのだからな」

「ナルソン殿。決戦の折には、我が軍団に中央最前列を任せてはいただけないだろうか」

　王都軍の第1軍団長（王族）が、ナルソンに申し出る。

「我が軍団は正規兵も多く古参兵揃いゆえ、失礼ながら貴殿の領地の兵たちよりも戦闘能力ははるかに上だ。敵陣の中央を食い破ってみせよう」

「いや、それなら私の軍団に正面は任せてもらおう。この日のために私財をなげうってまで、職人どもにクロスボウを大量に用意させたのだ。訓練も行き届いているし、守備戦に関しては第1軍団とは比較にならないほどの戦力なのでな」

　王都軍第2軍団長（こちらも王族）の言葉に、第1軍団長が不快そうな顔付きになる。

「何だと⁉　貴様、我が軍団が実力不足だとでも言うつもりか⁉」

「いやいや、そうではない。だが、此度の戦は守備戦なのだぞ？　攻めかかる敵を切り崩せば、それで事足りる。攻めに転じるのは、敵が疲弊《ひへい》した後なのだからな」

「何を言うか！　ただ受け身に徹していては、敵は動き放題なのだぞ！　こちらが守り一辺倒と考えている敵の意表を突き、緒戦で猛攻を仕掛けて中央を突き崩して両翼を分断すれば──」

やいのやいの言い争いを始める王都軍の軍団長たち。

一良《かずら》の手前というのもあって、すこぶるやる気はあるようだ。

先日、「意見はどんどん出せ」と一良《かずら》が言っておいたことが効いているのだろう。

「ふむ。では、お二人の案を順番にお伺いしたい。まずは第1軍団のミクレム殿から──」

ナルソンはどちらの意見も尊重しつつ、それぞれの案を聞いたうえで自身の見解を述べ、皆に話を振る。

作戦を検討するというよりも、両者の顔を潰さないようにしつつ、元からナルソンが考えていた案に誘導している感じだ。

フライス領軍の軍団長たちは自身の部隊が弱兵だと弁えているのか、ちょこちょこ意見を挟むに留まっている。

そうして会議が盛り上がっていると、部屋の扉が開いてルグロが入ってきた。

ルティーナに引っ叩かれた左頬は赤く腫れており、今度は右に新たな紅葉マークが付いている。

「遅くなって悪い。俺の席は……」

「殿下、こちらに」

ナルソンが席をルグロに譲る。

自身は空いている別のイスに腰かけた。

「んで、どんな話をしてたんだ？」

「は、はい。敵の陣地の建設具合から、彼らの配置がほぼ確定しましたので、今はそれに対応した軍団配置と戦術を話し合っているところです」

ナルソンがルグロの頬をチラチラと見ながら言う。

「そっか。まあ、いい感じにやってくれや。俺らの軍はナルソンさんの指示に従うからさ。お前らも、それでいいだろ？」

ルグロが自身の軍団長たちに話を振る。

2人とも、「あ、はい」とすぐに頷いた。

ルグロの顔の紅葉マークに、2人も釘付けだ。

ルグロがそれに気づき、気恥ずかしそうに笑う。

「あ、これか？　部屋でルティにまた怒られちゃってさ。『無事だったんだから別にいいだろ』って言った瞬間にこれだよ。奥歯が折れるかと思ったぞ」

「そ、そうですか。まあ、ルティーナ様も心配だったのでしょう。仕方がありませんよ」

「下手なことは言わないで、謝り倒したほうがいいですぞ。怒り狂っている女に余計なことを言うと、ろくなことになりません」

第1軍団長のミクレムと第2軍団長がルグロに言う。

「いや、ほんとそうだよな。って、サッチー、それって実体験か？」

ルグロが笑いながら、第2軍団長に言う。

彼の名はサッコルトという名前なので、どうやら愛称のようだ。

「はい。私も若い頃に……って、殿下、こういう場でその呼び方は止めていただけると」

「別にいいじゃんか。親しみやすくてさ。なあ、カズラ？」

「そ、そうだね」

その後、ルグロを交えて会議は進行し、緒戦の戦い方とそれぞれの軍団配置が暫定的ながら確定した。

一良《かずら》が同意したせいか、直後にフライス領の軍団長たちがサッコルトを「サッチー殿」と呼んでしまったせいで、彼の呼び方はサッチーで固定されてしまったのだった。


数日後の夜。

砦の会議室では、反乱軍を率いていたモルスをはじめとする二十人近くの部隊指揮官たちが集められていた。

彼らはシルベストリアに連れられて、ラタをひたすら走らせ続けて砦までやって来たのだ。

連日十時間以上もぶっ続けでラタに乗り続けるというのは未強化の人間にはさすがに無理なので、彼らには途中途中で神の秘薬と称してリポDを飲ませた。

皆、バイクを見た時点でグレイシオール降臨の話は信じていたようだが、リポDを飲んだことによって「言い伝えのとおりだ」と完全に信じ切っていた。

「どうも、私がグレイシオールです」

プロジェクターでの動画を準備し、一良《かずら》がモルスたちに自己紹介する。

傍らのパソコンを操作しているのはバレッタだ。

ナルソン以下、アルカディアの首脳陣が勢ぞろいしており、王都軍の軍団長や重鎮たちは緊張した表情をしている。

モルスたちは皆、いったい何が始まるのかと困惑している様子だ。

「これから皆さんには、死後の世界がどんなものなのかを見てもらいます。で、その前に」

一良《かずら》がモルスに顔を向ける。

「モルスさん」

「は、はい」

モルスが一良《かずら》を見て返事をする。

「こんな若造が本当にグレイシオールなのか？」とでも思っているような顔つきだ。

他の部隊指揮官たちも、それは同じである。

「ニーベルさんの指示で、あなたが反乱軍全軍の指揮を執っていたということに間違いないですね？」

「はい。間違いありません」

「分かりました。あと、あなたはニーベルさんに『イステール領が裏切った』とそそのかされて、今回の反乱に加わったということで間違いないですか？」

皆の視線がモルスに向けられる。

モルスは額に薄っすらと汗を浮かべながらも、すぐに頷いた。

「はい。奴に、ダイアス様とバルベールとの血判状などの様々な証拠を見せつけられ、まんまと騙されてしまいました。他の者たちも、それは同じです」

「ふむ」

一良《かずら》が真顔でモルスを見つめる。

「この場で嘘をつくと、ご自身の罪の上塗りになるということを、先に話しておきます。そのうえで――」

「いえ、私は嘘など1つも――」

「まあ、話を最後まで聞いてください」

反論しようとするモルスに、一良《かずら》がぴしゃりと言いつける。

モルスは何か言いたそうだったが、口を閉ざした。

「これから皆さんにお見せするのは、死んだ後の世界です。それを見た後でもう一度、先ほどと同じ質問をさせていただきますね。バレッタさん、お願いします」

「はい」

バレッタがノートパソコンを操作し、動画が始まる。

黒塗りの画面に文字が浮き上がると、モルスたちからどよめきが起こった。

すでに動画を見たことのある王都軍の軍団長や重鎮たちの何人かは、動画が始まる前からすでに頭を抱えている。

文字の説明が終わり、地獄の様相が映し出される。

モルスたちは唖然とした顔で、口を半開きにして動画に見入っていた。

「ああ、あの男がまた……」

「確かデュクスといったか……哀れな……」

怪物に頭と体を引っ張られているデュクス（※そっくりさん）の姿に、誰かが声を漏らす。

「バレッタさん、一時停止で」

「はい」

あと少しで彼の首が胴体と泣き別れをするというところで、一良《かずら》がバレッタに動画を一時停止させた。

一良《かずら》がレーザーポインターで、デュクス氏を丸く囲う。

「はい、こちらはグレゴルン領の元徴税官のデュクスさんです」

一良《かずら》が言うと、モルスたちがばっと一良《かずら》に顔を向けた。

どうやら、デュクスのことを彼らも知っている様子だ。

「彼はまあ、徴税官時代にいろいろと悪いことをやっていたようでして。今はこんな感じになっちゃってますね。バレッタさん、再生で」

「はい」

動画が再び動き出し、デュクス氏の頭が首を支点にしてぶちぶちと引きちぎられた。

モルスの部下の何人かが「ひぃ!」と悲鳴を上げ、すでに動画を見たことのある何人かは「見ておれん……」と顔を背ける。

「バレッタさん、10秒巻き戻して再生で」

「う……はい」

動画がきっちり10秒巻き戻され、再びデュクス氏が大変なことになる。

モルスは目を見開いて脂汗を流しており、部下の1人が悲鳴を上げて椅子から転げ落ちた。

しばらく前にグレゴルン領の重鎮たち（故）に動画を見せた時に見た光景と、まったく同じ状況だ。

「こんな感じで、彼は今も地獄で何度も何度も怪物に引き裂かれています。続きを見てみましょうか」

動画が進んで阿鼻叫喚の地獄絵図が終わり、続いて天国の映像が流れだした。

モルスたちは皆が呆然とした様子で、食い入るように動画を見ている。

しばらくして動画が終わり、プロジェクタの傍にいたリーゼが電源を切った。

「生前に悪いことをしたまま死んでしまうと、地獄であのような悲惨な目に遭ってしまいます。ですが、きっちりと罪を認め、贖罪をすることによって、それらを軽減したり天国行きに鞍替えすることも可能です」

一良《かずら》がモルスたちに真剣な表情を向ける。

「あなたたちに、もう一度問います。あなたたちは全員ニーベルさんに『騙されて』、反乱軍に加わっていたのですか？」


小一時間後、上映会を終えた一良《かずら》たちは会議室を出て、廊下を歩いていた。

歩いているのは、一良《かずら》、ルグロ、リーゼ、バレッタの4人だ。

「はー、呆れたもんだな。半分どころか、連れてきた連中の8割近いって何なんだよ」

薄暗い廊下をてくてくと歩きながら、ルグロがぞんざいに言う。

あれから一良《かずら》に事の真偽を問いだたされたモルスたちは、部下の1人が白状したのを皮切りに、全員が『真実』を白状した。

本当に騙されていた部隊長たちの何人かは激怒してモルスたちに殴り掛かり、そうでない者は今まで信じていた仲間に裏切られていたという事実に愕然として魂が抜けたようになっていた。

裏切りを白状した者たちは砦内の倉庫に監禁されることになり、今は処分待ちの状態だ。

グレゴルン領に残っている文官の中にも裏切り者が何人もいるとのことで、全員の名前を聞き出すことに成功した。

彼らの処遇をどうするか、ナルソンが軍団長たちと別室で話し合っている。

ルグロは「後は適当にやってくれ」と言って話し合いには不参加を表明し、一良《かずら》に付いて来てこの場にいるというわけだ。

「いや、俺も驚いたよ……多くても半分くらいかなって思ってたら、8割って」

「ダイアスのやつ、日頃からどんな領地運営をしてたんだよ。よっぽど嫌われてなきゃ、連中だって失敗したら酷い目に遭って死ぬってリスクを冒してまで、あんなことしでかさないだろ」

呆れた様子で話す一良《かずら》とルグロに、リーゼが冷めた目を向ける。

「他人の奥さんを寝取ったり、逆らった人間を好き勝手に処刑していたのです。自業自得とも言えるかと」

　辛辣な言葉を吐くリーゼを、ルグロが意外そうな顔で見る。

　リーゼははっとした顔で、自分の口に手を当てた。

「へえ、リーゼ殿も結構言うんだなぁ。まあ、そのとおりっちゃあそのとおりだよな」

「あ、いえ……カズラ、彼らってこれからどうなると思う？」

　反応に困ったのか、リーゼが一良《かずら》に話を振る。

「どうなるだろうなぁ。贖罪させるにしても、やらかしたことが大きすぎてさ。どうすればいいんだろ」

「とりあえず、他にも何かやってたかもしれないし、それも吐かせないとだよ。それまでは希望を与えておかないと」

「うわ。リーゼ殿、怖いこと言うなぁ。『それまでは』、ねぇ……」

「う……こ、これを機に、悪いものは全部暴いておかないといけないと思いまして」

「だな。まあ、処分をどうすんのかは、ナルソンさんが上手いことやってくれるだろ」

　そうして廊下を進み、階段に差し掛かる。

　今歩いているのは2階の廊下で、ルグロの部屋は3階だ。

「カズラは、今日はもう休むのか？」

「うん。風呂に入って寝るよ。マリーさんにお風呂の準備してもらってるし」

「そっか。じゃあ、また明日な。お休み」

ルグロと別れ、3人は廊下を進む。

途中、リーゼの部屋の前で彼女とも別れ、一良《かずら》とバレッタはそのまま廊下を進んだ。

一良《かずら》の部屋の両隣が、リーゼとバレッタの部屋だ。

「それじゃ、バレッタさん、今日はお疲れ様でした。また明日」

「はい、お疲れ様でした。おやすみなさい」

バレッタと挨拶をし、一良《かずら》は自室に入った。

燭台《しょくだい》の蝋燭《ろうそく》が照らす薄暗い部屋の中を、上着のボタンをはずしながら洋服掛けに向かう。

「こんばんは」

「ひいっ⁉」

突然真後ろから声をかけられ、一良《かずら》が跳び上がる。

振り返ると、黒髪の女性が一良《かずら》を見て、口に左手を当ててくすくすと笑っていた。

いつの間に背後に回り込んでいたのだろうか。

その手首には、以前一良《かずら》がプレゼントした腕時計が付けられていた。

「ちょ、勘弁してくださいよ……何度脅かせば気が済むんですか」

ばっくんばっくんと鳴り響く心臓を胸の上から押さえつけ、一良《かずら》がげんなりした顔で言う。

「ごめんなさい、そんなつもりはなかったのですが」

「嘘だッ！　絶対に……あ！　ちょ、ちょっと待っててください！」

一良《かずら》はそう言うと、入口の扉へと走った。

女性はきょとんとした顔で小首を傾げている。

一良《かずら》は扉を開けて顔を出し、バレッタの部屋の方を見る。

今ちょうど、扉が閉まる寸前のところのようだ。

「バレッタさん！」

一良《かずら》の呼びかけで、バレッタが顔をのぞかせた。

「あ、はい。どうしました？」

「こっち来て！　早く！」

バレッタは「なんだろう？」という顔をしながらも、小走りで一良《かずら》の下へとやって来た。

一良《かずら》はその腕を掴み、部屋の中に引っ張り込む。

「あっ！」

部屋の中にいる黒い女性とバレッタは目が合い、声を上げた。

女性が顔をしかめる。

「カズラ様、それは……」

「あなたたちと話す時は、これからは彼女も一緒です。そうさせてください」

一良《かずら》がバレッタの背に手を回して軽く抱き寄せるようにして言う。

バレッタは突然のことで動揺しながらも、こくこくと頷いた。

女性が、はあ、とため息をつく。

「カズラ様のお願いでは仕方がないですね。もとより、もう先のことは何も視えなくなってしまいましたし。どうなるかはもう、私にも分かりませんので」

「先って、未来のことですか？」

「はい。カズラ様とお会いするまでは、辛うじて見えていたのですけどね」

「あの、先日あなたの相方と話したんですが、その時は半分眠ってるような状態にさせられたんです。今は、そんなことはないんですよね？」

「今は私だけですから。それで、ご用件についてなのですが」

女性が話を切り出す。

あれこれ質問攻めにされるのは嫌なのかもと、一良《かずら》もこれ以上聞くのは止めにすることにした。

「あ、はい。ウリボウさんから聞いてると思いますけど、コルツ君が行方不明になっちゃって。探してもらえないかなって——」

「彼のことは、放っておいていただけないでしょうか」

一良《かずら》の言葉を遮って、女性が言う。

予想外の言葉に、一良《かずら》は驚いた顔になった。

「え、放っておいてって……あの、コルツ君は生きてるんですよね？　砦にいるんですか？」

「生きているはずです。ただ、あまりこうして彼女とも関わっていると、その未来も変わってしまうかもしれません」

女性がバレッタに目を向ける。

「私たちが人と深く関わると、未来が少しずつ悪い方向に変わることが多々ありました。少なくとも、カズラ様がこの土地に来るまではそうでした」

「俺が来てからは、そうではないと？」

「はい。ただ、ほどなくして霞がかかったように先がぼやけてしまって。この先どうなるのかが分からなくて、私も怖いんです」

女性が困ったような顔で言う。

「彼がカズラ様の近くにいるように私が仕向けたのは、そうしないと恐ろしい未来に繋がるということが、おぼろげながら分かっていたからです。彼の存在が、それを防ぐことに繋がるはずです」

「……え？　恐ろしい未来っていうのは？」

驚いて一良《かずら》が聞くと、彼女は申し訳なさそうに目を伏せた。

「それを言うことによって、防げるはずの事態が防げなくなってしまうかもしれません。今私が話したことは聞かなかったことにして、カズラ様たちは普段通りに過ごしてください」

そう言われてはこれ以上聞くわけにもいかず、一良《かずら》は押し黙った。

だが、少なくともコルツは生きて砦内に潜んでいるらしい。

生存が分かっただけでも、今は満足すべきだろう。

「あ、あの！」

バレッタが女性に声をかける。

「1つだけ、質問させてください！」

「はい。答えられる範囲であれば」

「私は……私とカズラさんは……」

バレッタは言葉を続けようとして、たった今女性が言った「私たちが人と深く関わると、未来が少しずつ悪い方向に変わることが多々ありました」という言葉を思い出して、続きを言えなくなった。

森で数百年も互いを探して彷徨っていた2人のように、自分と一良《かずら》はならないかをバレッタは聞こうとした。

だが、もし彼女が「ならない」と答えてくれたとしても、それによってその未来が悪い方向に変わってしまうかもしれない。

聞いて安心したいのに、聞くと安心できなくなるかもしれないというジレンマだ。

言葉に詰まるバレッタに、女性がにこりと微笑む。

そして、再び一良《かずら》に目を向けた。

「では、私はそろそろお暇しますね」

「あ、待ってください。せっかく来たんですから、お土産《みやげ》を持って行ってください」

一良《かずら》が壁際に置いてあった大きな布袋を抱え上げ、女性に歩み寄る。

「お菓子の詰め合わせです。ウリボウの姿になってからでも背負えるように紐を付けておきました。今変身してくれれば、俺が背中に結び付けますよ」

「まあ、ありがとうございます。でも、このままで大丈夫です。背負わせていただけますか？」

「あ、はい。バレッタさん、紐を結んでもらえます？」

「はい」

一良《かずら》が女性の背に布袋を押し当て、バレッタが紐を結ぶ。

肩から脇の下に紐を結び、首に紐が当たらないようにと胸の前で「工」の字に結んだため、その豊かな胸がやたらと強調されるような格好になってしまった。

無線機も渡すつもりだったのだが、先ほどの話もあったので止めておいた。

どうしても会う必要がある時は、また森に行けばいいだろう。

「ありがとうございます。では、またいつか」

女性がぺこりと頭を下げ、窓へと向かう。

そして、流れるような動きで飛び降りた。

一良《かずら》はその姿を追うような真似はせず、バレッタに目を向ける。

「コルツ君、生きてるみたいですね。よかった……」

「ですね……でも、どこにいるんでしょうか」

「さっぱり分かりませんよね……そういえば、バレッタさんは彼女に何を聞こうとしてたんです？」

一良《かずら》が聞くと、バレッタは少しうつむいた。

「……カズラさんと、この先もずっと一緒にいられるかって」

「……」

一良《かずら》がバレッタを引き寄せ、ぎゅっと抱き締める。

「大丈夫です。俺、ずっとバレッタさんの傍にいますから。それでいつか、一緒に日本に遊びに行きましょう。約束です」

「……はい。約束です」

バレッタが一良《かずら》の胸に顔を摺り寄せる。

すると、コンコン、と部屋の扉がノックされた。

「カズラ様、お風呂のご用意ができました」

扉の外から、マリーの声が響く。

「あ、はい。今行きます」

一良《かずら》がマリーに返事をする。

バレッタが一良《かずら》の背に回した手に、ぎゅっと力を込める。

「……もう少しだけ、このままでいさせてください」

「うん」

数十秒の間2人は抱擁を交わし、そっと離れた。

「……ありがとうございます。お風呂、行ってらっしゃい」

「バレッタさん、1人で大丈夫ですか？」

「大丈夫です。元気、貰いましたから」

バレッタがにこりと微笑む。

「マリーさんが待ってます。そろそろ行ってあげないと」

「ですね。じゃあ、また」

一良《かずら》が部屋を出て行く。

バレッタは閉まった扉をしばらく眺め、一良《かずら》のベッドに腰かけた。

ぽふん、とそのまま倒れ込み、はあ、と息を吐く。

以前、リーゼが野営地で一良《かずら》と2人きりになった時に「あ、これ、もしかしたらいけるかも」と押し倒しかけたと言っていたことを思い出した。

「リーゼ様の気持ち、分かるなぁ……はあ」

その後数分の間、バレッタはそうやって寝転んでいた。


2日後の夕方。

砦はそれまでののんびりとした雰囲気から一転して、物々しい雰囲気に包まれていた。

バルベールの軍団が軍団要塞を出て、陣地に布陣を始めたのだ。

宿舎の一良《かずら》の部屋では、一良《かずら》がエイラとマリー、そしてジルコニアに鎧の着付けを手伝ってもらっていた。

ジルコニアは知らせを受けてすぐに着替えたらしく、すでに鎧姿になっている。

「はい、これでばっちりです。格好いいですよ」

かっちりとした鎧に身を包んだ一良《かずら》の背を、ジルコニアがぽんと叩く。

それぞれ身支度を整えて北門に集合とナルソンに言いつけられて一良《かずら》は自室でエイラたちと支度をしていたところ、ジルコニアがやって来て手伝うと言い出したのだ。

「ありがとうございます。やっぱり着慣れていないせいか、なんだか変な感じですね」

一良《かずら》が鏡に映った鎧姿の自分を見て苦笑する。

「そんなことないですよ。惚れ惚れするくらい格好いいです。ねえ、エイラ？」

「はい。凛々しくて、とても格好いいです」

「そうかなぁ……やっぱり、アイザックさんとかハベルさんと比べると、鎧に着られてる感が否めないんだよな……」

一良《かずら》がそう言って、テーブルの上に目を向ける。

そこには、真新しい鉄製の兜が置かれていた。

大きな頬当てが付いており、顔の正面も目と口以外のほとんどすべてを覆う作りの重厚な鉄兜だ。

重装歩兵たちが被るものよりも、さらに顔を覆う面積が多い。

「そういえば、ジルコニアさんってそんな兜持ってましたっけ？」

「砦に来てから、特注で作らせたんです。何かあったら怖いので、がっちりとしたものを付けていないとと思って。指揮をしている最中に矢が飛んでくることもありますからね」

「ふうん……あ、どこかで見たことがあると思ったら、古代スパルタ軍の兜にそっくりだ」

「スパルタ軍？　日本の軍隊ですか？」

聞いたことのない軍の名前に、ジルコニアが小首を傾げる。

「いえ、別の国ですね。大昔に、とんでもなく精強な兵士を育成していた国の軍隊です。確か、映画のＤＶＤがあったかな」

一良《かずら》が壁際のダンボール箱を漁り、ＤＶＤを取り出す。

「あったあった。この裏表紙の人たちの兜とそっくりですよ」

「あら本当……って、なんでこの人たち、全員裸なんですか？」

パッケージの裏表紙には、ムキムキのマッチョマンたちがパンツ一丁で兜とマントだけを身に着け、剣と円盾を手に何やら叫んでいる写真が載っていた。

一緒にパッケージをのぞき込んでいたエイラとマリーは、顔を赤くして写真を凝視している。

「まあ、これは映画なんで。戦闘での肉体美の演出とか、インパクトを狙って作られたんじゃないですかね。実際はけっこう重厚な鎧を着ていたみたいです」

「なるほど。カズラさんの世界では裸で戦うのが普通なのかと思いました」

「さすがにそれだと死者続出になりますよ……あ、そうだ」

一良《かずら》が再び部屋の端へと向かう。

スーツケースを開け、中から防刃ベストを取り出し、ジルコニアに手渡した。

「ジルコニアさん、これ着ていってください」

「何です？　これ？」

「防刃ベストっていって、刃物に高い耐久性を持っている服です。矢が飛んで来て鎧を貫通したとしても、これがあれば安心ですよ」

「それはすごいですね。こんなに軽いのに……それに、けっこう丈がありますね」

「ですね。まあ、これは俺が選んだものじゃないんですけど。もしよければどうぞ」

「ありがとうございます。着させていただきますね。エイラ、鎧を脱がせて」

「かしこまりました」

ジルコニアがエイラに手伝ってもらい、鎧を脱ぐ。

鎧下姿《よろいした》になったジルコニアに、エイラが防刃ベストを着せようと手に取った。

「え、ええと……カズラ様、これはどうやって着るものなのでしょうか？」

どうやって着せたらいいかが分からず、エイラが困り顔になる。

「あ、俺がやりましょうか。これ、肩のところがマジックテープになってってですね……」

一良《かずら》がジルコニアに防刃ベストを着せる。

ジルコニアは鏡を見て、ふむ、と唸《うな》った。

「なるほど。でも、この上から鎧を着ると、ちょっと息苦しくなりそうですね」

「あー。その鎧下、けっこう厚手ですもんね。体の守りは鎧とベストで十分でしょうし、今着てるやつは脱いで俺のTシャツ着ていきます？　あと、腕に付ける手甲もあるんで、着けていってください」

「まあ、ありがとうございます。そうしますね」

ジルコニアが防刃ベストを外して、鎧下を脱ごうとボタンを外す。

その真っ白な素肌がのぞき、一良《かずら》が慌てて後ろを向いた。

「エイラさん、タンスから長袖のシャツを出してください。黒がいいですかね」

「かしこまりました」

エイラがタンスから黒の長袖シャツを取り出していると、コンコン、と部屋の扉がノックされた。

「バレッタです」

「どうぞ」

一良《かずら》の代わりに、ジルコニアが返事をする。

扉が開き、バレッタとリーゼが部屋に入ってきた。

「あ、ジルコニア様」

「……お母様。なんで脱いでるんですか？」

探るような目を向けてくるリーゼに、ジルコニアが笑顔を向ける。

ジルコニアは今、上半身裸だ。

エイラとマリーがこの場にいるのが、唯一の救いである。

「カズラさんに『脱げ』って言われちゃって」

「言ってな……言ったけどなんか違う！」

一良《かずら》が即座に突っ込みを入れる。

「防刃ベストを鎧の下に着ることになったから、着替えてもらってるんだよ」

「それ、スーツケースに入ってたやつですよね」

マリーが抱えている防刃ベストに、バレッタが目を向ける。

バレッタはジルコニア救出作戦の折に防刃ベストを着ているので、合点がいったようだ。

「ええ。ジルコニアさんは俺と背丈が近いんで、着れるかなって」

「なるほど。あ、ぴったりみたいですね」

バレッタの言葉に、一良《かずら》が振り向く。

ぴっちりと防刃ベストを身に纏ったジルコニアが、鏡で自身の姿を見ていた。

なかなかに、様になっている。

「すごく体に密着する感じですね。守られてる感がすごいです」

「鎧は着れそうですか？」

「これなら大丈夫ですね。首回りも自由ですし、動きやすそうです。エイラ、マリー、鎧を」

「はい」

「かしこまりました」

エイラとマリーに手伝われ、ジルコニアが鎧を着始める。

その様子を見ながら、バレッタが口を開いた。

「えっと、ナルソン様から全員北門に集合するようにって指示が出ています。カイレン将軍が丘の下まで来ているようで、また話し合いみたいです」

バレッタが言うと、ジルコニアはそれまでの朗らかな表情から一転して、真剣な顔になった。

「分かった。すぐに行きましょう」

ジルコニアが鎧を着終わるのを待ち、皆で北門へと向かった。

一良《かずら》たちが北門に到着すると、すでにナルソンたち首脳陣が集合していた。

門は開け放たれており、砦の外に築かれた防御陣地には兵士たちが配置に就き始めている。

ナルソンは双眼鏡を目に当てており、はるか先にあるバルベール軍の陣地を見ている様子だ。

先日までちょこちょこ降っていた雨は嘘のように降らなくなっており、ここ数日は猛暑が続いている。

今日もすこぶる快晴で、空気はからっと乾いて乾燥していた。

空は若干薄暗くなってきており、爽やかな風がそよそよと吹いている。

「ナルソン、来たわよ。何を見てるの？」

ジルコニアがラタから飛び降り、ナルソンに歩み寄る。

「敵の陣営の確認をしているんだ。どうやら、送られてきた書状どおりの配置のようだな」

ナルソンに双眼鏡を手渡され、ジルコニアが目に当てる。

書状に書かれていた元老院議員の軍団を示す軍団旗が、中央後方に翻っていた。

まだ兵士たちの配置は完了しておらず、順々に後方の軍団要塞方面から移動してきている状況だ。

陣地の大きさからいって、かなりの兵数になるだろう。

「そのようね。議員っぽい連中も、何人もいるわ」

「うむ。バレッタ、ここからあそこまで、カノン砲の弾は届くか？」

「届きます」

ナルソンの問いに、バレッタが即座に答える。

「2・5キロくらい離れているので精度は多少落ちますが、全砲を同時斉射すれば何人かには当たるかもしれません。議員が200人近くいるというのが本当なら、集合したところを狙うのがいいと思います」

「そうだな。折を見て、滅茶苦茶に撃ち込んでやろう」

「ナルソン、時間的に、敵は夜戦を仕掛けてくるつもりかもしれないわ。しっかり警戒しておかないと」

「おそらくそうだろうな。前回食らった射撃兵器が、よっぽど堪えたらしい」

「バレッタさん、はい。どうぞ」

一良《かずら》が肩にかけていたバッグから双眼鏡を取り出し、バレッタに手渡す」

「あ、すみません。ありがとうございます」

バレッタがそれを受け取り、敵陣を見渡す。

全体を舐めるようにじっくりと眺め、何かに気づいて動きを止めた。

「カズラさん、敵陣にバリスタがあります」

「えっ、バリスタ？　ねじりバネの？」

「はい。構造と大きさからいって、射程は350から400メートルといったところでしょうか。各軍団陣地に4から5基ありますね」

一良《かずら》がバレッタから双眼鏡を受け取り、のぞき込む。

かなり大型のバリスタが、あちこちに配備されているのが見て取れた。

車輪が付いており、移動も可能なようだ。

「マジか……あんなものを開発してるとは思わなかったな」

「はい。ただ、あれはかなり大きいので射撃速度は遅そうですね。威力はすさまじそうですが」

「バレッタ、バリスタって何？」

リーゼが2人に口を挟む。

「スコーピオンの大型版です。ねじりバネを動力として、巨大な矢を射出します。歩兵の盾で防ぐのは不可能です」

「そうなんだ……こっちのスコーピオンを模倣したのかな？」

「もしそうだとしたら、かなり器用な人があちらにはいるはずです。この短期間であれを作るのは、すごく大変だったでしょうから」

「この間の女の人かな？　白くて長い髪の」

「かもしれませんね……あと、その前方付近にカノン砲対策と思われる移動防壁があります」

一良《かずら》が双眼鏡を動かす。

最初は櫓か何かかと思って見過ごしていたのだが、よく見るとそれは大量の丸太を縛って組み上げた防壁のようだった。

下部には車輪が付いており、これもまた移動が可能のようだ。

あちらもまた、前回の戦いの教訓からいろいろと準備をしてきたらしい。

「ナルソン様。戦闘開始と同時に、カノン砲でバリスタを全基破壊するべきです。こちらの陣地に近寄らせてはダメです」

「うむ、分かった。砲撃部隊の指揮はバレッタに任せるぞ」

「かしこまりました。射撃前に、標的を何にするのか逐次報告しますね」

「そうしてくれ。しっかり頼む」

「はい。あと、夜間の襲撃に備えて各砲座には夜目の利く村の人たちにも就いてもらうようにお願いしておきました。観測手法は指導済みです」

「やるじゃないか。さすがだな」

「……やっぱり、バレッタは頼りになるよね」

リーゼがこそっと一良《かずら》に言う。

バレッタの耳にも、微かに届いていた。

「戦争が終わったら、バレッタを軍務官に推薦してみようかな。それでそのまま、イステール領の副軍団長になってもらっちゃったりして」

「う、うーん……まあ、そういうのは追々考えていけばいいんじゃないかな」

「えー？　一良《かずら》は反対なわけ？」

「いや、反対っていうか……バレッタさんってずっと働きすぎな感じだしさ。もっとのんびりできたほうが――」

「ナルソン、そろそろ行きましょう。彼ら、待ちくたびれてるみたいよ」

ジルコニアの声に、皆が丘の先に視線を移す。

カイレンをはじめとした前回会談をした時と同じ面子の者たちが、こちらを眺めていた。

前回同様、場違いなワンピース姿のフィレクシアも一緒だ。

皆が目を向けたことにフィレクシアは気づいたようで、ぶんぶんと大きく手を振っている。

隣にいたティティスがすぐに、その腕を引っ掴んで止めさせた。

「よし、行くか。皆、くれぐれも油断しないようにな」

ナルソンが鐙《あぶみ》に足をかけ、ラタに跨る。

皆、ラタに跨り、彼らの下へと駆け出した。

第5章　この日のために

「よう。久しぶりだな」

ラタを降りたナルソンたちに、カイレンが笑顔を向ける。

「書状は受け取ってもらえたかな？」

「うむ。約束は果たされたということだな」

ナルソンが頷く。

「元老院の軍団が戦場に来ているとは知らなかった。事件の首謀者も、そこにいるのだな」

「ああ。他の連中も探せるだけ探したが、書いておいたものだけで他の連中はもう行方知れずだ。満足してもらえたかい？」

カイレンがジルコニアに目を向ける。

ジルコニアは彼の目を見据えたまま、小さく頷いた。

「ええ、十分よ。後は、貴方たちが降伏した後で裁きにかけさせてもらうわ」

「そっかそっか。まあ、好きにしてくれ」

挑発的なことを言うジルコニアにもカイレンは動じず、爽やかな笑顔のままだ。

「これで、毒の兵器はお互い不使用ってことでいいな？」

「約束だからね。あなたたちと違ってちゃんと約束は守るから、安心なさい」

「こりゃ手厳しい。まあ、俺たちも使うような真似は絶対にしないさ。フィレクシア、これでいいか？」

カイレンが隣にいるフィレクシアに目を向ける。

フィレクシアはほっとした表情で頷いた。

「はい、安心しました。ジルコニア様、ありがとうございます」

フィレクシアがジルコニアに笑顔を向ける。

「あと、その……やっぱり、そちらには降伏するという選択肢はないのでしょうか？」

「あるわけないでしょう？　今さら何を言ってるわけ？」

ジルコニアが呆れ顔で言う。

「それとも、今になって怖気づいたのかしら？」

「いえ、そうではなくて、こんなのもったいないのですよ。あれほどいろいろな兵器を作れる、高い技術力を持っている技術者がそちらにはいるのに、この戦いのどさくさで死んでしまったら残念では済まないのです」

「ずいぶん強気じゃない。絶対に自分たちが勝つって思ってるのね」

「ジルコニア様、国力差を考えるのですよ。戦いにおいて強力な兵器は確かに重要ですが、圧倒的な物量と人的資源の差は覆せません」

フィレクシアが真剣な表情で言う。

「敗色濃厚になってから不利な講和を結ぶよりも、戦力を保っているうちに降参したほうが利口なのです。この戦いが終わった後で、もう一度講和について考えてみてください」

「その言葉、そっくりそのままお返しするわ。降参するなら今のうちよ？」

ジルコニアが言うと、フィレクシアは残念そうにため息をついた。

そんな2人に、カイレンが可笑しそうに笑った。

「な？　だから言っただろ？」

「うう、残念なのです……」

「ほら、フィレクシア」

「はい……」

フィレクシアが手にしていた小さな布袋をジルコニアに差し出す。

「これ、お返しするのです」

「返す？　何を？」

「以前、砦に投げ入れられてきたものです」

ジルコニアが布袋を受け取り、紐を解いて中を見る。

「……これはご親切に」

「んじゃ、これからちょいと血生臭いことにはなるが、次もお互い生きて会えることを祈ってるぞ」

カイレンが自身の仲間たちに目を向ける。

「おし、戻る――」

「なあ、ジルコニアさんよ」

カイレンの言葉を遮って、大柄な男がジルコニアに声をかけた。

「何？」

「俺は、第14軍団長のラース・アボーグってもんだ。あんた、そっちの軍じゃ一番腕が立つんだろ？」

「さあ？　試したことなんてないから分からないけど。それがどうしたの？」

「今度一度、手合わせ願いたいね。俺が呼びかけたら、出てきてもらえるかい？」

「おい！　ラース！」

カイレンがラースを睨みつける。

ラースはそれを無視し、ジルコニアを見据えている。

「いつでもどうぞ。相手になってあげるわ」

「おい、ジル！　何を言うんだ！」

今度はナルソンがジルコニアを怒鳴りつける。

ラースは上機嫌な様子で、ヒュウ、と口笛を吹いた。

「何よ。文句でもあるの？」

「当たり前だ！　勝手な約束をするんじゃない！」

「あら、ごめんなさいね。でも、もう約束しちゃったから」

ジルコニアが真顔で、ラースに目を向ける。

「私を呼ぶからには、生きて帰れるとは思わないことね。呼び出しの対価は、あなたの命よ」

「はっはっは！　女だてらに威勢がいいじゃねえか！　それでいいぜ！　どっちみち、決闘ってのはそういうもんだしな！」

ラースが大声で笑い、ニィ、とジルコニアに笑みを向ける。

「必ず呼び出させてもらう。土壇場になって、逃げ出すんじゃねえぞ」

「呼び出す前に、一番好きなものを食べてくることね。それがあなたにとっての最後の食事になるのだから」

挑発し合う2人に、ナルソンとカイレンがやれやれとため息をつく。

「あー。じゃあ、ナルソン殿。俺たちはこれで失礼する」

「……うむ。次は戦場で相まみえよう」

カイレンたちはラタに乗り、去って行った。

「帰りましょう。戦いの準備をしないと」

ジルコニアがラタへと向かう。

他の皆は顔を見合わせ、それぞれラタに向かうのだった。

「おい、ジル。勝手な真似をするんじゃない」

砦内に戻って早々に、ナルソンがラタから飛び降りてジルコニアに言う。

「まさか、あいつが呼び出して来たら本当に出ていくつもりじゃないだろうな？」

「呼び出して来たって、別に放っておけばいいんじゃない？　約束を守ったって、私たちに何の得もないし」

気のない返事をするジルコニア。

ナルソンは少しほっとしながらも、表情を険しくする。

「まったく、心臓に悪いことをするんじゃない。お前にもしものことがあったら――」

「ねえ、カズラ。お母様ちょっと変じゃない？」

ラタを降りたリーゼが、一良《かずら》に歩み寄る。

ジルコニアはナルソンにあれこれと文句を言われながらも、適当にあしらっている様子だ。

「やっぱりここ最近、雰囲気がおかしいもの。危ない真似しないといいけど……」

「だなぁ。適当にあしらってただけみたいだからよかったけど、敵の軍団長と一騎打ちなんて、いくらなんでも危なすぎるよ。しかも、相手はあんな大男だしさ」

「あ、それは別に大丈夫だと思うけど。お母様に勝てる人なんていないと思うし」

「え？」

思わぬことを言うリーゼに、一良《かずら》が怪訝な目を向ける。

「大丈夫って、お前、心配じゃないのか？」

「心配だけど、お母様の剣の腕、カズラは知らないでしょ？　あんなの、一対一じゃ誰も勝てないよ」

リーゼに言われ、一良《かずら》は今までジルコニアが実戦で斬り合っている姿を一度も見たことがないことに気が付いた。

過去に前線で自ら敵兵と戦っていたという話を聞いたことがあるというのと、ロズルーから砦脱出の際の立ち回りを聞いたくらいだ。

「リーゼがそこまで言うって……ジルコニアさんってそんなに強いのか？」

「うん。お母様からは2年前くらいに剣の指導を受けたのが最後だけど、はっきり言って異常なくらい強いと思う。私が全然歯が立たなかったアイザックが子供扱いだったたし、アイザックよりずっと強いシルベストリア様も一方的にボコボコにされてたし」

2年前、ということは、リーゼは13歳だ。

アイザックは19歳、シルベストリアは23歳かそこらだったはずだ。

アイザックたちの強さを一良《かずら》は知らないので何とも言えないが、スラン家の人間は子供の頃から徹底的に軍事教育を施されて育つと聞いている。

そんな2人を一方的にボコボコということは、ジルコニアはかなりの手練れということで間違いない。

「とにかく動きが速すぎて、全然こっちが追えなくて防戦一方になっちゃうのよ。しかも今は、カズラのおかげで体も強くなってるしさ。よっぽど油断でもしなきゃ、負ける道理なんてないよ」

「そ、そうか……ちなみにだけど、リーゼって今、腕力はどれくらい強いんだ？」

「え？　腕力？」

「うん。リーゼも日本の食べ物で身体能力が強化されてるだろ？　どれくらい強くなってるのかなって」

「特に試したことはないけど……」

「バレッタさん、お金持ってません？」

「あ、はい。ありますよ」

バレッタが懐から布袋を取り出す。

砦内には商店もあり、街から行商人も行き来しているので買い物ができる。

むしろ、今の砦には大量の軍人や使用人が集まっていて商売をするにはもってこいな環境のため、行商人の出入りはかなり盛んだ。

砦に入るには関税を払わないといけないことにもなっており、結構な額の税収になっていた。

「1アル銅貨、貸してもらってもいいですかね?」

「いいですけど、何に使うんです?」

「まあまあ、いいから貸してください。ほら、リーゼ」

リーゼが1アル銅貨を手渡され、小首を傾げる。

1アル銅貨は日本の100円玉程度の大きさだ。

「それ、指で曲げられるか?」

「さ、さすがにそんなの無理だよ」

「やってみなきゃ分からないだろ? 試してみろって」

「うう、本当にやるの?」

「やるの。ほらほら」

「うん……」

リーゼが両手の人差し指と親指で1アル銅貨を摘み、ぐっと力を込める。

「無理無理。曲がらないって」

「本気でやってないだろ。全力出せって」

「うー……分かった」

リーゼが銅貨に目を戻し、思いきり力を込める。

まるで当たり前のように、1アル銅貨はぐにゃりと真ん中からくの字に折れ曲がった。

「うへぁ……」

「ちょ、ちょっと！　そんな声出さないでよ！　カズラがやれって言ったんじゃない！」

変な声を漏らす一良《かずら》に、リーゼが顔を赤くして文句を言う。

日本の10円玉を曲げられる握力には諸説あるが、100キロ以上は必要という話を一良《かずら》はインターネットで見たことがあった。

1アル銅貨の厚みは十円玉と似たようなものなので、リーゼの握力はそれに近いものがあるのかもしれない。

「だって、コイン曲げってかなりの握力がないとできないはずだし……今度握力を測る機械を持って来るから、測ってみてくれよ」

「絶対やだ。バレッタにでもお願いすれば？」

リーゼがふくれっ面でそっぽを向く。

「何でだよ？　バレッタさ――」

「嫌です」

一良《かずら》が言い終わる前に、バレッタが真顔で即答する。

さすがの一良《かずら》も「あ、これは頼んじゃダメなやつなのか」と察し、その後握力の話題を出すことはなかった。

数時間後。

両軍ともに部隊の配備は進み、時刻は夜になっていた。

バルベール軍はかなりの大軍であり、各軍団が配置に就くだけでも長い時間を要するようだ。

敵陣のあちこちに、先ほどまではなかった新たな移動防壁や、新型とみられる車輪付きの大型投石機が姿を現している。

「な、何て数だよ……あいつら、いったい何万人いるんだ？」

暗がりの中にひしめく兵士たちを見て、一良《かずら》がうめく。

敵陣には大量の篝火が灯っており、大勢の兵士たちが蠢いていた。

かなりの大軍勢で、10個軍団を軽く超えている様相だ。

実際には合計14個もの軍団が集結しているのだが、その正確な数までは一良《かずら》たちは把握していない。

単純計算で、7万人を超える大軍勢だ。

彼らは砦の北東に狙いを定めるようにして斜めに布陣しているのだが、北門正面となる左翼は比較的薄く、中央と右翼に厚めに軍団が配置されている。

「こっちの倍はいそうだね……こんなに集めるなんて……」

リーゼが険しい顔で言う。

こちらにはカノン砲やスコーピオン、そして数千ものクロスボウがあるが、はたしてそれだけで敵を防ぐことができるのかと不安になってしまう。

それほどまでに、目の前に広がるバルベール軍の威圧感はすさまじかった。

今回の戦闘では、イステール領第1軍団、第2軍団の副官にはイクシオスとマクレガーが付いている。

リーゼは一良《かずら》、バレッタと一緒に防壁上にいるようにと、ナルソンから言われていた。

ルグロはナルソンと一緒であり、ルティーナたちは宿舎で待機中である。

「そのうえ夜戦か……このまま戦いが始まったら皆、寝ずに戦うことになるけど大丈夫かな」

「一応、その場で休んでおくようにって指示は出てるよ。ほとんどの人は眠れてないみたいだけど」

リーゼの言葉に、一良《かずら》とバレッタが防壁の外に敷かれた自軍陣地に目を向ける。

兵士たちは皆が持ち場で座り込んだり寝転んだりしていた。

ほとんどの者は緊張して眠れない様子で、強張った顔で敵陣を眺めている。

すやすやと爆睡している者もいくらかいるが、そのほとんどは古参兵だ。

「皆さん、緊張してるみたいですね……大丈夫でしょうか」

バレッタが心配そうに兵士たちを見つめる。

食事はここ数日、一良《かずら》が持ってきた米を粥に混ぜて食べさせているので、体力的には問題ないだろう。

心配なのは寝不足による集中力の低下くらいだ。

「寝不足は心配ですよね……バレッタさんは、眠気は大丈夫ですか？」

「はい。緊張しちゃって、完全に目が冴えちゃってます。カズラさんは？」

「俺も同じです。そわそわしちゃって……いつもながら、リーゼは堂々としてるよな。眠くないのか？」

「ちょっとだけ眠いかな。でも、大丈夫だよ」

一良《かずら》たちがそんな話をしていると、敵陣から1騎の騎兵がこちらに駆けてくるのが見えた。

そのまま陣地のすぐ手前にまで到達し、こちらからも何人が駆け寄って行く。

兜に羽が付いていることから、その中の1人は軍団長の誰かのようだ。

彼らは少しの間何やら話した後別れ、敵の騎兵は敵陣へと駆け戻って行った。

『こちらサッコルト。敵軍からの降伏勧告だ。まあ、形式的なものだな』

しばらくして、一良《かずら》たちの耳に無線通信の声が響いた。

一良《かずら》たちは耳にイヤホンを付けており、アルカディア軍の軍団長たちにも無線機の説明をして同様のものを装備させている。

『間もなく戦いが始まるぞ。各々方、祖国の未来のために奮励せよ！』

力強いサッコルトの呼びかけに、3人の表情に緊張が走る。

すぐさま、陣地中央後方のナルソンがいる辺りから、太鼓の大きな音が響き渡った。

寝転んでいた兵士たちは体を起こし、盾を手元に手繰り寄せている。

兵士たちは皆座り込んだままで、立ち上がるのはまだのようだ。

『こちらナルソン。各軍団は準戦闘態勢のまま、こちらから指示するまでその場で待機せよ』

ナルソンの声が一良《かずら》たちの耳に響く。

ほどなくして、敵陣の方向から甲高いラッパの音が響き渡った。

座り込んでいたバルベールの兵士たちが立ち上がり、陣地を出てゆっくりと前進を開始する。

中隊ごとに分かれた歩兵たちの間からは、いくつもの移動防壁が進んで来ていた。

ほのかな月明かりが照らす薄暗い草原を、銀色の鎧を身に纏った兵士たちがじわじわと接近してくる。

「移動防壁でバリスタを隠してるな……」

一良《かずら》が双眼鏡を目に当て、倍率を上げる。

中央を進んでくる移動防壁の背後は見えないが、両翼を進む移動防壁の背後にちらりとバリスタが見て取れた。

敵陣の距離がかなり離れていたため、接近するまでにはだいぶ時間がかかりそうだ。

その後ろから進んでくる移動式の投石機には防壁が付いていない。

――ジルコニアさん、大丈夫かな？

ふと、一良《かずら》はジルコニアがいるはずの自軍の左翼に双眼鏡を向けた。

夕方に自室で見た重厚な兜を被ったジルコニアが、軍団中央後方でラタに跨り、敵陣を見据えているのが見て取れる。

あの場所にいるのなら、敵兵と斬り合うつもりはなさそうだ。

「こちらバレッタ。ナルソン様。敵の移動防壁が邪魔で、今のところカノン砲で敵のバリスタを砲撃できません」

一良《かずら》がジルコニアの姿に目を向けていると、バレッタが無線でナルソンに話しかけた。

「射撃を行うために防壁から顔をのぞかせたら、各個に砲撃を加えます。よろしいでしょうか。どうぞ」

『うむ、そうしてくれ。それと、目標と砲撃のタイミングはお前に任せる。できるだけ引き付けて、ここだと思う時に撃ち込んでやれ。どうぞ』

「か、かしこまりました」

ナルソンの指示に、バレッタが緊張した声で返事をする。

好きな時に撃てということは、戦闘の口火を切ることを任されたのと同じだ。

強張った顔になるバレッタの手を、一良《かずら》がぎゅっと握った。

「バレッタさん。撃ち込む時は、一緒に指示を出しましょう」

「っ、はい!」

バレッタがほっとした顔で頷く。

2人が握る手に、リーゼが手を重ねた。

「私もやるよ。バレッタ、頑張ろうね！」

「はい！」

そうこうしている間にもバルベール軍は前進を続け、アルカディア軍の最前列から約800メートルほどの位置にまで接近した。

バレッタが無線機の送信ボタンを押す。

「こちらバレッタ。砲撃部隊へ通達。接近中の敵投石機に番号を割り振ります」

防壁上のあちこちに配備されたカノン砲部隊には、無線機を装備したニィナたち村娘が1人ずつ配置されている。

カノン砲は全部で6門であり、すべて防壁上に設置されている。

スコーピオンも百基ほどが防壁に配備されているが、防壁外の陣地にも同程度の数が置かれていた。

「一番左を1番として、右にいくにつれて2番、3番としていきます」

バレッタが無線に静かに語りかける。

6基あるカノン砲にもそれぞれ名前が割り振られており、A砲台、B砲台と左から順番に名前が付けられていた。

「射撃目標指示を出します。A、B砲台は敵1番投石機、C、D砲台は敵2番投石機、E、F

砲台は敵3番投石機です。装填開始」

バレッタが指示を出すと、少ししてから「装填完了」を知らせる松明の明かりが防壁上のあちこちで振られた。

「バレッタさん、投石機が止まりましたよ」

こちらの前衛部隊から約500メートルほどの位置にまで接近した投石機が動きを止めたのを見て、一良《かずら》が言う。

投石機は砦攻めに使われたものに巨大な木製の車輪を付けたものだ。

その数、約10基ほどである。

砦の防壁ではなく、陣地に詰める兵士たちを狙うつもりらしい。

移動防壁が投石機に随伴していないのは、あの距離ならばカノン砲の砲撃は届かないと思っているのだろう。

敵の軍勢とバリスタ、そして移動防壁は、いまだにこちらに接近中だ。

「……いきましょう」

バレッタが腰に付けていた無線機を外して口元に寄せ、イヤホンマイクを抜く。

3人は目を見合わせて頷き、皆でバレッタの持つ無線機を握る。

「「「撃ち方始め！」」」

3人が言った数秒後、防壁上の6カ所から、ほぼ同時にどかんという爆音が響いた。

一拍置いて、標的にされていた3基の投石機に砲弾が直撃した。

「やった！　命中したよ！」

リーゼが明るい声を上げる。

機体下部に直撃弾を食らって即座に倒壊するもの、錘《おもり》を入れる箱に砲弾が命中して射撃不能になるもの、石弾の装填準備にかかっていた兵士が上半身をちぎり飛ばされてしまう者など、3つの投石機すべてに何らかの有効弾が確認された。

アルカディア軍の陣地全体から、大きな歓声が湧き起こる。

バレッタは額に脂汗を浮かべながら、再び無線機の送信ボタンを押し込んだ。

「カズラ、双眼鏡貸して！」

「ああ、ほら」

リーゼが双眼鏡を目に当てて投石機を見る。

砲弾の直撃で支柱が真っ二つに折れているそれを見て、「よし！」と拳を握り締めた。

「やった、あれならもう撃てないよ！　バレッタ、他の投石機にもどんどん撃たないと！」

「はい。射撃目標変更。A、B砲台は敵4番投石機、C、D砲台は敵5番投石機、E、F砲台はそのまま敵3番投石機を再度攻撃してください。装填完了次第、各個射撃してください」

バレッタが無線機に向かって、静かな口調で指示を出す。

一良《かずら》も、これならいけそうだとほっと胸を撫で下ろした。

「これなら、なんとかなりそうだな。このままバリスタが接近するまでに、投石機を全部破壊できれば――」

「あれ？」

一良《かずら》が言いかけた時、双眼鏡で戦場を見渡していたリーゼが声を上げた。

「なんか、すごく遠くに何かが走ってるんだけど」

「ん？　何かって？」

一良《かずら》がリーゼに尋ねる。

「分かんないけど……すごい速さだよ。あっちは敵の軍団要塞がある方だよね？」

リーゼの指差す先に、一良《かずら》が目を凝らす。

闇の中、かなり遠方に蠢く集団がかすかに見て取れた。

かなり離れているうえに夜ということもあって、何なのか判別がつかない。

「もしかして、オルマシオール様かも！　カズラ、暗視スコープ貸して！」

「マジか。こんな時まで手を貸してくれるなんて……ほら」

「ありがと！」

リーゼが暗視スコープを受け取り、目に当てる。

ズームボタンを押し、少しずつその集団の姿が鮮明になってきた。

「今なら軍団要塞はがら空きだもんね……あれ？」

リーゼが怪訝そうな声を上げる。

「どうした？」

「オルマシオール様たちじゃなくて、騎兵隊みたい」

「騎兵隊？　敵の騎兵隊じゃないのか？」

「んー、どうだろ。なんか、あの騎兵たち、ものすごく速……えっ⁉」

一良《かずら》が無線機を使おうとしていると、リーゼが驚いた声を上げた。

「どうした？」

「お、お母様……！　騎兵隊の先頭に、お母様がいる！」

「……は？　んなわけないだろ。ジルコニアさんなら、ずっとあそこにいるぞ」

一良《かずら》がきょとんとした顔で、第2軍団がいる陣地に目を向ける。

少し前に確認した時と同様に、彼女はラタに跨って前方に目を向けていた。

「だ、だって、本当にあれはお母様だよ！　カズラも見てよ！」

リーゼに暗視スコープを押し付けられ、一良《かずら》が目に当てる。

ラタに跨り短槍を手にしたジルコニアが、数十の騎兵を引き連れて敵の軍団要塞へとんでもない速さで突き進んでいた。

「な……」

一良《かずら》は一瞬言葉を失い、慌てて無線機を手に取った。

第2軍団の陣地にいる、ジルコニアがいるはずだった場所にいる騎兵に目を向ける。

「第2軍団のジルコニアさんのふりをしている奴！」

一良《かずら》が無線機に怒鳴りつける。

その騎兵が、わずかに顔を動かした。

「お前は誰だ⁉ 兜を外せ！」

その騎兵が兜に手をかけ、ゆっくりとした動作で脱ぎ、こちらを振り向いた。

今まで一良《かずら》たちがジルコニアだと思っていたのは、髪をジルコニアと同じ長さにまで切りそろえたセレットだった。

「セレットさん……どうして……」

この場にいるはずのないセレットの姿に、一良《かずら》が愕然とした声を漏らす。

「カズラ、お母様が！」

そうしている間にも、ジルコニアたちは敵陣へと向かって行く。

一良《かずら》の脳裏に、数日前に彼女に言われた「私に何かあったら――」という言葉が過る。

次の瞬間、一良《かずら》は防壁の階段へと駆け出していた。

第6章　過去への決着

月明かりが照らす草原を、ジルコニアは柄までが鉄で作られた短槍を手にラタに跨り、猛然と敵の軍団要塞に向かって突き進んでいた。

彼女の背後には、彼女に長年付き従っている数十の志願兵たちが付いて来ている。

皆、11年前に故郷を失った者たちの生き残りだ。

全員が日本の食べ物で強化されたラタに跨り、すさまじい速さで闇夜を駆けている。

彼ら自身も、密かにジルコニアが日本の食べ物を与え続けており、身体能力は強化済みだ。

「間もなく敵の軍団要塞です！」

進行方向に軍団要塞の灯りを見つけ、背後の仲間が叫ぶ。

「敵兵にはかまうな！　私に付いて来い！」

ジルコニアは答えながら、左腕を頭上に掲げた。

手首には、以前一良《かずら》が皆に配った際に貰ったサイリウムが輝いている。

数秒して、前方で人影が立ち上がるのが見えた。

そのままジルコニアたちは人影に駆け寄る。

「3本の松明を目印に進め！　篝火が4本ある場所にマルケスがいる！　押し通れ！」

人影が、ジルコニアに叫ぶ。

ジルコニアはそれに返事はせずに、彼の傍を一気に駆け抜けた。

彼は、カイレンの部下の１人だ。

カイレンと毒ガス兵器不使用の協議を行った後、ジルコニアは砦の外に出していた斥候に、密かにカイレンたちと接触させていた。

カイレンも元からジルコニア個人に何とか連絡を取ろうとしていたようで、その後２人は斥候を通じて秘密裏にやり取りを行っていた。

カイレンは、数カ月前の国境付近のバルベール村落襲撃の自作自演に勘付いたマルケスをジルコニアに殺させるため。

ジルコニアは、11年前のアルカディア村落虐殺の首謀者であるマルケスを殺して家族の仇討ちを果たすため。

それぞれの利害が一致し、カイレン主導で練られたこの暗殺計画が行われることになったのだ。

ナルソンの下へ届けられた書状に書かれていた事件の首謀者の「ネイマン」とは、ナルソンたちの目を欺くためにカイレンとジルコニアがでっちあげたものだ。

——マルケス、殺してやるわ。この手で必ず、殺してやる！

ジルコニアが憎悪に表情を歪め、手綱を握り締める。

軍団要塞へと直進し、敵の警備兵の姿が見えてきた。

「なっ⁉　て、敵襲！」

「敵の奇襲だ！」

「警鐘を鳴らせ！」

突如現れたジルコニアたちの姿に、警備兵たちが慌てふためく。

彼らにとって決戦のさなかに戦場のはるか後方の軍団要塞に敵が迫るなどまったく想定外だったということもあり、明らかに兵士の数が少ない。

数人が軍団要塞入口に集結して盾を構えるのを見て、ジルコニアは槍を握り締めた。

「突っ込め‼」

ジルコニアの叫びで、全員が雄たけびを上げてラタごと警備兵の集団に飛び込む。

一切減速していないラタの体当たりをモロに受けた兵士たちが吹き飛び、その衝撃でジルコニアの乗っているラタが転倒しかける。

ジルコニアはラタのたてがみを掴んで鞍に飛び乗ると、そのまま前方に向かって跳んだ。

常識では考えられない高さの跳躍をする彼女の姿に、慌てて集まってきた敵兵たちがあっけにとられて一瞬固まる。

ジルコニアは鉄槍を大きく振りかぶり、着地点にいた敵兵を兜ごと叩き潰した。

「おおおおっ‼」

ジルコニアが両手で槍を思いきり振りかぶり、正面にいた敵兵に突進して力任せに薙ぎ払う。

人間離れした膂力《りょりょく》で叩きつけられた鉄槍は、棒立ちになっているバルベール兵を2人まとめて文字通り吹き飛ばした。

突然怪物が飛び込んできたかのような訳の分からない状況に、第6軍団の兵士たちは恐慌状態に陥って迎え撃つどころではない。

しかも、彼女の背後から突進してきた志願兵たちまでが、彼女と同じような膂力を以って鉄槍を振るい、行く手の兵士を一方的に惨殺している。

悪夢のような光景に悲鳴を上げて後ずさる者、怯《ひる》まず立ち向かう者、たじろいでいる間に槍で突き殺される者などで、辺りは一瞬で修羅場と化した。

使用人とみられる者たちも多数いて、皆が悲鳴を上げて逃げ惑っている。

「走れ!」

後方から来る仲間の騎兵とほぼ同等の速度で、ジルコニアが軍団要塞内を自らの足で駆け抜ける。

先ほど人影から伝えられたように、所々に松明を手にした兵士が3人並んで立っていた。

彼らは一切敵対行動をせず、ジルコニアたちを素通りさせる。

進路上に現れる敵兵を木っ端のように槍で薙ぎ払いながら、ジルコニアはマルケスの下へと全力で走った。

ものの数十秒で、行く手に4本の篝火が見えた。

騒ぎを聞きつけて集まってきた敵兵が十数人、こちらに向かってくるのが視界に入る。

同時に、カンカンと敵襲を知らせる警鐘が辺りに鳴り響いた。

「どけえええ‼」

慌てて立ちふさがる敵兵の集団に、ジルコニアが猛烈な勢いで肉薄して渾身の力で槍を振るう。

盾を構えていた敵兵が、盾を半ばから叩き壊されてそのまま数メートル吹き飛ばされた。

ぎょっとしてたじろぐ敵兵たちを仲間に任せ、ジルコニアが篝火の間を走り抜ける。

天幕の入口の脇に立っている警備兵が、驚いた顔でこちらを見ているのが視界に入った。

その時、天幕の入口が揺れて、鎧姿の長い金髪の少女が姿を見せた。

少女の背後に、寝間着姿の顔色の悪い老年の男が立っている姿を見つけた。

——いた！

以前、会戦の動画で見たマルケスで間違いない。

ジルコニアは槍を持ち直し、大きく振りかぶった。

「ふっ！」

思いきり投てきされた槍はうなりを上げて直進し、入口の傍にいた兵士の胸に直撃した。

槍は柄の中ほどまで貫通し、背後の天幕に突き刺さって兵士が磔にされる。

「ひっ！」

突然の惨劇に、少女が引きつった悲鳴を漏らす。

「アーシャ！　さが――」

「ぎゃっ⁉」

マルケスが少女を引き戻そうと肩に手を伸ばした瞬間、少女はジルコニアに突き飛ばされて天幕内に吹き飛ばされた。

その先にあった棚に背中から倒れ込み、棚は衝撃で半壊する。

驚いて彼女に目を向けるマルケスの襟首《えりくび》を、一気に距離を詰めたジルコニアが鷲掴みにした。

「ずっと、会いたかったわ」

息がかかるほどに顔を寄せ、ジルコニアがマルケスに言う。

言い切ると同時に、ジルコニアは彼を力任せに地面に叩きつけた。

「がっ……ぐあぁっ⁉」

背中を地面に叩きつけられた衝撃で呻くやいなや、マルケスの左肩に焼けるような激痛が走った。

マルケスの左肩には剣が突き立てられており、刃は半ばまで地面に突き刺さっていた。

左肩の骨を半分ほど切断しているようで、形容しがたい激痛がマルケスを襲う。

あまりの痛みに喉が張り付き、かすれた声がマルケスの喉から漏れた。

「本当に、会いたかった。なんて長い11年間だったのかしら」

マルケスに馬乗りになりながら、ジルコニアが感慨《かんがい》深げに言う。

天幕の外からは、大勢の怒声や悲鳴、剣戟の音が響き続けている。

「初めまして、マルケスさん。私、ネージュ村のジルコニアよ。貴方に11年前の借りを返しに来たわ」

「ジル……コニア？」

マルケスが自分を見下ろすジルコニアの顔を見て言う。

それで状況を把握し、さっと顔色を青ざめさせた。

「ねえ、どうして？　どうして、あんなことをしたの？」

ジルコニアが小首を傾げて、マルケスに尋ねる。

「私の村の皆は、何かあなたを怒らせるようなことをしたかしら？　どうして私の家族は、殺されなきゃいけなかったの？　どうして妹は、あんなふうになぶり殺されなきゃいけなかったの？　ねえ、どうして？」

それまでの憎悪に歪んだ表情から一転して、まるで少女のような顔付きでジルコニアが聞く。

マルケスは恐怖に染まった目でジルコニアを見ながら、口をぱくぱくと動かす。

「なあに？　聞こえないよ？」

「ち……ちが……う……」

マルケスが擦れた声を漏らす。

「わ、私は、虐殺の指示など出してはいない。連中が、勝手にやったことだ……」

マルケスの言葉に、ジルコニアが困ったように眉をひそめる。

「でも、あなたが襲うように指示したんでしょ？　今さら、下手な言い訳をしないでくれないかな？」

「違う！　違うんだ！」

マルケスが必死の形相で叫ぶ。

肩に突き刺さった剣の刃に骨が擦れ、あまりの痛みに意識が飛びそうになる。

だがそれでも、マルケスはジルコニアの目を見た。

「私が指示したのは、国境付近の村落に火を放つことだけだ！　皆殺しにしろなんて指示は出していない！」

「でも、みんな殺されちゃったよ？」

ジルコニアが困り顔のまま、マルケスに言う。

「お父さんもお母さんも妹も、村の人たちも全員殺されちゃった。男の人は降参しても斬り殺されて、女の人は犯されてから殺されて」

ジルコニアが、マルケスの肩に突き刺さっている剣の柄を握る。

まるで拷問をするかのように、ゆっくりゆっくりと彼の腕のほうへと剣を倒していく。

マルケスはジルコニアに乗られていて身動きが取れず、左肩の骨と肉がぶちぶちと音を立てて少しずつ切り裂かれた。

「ぎ、あああ!?」

「私なんて、家族の前で乱暴されたんだよ？　しかも、犯されながら家族がなぶり殺しにされるのを見せつけられたの。妹なんて、逃げようとしただけなのに殴られて、首が変なふうに曲がって戻らなくなっちゃったし」

ジルコニアが剣の柄を離し、両手でマルケスの顔を鷲掴みにする。

「フィリアの首、どれくらい曲がってたかなぁ？」

ジルコニアが目を真ん丸に見開き、掴んだマルケスの頭をゆっくりと回していく。

マルケスは右手でジルコニアの左手首を掴んで引きはがそうとするが、万力のような力で掴んでいる彼女の手はびくともしない。

「あ、が……やめ……」

「げほっ、げほっ！」

あと少しでマルケスの首の骨が折れるというところで、倒れ込んでいた少女が立ち上がった。

腰に下げていた剣の柄を握り、一気に引き抜く。

ジルコニアがマルケスの頭を掴んだまま、くるりとそちらに顔を向けた。

「おじい様を離しなさい！」

「アーシャ、よせ！」

震える両手で剣を構えるアーシャに、マルケスが叫ぶ。

「何？　邪魔するの？」

ジルコニアがマルケスの顔から手を離し、ゆっくりと立ち上がる。

マルケスの左肩に突き刺さっている剣を、一気に引き抜いた。

アーシャが、ひっ、と悲鳴を漏らして後ずさる。

「やめてくれ！　アーシャ、逃げろ！」

「お、おじい様から離れなさい！　離れてっ！」

アーシャは恐怖で目に涙を浮かべながら、ジルコニアに叫ぶ。

その姿に、ジルコニアが顔をしかめた。

ちらりと、天幕内のベッドに目を向ける。

先ほどまでマルケスを看病していたのか、水の入った木桶とタオル、そして薬包のようなものが置かれていた。

「頼む！　アーシャは見逃してやってくれ！　たった1人の孫なんだ！　殺さないでくれ！」

マルケスはなんとか身を起こしながら、必死の形相でジルコニアに懇願《こんがん》する。

ジルコニアの表情が怒りと悲しみに歪み、その体がぶるぶると激しく震え出した。

「何よ……何よ何よ何よ！　見逃せって!?　どうして!?　私の家族はあんなにも簡単に殺した

くせに、自分の家族は見逃せって言うの⁉」

ジルコニアが左手で頭を掻きむしり、絶叫する。

11年前に家族を守ろうと剣を手に敵に立ち向かった自分の姿と、目の前で剣を構えるアーシャの姿が重なり、とてつもない嫌悪感が湧き起こった。

「だったら、私の家族を返してよ！　全員生き返らせてみなさいよっ！」

「頼むっ！　そなたの気が晴れるなら、私はどうなってもいい！　アーシャだけは――」

「黙れええぇっ！」

ジルコニアが絶叫し、剣を振りかぶる。

「お前の頼みなんか知ったことか！　地獄に落ちろ！」

「うあああぁ！」

祖父を救おうと、アーシャがジルコニアに斬りかかる。

アーシャが振り下ろした剣の刃を、ジルコニアは思いきり斬り払った。

ギンッ、という鋭い音とともに火花が散り、アーシャの剣が半ばから切断される。

「なっ――」

あり得ない光景にアーシャが目を見開いた直後、その横顔をジルコニアは左拳で殴り飛ばした。

その衝撃でアーシャはベッドまで吹き飛び、げほっと口から血を吐く。

「アーシャ!」

「死ね」

ジルコニアが剣を振り下ろし、マルケスの首を撥ねた。

彼の首から血しぶきが上がり、ベッドに倒れ込んでいるアーシャの顔に降りかかる。

ジルコニアはころころと転がるマルケスの頭に歩み寄り、髪を掴んで持ち上げた。

「お、おじい……さま……?」

アーシャが祖父の血を浴びながら、呆然とした声を漏らす。

ジルコニアはそんな彼女を一瞥もせず、マルケスの頭を掴んだまま歩いて天幕の外に出た。

「……終わりましたか」

マルケスの頭と血濡れの剣を手にしたジルコニアが外に出ると、仲間の志願兵たちが天幕の前に集まっていた。

「ジルコニア様……」

皆が、ジルコニアが持っているマルケスの首を見て、神妙な顔つきになっている。

誰一人、喜んでいる者はいない。

すでに剣戟の音はどこからも聞こえてこず、あちこちから悲鳴や叫び声が響いているだけだ。

集まってきた軍団要塞内の兵士たちはすべて志願兵たちに斬り殺されており、その他の者は逃げ出したり隠れたりしてしまっていた。

「……帰ろう」

焦点の定まらない目で、ジルコニアがぽつりと言う。

皆が頷き、仲間の1人がジルコニアからマルケスの頭を受け取った。

ジルコニアは力ない足取りで、とぼとぼと歩き出す。

「ジルコニア様、急ぎましょう。そろそろ敵の増援が――」

「ジルコニアアアッ！」

背後から響く声に、ジルコニア以外の皆が振り向く。

折れた剣を手にし、マルケスの血で全身を真っ赤に染めたアーシャが、涙を流しながらジルコニアに憎悪の形相を向けていた。

「よくもおじい様を！　殺してやるわ！　いつか必ず、お前をこの手で殺してやる！」

アーシャが憎しみに染まった声を、ジルコニアの背中に投げかける。

ジルコニアの足が、ぴたりと止まった。

「……そっか。そうだよね」

ジルコニアはそうつぶやくと、振り向きざまに手にしていた剣を投てきした。

ドスッ、と鈍い音を立てて、アーシャの腹に深々と剣が突き刺さる。

「あ……え？」

腹から生えた剣の柄に目を向け、アーシャが気の抜けた声を漏らす。

そして、ごぼりと血の塊《かたまり》を吐き、その場に崩れ落ちた。

「おじ……いさま……」

アーシャが擦れた声で敬愛する祖父を呼ぶ。

そしてすぐに、ピクリとも動かなくなった。

「……帰ろう」

ジルコニアが地面に目を落とし、力なく言う。

志願兵たちは顔を見合わせると、彼女を連れて軍団要塞を脱出するべく走り出した。

転章

「ちょっ、何であんな距離から届くんですか⁉」

夜の闇の中を進んでいくバルベール軍勢の数百メートル後方で、フィレクシアは射撃態勢に入っていた3基の投石機にカノン砲の弾が直撃したのを見て目を丸くした。

砦攻めをするにあたり、警戒すべきは敵の長射程兵器だとフィレクシアは訴え、それらから自軍の大型兵器を守るために丸太の束に車輪を付けた移動防壁を設計した。

自軍の優位は数なので、まずは後方に設置した投石機と移動防壁に守らせたバリスタで敵兵を漸減し、じわじわと押し込んでいく戦法がよいのではとカイレンに進言した。

カイレンはそれを元老院に提案し、他にこれといって効果的な戦法が出なかったため採用されたのだ。

ところが、相手の砲撃兵器は予想をはるかに上回る射程を誇っており、早々に投石機に被害が出てしまった。

「うお……マジかよ。何て威力だ……」

バキバキと音を立てて崩れ落ちていく投石機の1つを見やり、カイレンが呻く。

「おい、フィレクシア。こりゃまずいぞ。あの位置からなら、鉄の弾を飛ばしてくる兵器からは攻撃を受けないんじゃなかったのか？」

「はい……砦で攻撃を受けた時は、あれよりもずっと近距離からの射撃だったのですよ。あの時と同じものが防壁の上に置いてあったので、大丈夫だと思ったのですが。あの時よりも、1・5倍くらい離れてるのに……」

フィレクシアが悔しそうな顔で防壁を見つめる。

「とんでもない射程ですね……ですが、見たところ、あの兵器は6基だけのようですね」

カイレンの隣でラタに跨っているティティスが、防壁を見つめながら言う。

「それに、射撃間隔はそれほど早くはないようです。この数で一気に攻めれば、押し切れるのでは？」

「だな。後は、こっちのバリスタみたいなでっかい矢を飛ばしてくる射撃兵器と、兵士が持ってるっていう高威力の弓か」

「はい。かなり被害は出ると思いますが、ある程度接近すればこちらの投射兵器も反撃できます。接近戦に持ち込んでしまえば、利はあると思うのですが」

「まあ、今夜の戦闘をどこまで続けるのかってのもあるけどな」

カイレンとティティスが話している間も、フィレクシアは険しい表情で防壁を見つめている。

闇夜の中、先ほど射撃を行った防壁上のカノン砲からは、一瞬、まるで炎の舌が延びているかのような光景をフィレクシア目にしていた。

射撃兵器といえば板や縄の張力や反発力を用いるものとフィレクシアは考えていたのだが、炎が出たところを見ると、どうやら別の仕組みのようだ。

「轟音とともに火が出ていたということは、何かを燃やして破裂させた勢いで……火を点けると、それによって破裂するような何かを――」

フィレクシアがそう言いかけた時、バルベールの軍勢のはるか後方から、微かに警鐘の音が聞こえてきた。

砦へと進軍していく友軍の軍団を見守っていたティティスが驚いた表情で振り返る。

「カイレン様、警鐘です！　あれは、第6軍団の軍団要塞の方向からですよ!?」

慌てた様子で言うティティスに、カイレンも驚いた表情を作って後方を見る。

今頃、カイレンの手引きした兵士たちにジルコニアたちは誘導されながら、彼のいる天幕へと突き進んでいるはずだ。

「まさか、がら空きの軍団要塞を襲撃か？　でも、あんな戦場から離れたところに兵を出すなんて、いったい何が目的だ？」

「カイレン様、あそこにはマルケス様とアーシャさんがいるはずです！　早く助けを送らないと！」

「いや、アーシャだったら、今頃ラースの軍団要塞にいる軍医に薬を貰いに行ってるはずだ。あそこにいるのは、マルケスと守備隊の兵士たちだけのはずだ」

数時間前、マルケスは夜食をとってから小一時間ほどして、嘔吐や下痢といった食中毒の症状を起こした。

一緒にいたアーシャは慌てふためき、すぐに軍医を呼ぼうとした。

だが、ちょうどその日の昼頃に、ラースの部隊の兵士がまるごと1個中隊、「偶然にも」食中毒を起こしてしまっており、軍医はすべて治療の応援のために薬を持って出かけて行ってしまっていた。

アーシャは軍医が残っていないかと、比較的近場にあったカイレンの軍団要塞にやって来たのだが、カイレンが「こちらの軍医もラースのところへ出払っている」と伝えたところ、彼女は大慌てでラースの軍団要塞へと向かったのだ。

ラースの軍団要塞はマルケスの軍団要塞からはだいぶ離れた場所に作られていたため、アーシャがマルケスの下へと戻っているというのは、時間的にあり得ない話だ。

「少し前に、マルケスが食中毒を起こしたってアーシャが俺を訪ねて来てさ。自分とこの軍医がラースのところに出払ってるっていうから、俺のところの軍医を貸してくれって――」

「はい。私もたまたま彼女に会って、その話を聞いたんです」

ティティスが青い顔で言う。

「それで、私がもしもの時のためにと思って個人的に持っていた薬に食中毒用のものがあったので、それを彼女に渡したんです。今頃、アーシャさんはマルケス様の看病をしているはずです」

ティティスの話に、カイレンが顔をしかめる。

「カイレン様！　早く救援を送らないと！」

「……分かった。騎兵隊を送ろう」

カイレンは絞り出すように言うと、近場の兵士に指示を出すのだった。

番外編　そのぬくもりを忘れない

ある日の夕方。

一良《かずら》たちは久々にグリセア村へとやって来ていた。

目的は、日本へ行って食べ物などの物資を補給するためだ。

同伴しているのはバレッタ、リーゼ、エイラ、マリーと、護衛の兵士やニィナたち村娘のほか、多数の荷馬車と使用人も一緒である。

「やあ、皆さん！　お久しぶりです！」

村の入口で出迎えたセレットや村人たちに、一良《かずら》がにこやかに手を振る。

「カズラ様、おひさしぶりです」

「あっ、リーゼ様だ！」

「やったー！」

子供たちがリーゼの姿を見るなり、わっと駆け寄っていく。

相変わらず、リーゼは子供たちに大人気だ。

「あはは。皆、久しぶり！」

子供たちに纏わりつかれながら、リーゼが笑顔で彼らの頭を優しく撫でる。

「カズラ様、お食事の用意ができていますよ」

「今日はご馳走なんだよ！」

村の女性とその子供が、笑顔で一良《かずら》に言う。

「おっ、そうなんですか！　それは楽しみだなぁ！」

皆でわいわいと騒ぎながら村へと入る。

村の中心の広場にはいくつもの鍋やかまどが用意されていて、料理のいい匂いが漂っていた。

イスとテーブルもたくさん用意されていて、何人かの村人が鍋をかき回したり、かまどの火でじゅうじゅうと魚や根切り鳥の肉を焼いていた。

「おおっ、今日は外で食事ですか！」

嬉しそうな一良《かずら》に、村の女性の1人がにこりと微笑む。

「はい。天気もいいですし、たまにはいいかなと思いまして」

「わあ、いい匂い……お魚もたくさんありますね！」

バレッタと村娘たちがかまどに駆け寄り、料理をよそっている村人たちを手伝い始める。

「たくさん用意したので、守備隊の皆さんやカズラ様たちと一緒に来た皆さんもご一緒にどうかと思ったのですが、いかがでしょうか？」

彼女の言葉に、一良《かずら》はすぐに頷いた。

「いいですね！　俺、さっそく呼んできます！」

「あっ、カズラ様、私が行きますので！」

走り出して行こうとする一良《かずら》に、マリーが慌てて声をかける。

「あ、すみません。それじゃ、お願いしようかな」

「はい！」

マリーは元気に頷くと、村の入口へと駆けて行った。

「——ということですので、皆さんもぜひいらしてください」

マリーがセレットに事情を説明すると、集まっていた守備隊の兵士や護衛の兵士たちが、わっと喜びの声を上げた。

「すみません、気を使っていただいて……」

わいわいと村に入っていく皆を見送りながら、セレットがマリーに言う。

「皆、ここから村の様子を見て物欲しそうな顔をしていたので、助かりました」

「ふふ、よかったです。料理はたくさんあるみたいですから、目一杯食べられると思いますよ。新鮮なお魚やお肉もたくさんありました」

「それは楽しみですね。早速行きましょうか」

「はい！　……あっ」

マリーが何か思いついたように声を上げる。

「どうしました？」

「荷馬車に調味料を入れっぱなしにしていたのを思い出して。取ってから行きますので、セレット様は先に皆さんのところへ行っていてください」

「分かりました……って、この場所に誰も残っていないのは問題ですね」

無人になってしまった守備隊の野営地に目を向けて、セレットが苦笑する。

「まったく、嬉しいのは分かるけど、全員で行っちゃダメなのに」

「あはは。皆さん、よっぽど嬉しかったんですね」

「交代で何人かこの場所は見張らせるようにしますね。まったくもう……」

セレットがぼやきながら、村の中へと入っていく。

マリーはそれを見送ると、荷馬車へと走った。

荷台に乗り込み、醤油やマヨネーズといった調味料を、手頃な大きさの木箱に入れる。

「これくらいでいいかな……タバスコも持って行ったほうが――」

「こんばんは」

「うひゃあ⁉」

突然真後ろから声をかけられ、マリーが肩を跳ね上げて悲鳴を上げる。

振り返ると、荷台のすぐ外に、黒い衣服に身を包んだ使用人風の黒髪の女性が立っていた。

「ごめんなさい、驚かせてしまいましたか」

女性がどことなく満足そうな微笑みを浮かべながら、マリーに言う。

「い、いえ、大丈夫です」

ばくばくと早鐘を打つ心臓を胸の上から押さえながら、マリーが女性に言う。

マリーは同行していた使用人の顔と名前はすべて把握しているつもりだったのだが、その女性の顔には見覚えがなかった。

「村の守備隊の使用人さんかな?」と考えた時、女性が手に、大事そうに一匹の小さな動物を抱えていることに気が付いた。

「えっ……そ、それって、ウリボウ(白い毛の狼のような獣)の子供ですか?」

マリーが言うと、女性は少し悲しそうな目でウリボウを見た。

「はい。この子の親が、どういうわけか乳が出なくて……この子は今日の昼に生まれてから、まだ何も口にしていないんです」

女性はそう言うと、荷台の後ろから少し離れた。

マリーは女性が荷台から降りるスペースを空けてくれたと気づき、慌てて木箱を抱えて荷台から降りる。

「申し訳ないのですが、この子を助けていただけないでしょうか?」

「えっ、助けるって……」

マリーが女性の抱えているウリボウの子供を見る。

ウリボウの子供はかなり弱っているようで、呼吸に合わせて胸は上下しているのだが、女性の腕の中でぐったりとしていた。

「お願いします。いずれ、迎えに来ますので」

女性はそう言うと、ウリボウの子供をマリーに差し出してきた。

マリーは慌てて木箱を地面に置き、ウリボウの子供を受け取る。

真っ白な毛並みのウリボウの子供はとても軽く、そして温かかった。

「あの、助けるっていってもどう……あれ？」

マリーが顔を上げると、すでに女性の姿は消え失せていた。

きょろきょろと辺りを見渡すが、どこにもその姿はない。

「えっ？　えっ？」

マリーが慌てふためいていると、ウリボウの子供が「きゅうん」とか細い声で鳴いた。

ぷるぷると体を震わせながら顔を少しもたげ、不安そうにマリーを見つめている。

「ど、どうしよう……とりあえず、カズラ様に相談しないと」

マリーは片手で大事にウリボウの子供を抱え直し、空いた手で木箱を掴むと村に駆け戻るのだった。

「きゃー！　きゃー！　なにこれ、なにこれ！」

マリーが連れ帰ったウリボウの子供を目にして、リーゼが黄色い声を上げる。

「か、かわいいですね……」

「ウリボウの子供なんて初めて見ました……」

バレッタとエイラも、マリーの腕の中にいるウリボウの子供に釘付けになっている。

ニィナたち村娘も、きゃーきゃーと騒ぎながらウリボウの子供に目を向けていた。

ウリボウの子供は真っ白な子犬のような見た目であり、愛くるしい、といった表現がぴったりだ。

「突然、使用人のかたにこの子を渡されて……守備隊の使用人さんだとは思うのですが」

「むう……その女性って、黒い服を着てませんでした？」

一良《かずら》の問いかけに、マリーが女性の姿を思い返して頷く。

「はい。黒っぽい服を着ていました」

「ああ、やっぱり……突然、真後ろから声をかけられませんでした？」

「は、はい。すごく驚いてしまって……カズラ様のご存知のかたなのですか？」

「ええ。知り合いです」

一良《かずら》はそう言って、マリーの耳元に口を寄せる。

「その人、オルマシオールさんの片割れですよ」

「ええっ!?」

驚くマリーに、周囲に集まっていた兵士や使用人たちが「何て言われたんだろう?」といった顔になる。

一良《かずら》はそんなことは気にせず、さて、と腕組みした。

「そのウリボウの子供は何も口にしていないって女性は言ってたんですよね?」

「は、はい。『この子の親が、どういうわけか乳が出なくて』と言っていました」

「なら、早いとこミルクを飲ませないとまずいですね。人間用ですけど、とりあえずは粉ミルクをあげてみましょう」

一良《かずら》はそう言うと、赤ん坊を抱いている村の女性に粉ミルクを取りに向かわせた。

「バレッタさん、お湯を沸《わ》かしてもらえますか?　温度は人肌程度でお願いします」

「はい!」

バレッタがかまどに走り、傍に置いてあった水桶から小鍋に水を移して火にかける。

「俺、今から少し出かけてきます。動物用のミルクを手に入れてこないと」

「カズラ様……申し訳ございません。私が頼まれたのに」

恐縮《きようしゆく》しているマリーに、一良《かずら》が微笑む。

「いやいや、いいんですって。彼女が来たってことは、俺に何とかしろって言ってるようなものですからね」

一良《かずら》はそう言うと、日本へと繋がる雑木林へと向けて走って行ってしまった。

マリーたちや村人たち以外の者は、「どこへ行くんだろう？」といった顔になっている。

さすがに少しまずい行動な気もするが、今回は緊急事態なので仕方がない。

そうして、皆でウリボウの子供を見つめながらあれこれ話していると、先ほどの女性が粉ミルクと哺乳瓶を手に戻ってきた。

彼女は馴れた手つきで哺乳瓶に粉ミルクを入れると、バレッタが持ってきたお湯を注いでミルクを作った。

ちゅっと手の甲にミルクを少し出して温度を確かめ、よし、と頷く。

「できました。このまま飲ませられますでしょうか？」

女性がマリーに哺乳瓶を差し出す。

「や、やってみます」

マリーは哺乳瓶を受け取ると、ウリボウの子供の口に哺乳瓶の乳首を近づけた。

ウリボウの子供は最初は顔を背けたが、すぐにミルクの匂いに気づいて、ぱくっと咥えた。

ちゅっちゅっと音を鳴らして、少しずつミルクを飲む。

「おー……」

「飲んでますね……」

リーゼとバレッタがその様子を凝視しながら言うと、その場にほっとした空気が流れた。

「よかった……飲んでるということは、人間用のもので大丈夫ってことなんでしょうか？」

マリーの言葉に、バレッタは「うーん」と難しい顔をした。

「人間とは体の仕組みが違うから、ずっとその粉ミルクっていうのはあんまりよくないかもしれないね。カズラさんが持ってくるものが合うのかも、ちょっと分からないけど……」

「あっ、でもでも、私たちもカズラの……」

バレッタに続いてリーゼはそう言いかけ、言葉を止めた。

そして、先ほどの一良《かずら》のようにマリーの耳元へ口を寄せる。

「私たちも日本の食べ物を食べて元気いっぱいになるんだし、たぶん大丈夫だよ」

「あ、確かにそうですね」

リーゼに言われ、マリーが頷く。

「まあ、ひとまずはどうにかなったようですね。私たちも食事にしませんか？」

それを見ていたセレットの一声で、それもそうだと皆は食事をとることにしたのだった。


数十分後。

皆がわいわいと食事を続けるなか、マリーは広場の焚火の傍に座り込んで、ウリボウの子供を抱えてその様子をじっと見つめていた。

あれからウリボウの子供はミルクをすべて飲み干し、今は安心したようにすやすやと寝息を立てている。

「マリーちゃん、その子は大丈夫そう？」

エイラが料理の盛られた皿をおぼんにいくつか載せて、マリーの下へとやって来た。

おぼんを地面に置き、マリーの隣に座る。

「はい。ミルクも全部飲みましたし、もう大丈夫だと思います」

「そっか。よかった」

エイラが微笑み、ウリボウの子供に目を向ける。

「それにしても、ウリボウも赤ちゃんだとすごくちっちゃいんだね」

「ですね……野営地で怪我をしたウリボウを見た時は、すごく大きくて驚きました」

「だよね。それに、武器を持った大人が2、3人いても手も足も出ないくらい獰猛だって聞いたことがあるし。でも、赤ちゃんはこんなに可愛いんだなぁ」

ウリボウの子供はとても小さく、マリーの両手に乗る程度の大きさしかない。

こんな小さな赤ん坊が、この世界における最大最強の獣と呼ばれている猛獣に育つというのだから驚きだ。

「はぁ、可愛いなぁ。このままペットにしちゃいたいくらい」

エイラがウリボウの子供の頭を指先で撫でる。

すると、その閉じていた目が薄っすらと開いた。

そのままマリーの顔を見上げ、「きゅうん」と小さく鳴く。

「あっ、起こしちゃった」

「あらら……わわっ⁉」

ウリボウの子供がマリーの腕の中でよたよたと起き上がり、彼女の頬をペロペロと舐めた。

「ひゃっ⁉　ざ、ザラザラしてますっ」

「あはは。マリーちゃんをお母さんだと思ってたりして」

「え、ええっ⁉　って、ちょ、ちょっと！　くすぐったい！」

ひたすら頬をペロペロと舐められ、マリーが慌てふためく。

「あっ、その子起きたんだ！」

その様子に気づいて、リーゼとバレッタがマリーの下へ駆け寄ってきた。

「はい。私が撫でたら、目を覚ましちゃって」

エイラが気恥ずかしそうに言う。

「ああもう、見れば見るほど可愛いなぁ」

リーゼが撫でようとして手を伸ばすと、ウリボウの子供はそれに気づいて少し身を引いた。

ぺたんと耳が垂れており、怯えているようだ。

「えっ。な、何で？」

「大丈夫だよ。誰も虐めないよ」

マリーが優しく微笑みながら、頭をそっと撫でる。

ウリボウの子供はその指先をペロペロと舐めた。

マリーには心を許している様子だ。

「うー、何で私はダメなの……」

「きっとびっくりしちゃったんですよ。そのうち慣れますって」

不満げなリーゼに、バレッタが苦笑する。

「マリーちゃんもご飯食べたら？」

「あ、はい。……えっと、どうしよう」

マリーはペロペロと指先を舐め続けているウリボウの子供を困り顔で見る。

「私が預かろうか？」

エイラが両手をウリボウの子供に差し伸べる。

すると、先ほどのリーゼの時のように、ウリボウの子供はわずかに身を引いた。

「う……私もダメなんだ……」

エイラが少しショックを受けたようにうなだれる。

「地面に下ろしてみたらどうかな？」

バレッタの意見に、マリーが頷く。

「そうですね……大丈夫かな」

その小さな体をマリーはそっと抱え上げ、地面に下ろした。

ウリボウの子供はふらふらしながらも、その4本の足でしっかりと立った。

「えっ、すごい。もうちゃんと立ってるんだ」

リーゼが驚いて目を丸くする。

「本当ですね……犬だって、立てるようになるのには20日くらいかかるみたいなのに」

「犬？　ああ、映画で出てきたウリボウのちっちゃい版のやつ？」

バレッタの言葉に、リーゼが映画のDVDで見た犬を思い出して言う。

その時見た映画の内容は、101匹のブチ模様の犬たちが主役のものだった。

「はい。生まれてから立てるようになるまでに、約20日はかかるって百科事典に載ってました」

「そうなんだ。じゃあ、ウリボウってすごいんだね。この子、今日生まれたばっかりなんでしょ？」

ふらつきながらも懸命にマリーの方へと歩み寄ろうとしているウリボウの子供を見ながら、リーゼが言う。

「はい。今日の昼に生まれたって、あの女性は言っていました」

「ふーん……ウリボウって単独で生活するって聞いたことがあるし、子供の頃は親にくっついて回らないといけないからかな？」

「あ、なるほど。群れじゃなかったら、動けないでいたら他の動物に襲われ放題ですもんね」

そうして4人が話している間にも、ウリボウの子供は何とかしてマリーの下へ歩み寄ろうとよたよたしていた。

しかしまだ上手く歩けないようで、その場にころんと倒れ込んでしまった。

マリーの顔を見上げ、きゅうきゅうと切なそうな鳴き声を上げる。

「あっ、ごめんね。膝の上がいいんだね」

マリーはウリボウの子供を再び抱き上げると、彼女の膝の上に乗せた。

ウリボウの子供はそれで安心したようで、膝の上でぺたりと横になった。

「う、う～ん……マリーちゃん、そのまま食べられる？」

「はい。大丈夫です。こぼさないように気を付けないと」

マリーがエイラから小皿を受け取り、もくもくと料理を頬張る。

視線はウリボウの子供に向けたままだ。

「いいなぁ、マリーだけ気に入られて」

リーゼがその場にしゃがみ込み、ぶすっとした表情でその様子を眺める。

「あ、あはは……でも、どうしてなんでしょう……ん？」

マリーが困ったようにリーゼに笑った時、ふと自分の膝が妙に暖かくなった気がした。

じわりと、マリーのエプロンに染みが広がっていく。

「……おしっこしちゃってます」

マリーが頬をひくつかせて言う。

ウリボウの子供はすっきりして満足したのか、マリーの顔をじっと見上げている。

皆、「うわあ」といった顔になっていた。

「あ、赤ちゃんだからね。仕方がないよ」

バレッタが苦笑し、立ち上がる。

「私、お風呂の用意してくるね。マリーちゃん、その子と一緒に入るといいよ」

「あ、はい！　ありがとうございます！」

ぺこりと頭を下げるマリーにバレッタは微笑むと、風呂を沸かしに屋敷へと駆けて行った。


それから数時間後。

食事も終わり、マリーたちはバレッタの実家のバリン邸内にいた。

バリンはイステリアで留守番中なので、今この家にいるのはマリー、バレッタ、リーゼ、エイラの4人だ。

「はあ、可愛いなぁ……マリー、いいなぁ」

マリーの膝の上で眠りこけているウリボウの子供を見つめながら、リーゼが羨ましそうに言う。

すでに全員入浴は済ませており、皆が寝間着姿だ。

ウリボウの子供も綺麗に体を洗われており、今はその毛もすっかり乾いて、もふもふになっていた。

「でも、この子、いつまで面倒を見ればいいのでしょうか?」

エイラが言うと、マリーはウリボウの子供に向けていた視線を彼女に移した。

「あの女性は、『いずれ迎えに来ます』と言っていましたが……」

「ということは、ミルクを飲まなくても平気になったら迎えに来てくれるのかもね」

「かもしれませんね。それまでは、きちんとお世話してあげないと」

「あっ、じゃあさ!」

マリーが言うと、リーゼがぱちんと手を合わせた。

「せっかくだし、名前を付けようよ!」

「あっ、それはいいですね!」

リーゼの提案に、エイラが笑顔になる。

「可愛い名前がいいですね。どんな名前がいいでしょうか」

「そうだねぇ……何かいい案ないかな?」

皆で、うーん、と考え込む。

「単純に、シロではどうですか?」

バレッタが提案する。

「それ、イステリアの家畜小屋にいるミャギの名前と被ってるよ」

「あっ、そうでした……」

うーん、と再びバレッタが考え込む。

すると、今度はエイラが口を開いた。

「ホワイトちゃんとかどうでしょう？　英語で、白っていう意味なのですが」

「う、うーん。なんだか呼びにくいような気が……」

「それなら、モモちゃんではどうでしょうか。もふもふしている毛並みなので、そこから2文字取ってモモというのは」

「モモちゃんか！　可愛いね！」

マリーの提案に、リーゼが微笑む。

「それに、マリーに一番懐いてるんだし、マリーが考えた名前のほうがその子も喜びそうだし。それでいいんじゃない？」

「はい！」

「モモちゃん……少し女の子っぽい響きですね」

バレッタが言うと、マリーは「確かに」と頷いた。

「ええと……」

マリーがそっとモモの後ろ足を摘まんで持ち上げる。

「……ついていないので、女の子みたいです」

「そっか。なら、大丈夫だね」

そうして皆でモモを眺めながらあれこれ話していると、屋敷の戸が開いて一良《かずら》が入ってきた。

ずっしりとした、大きなビニール袋を片手に提げている。

「ただいま。はあ、疲れた」

「カズラさん、おかえりなさい」

「おかえり！　ずいぶん早かったね！」

一良《かずら》がやれやれといった様子で居間に上がる。

「山道を車ですっ飛ばして来たからな。んで、ちゃんと見つけてきたよ」

一良《かずら》がビニール袋の中身を取り出す。

犬用の粉ミルクの大きな缶が数個と、哺乳瓶だ。

「すっ飛ばして来たって……日本も夜だったんでしょ？　自動車で事故を起こしたら危ないよ」

「そうですよ。安全運転しないとダメです」

リーゼとバレッタが口々に言う。

2人とも、とても心配そうな顔つきになっていた。

「はは、次からは気を付けます。マリーさん、その子は大丈夫そうですか？」

一良《かずら》がマリーの膝の上に乗っているモモに目を向ける。

「はい。粉ミルクをたくさん飲んで、元気になりました」

マリーは微笑むと、慈しみのこもった目で膝上のモモを見た。

まるで我が子を見つめる母親のような表情だ。

「さっきお風呂に入れたんですけど、嫌がってずっときゅんきゅん鳴いちゃってて。それで疲れちゃったみたいで、今はぐっすりです」

「そっか。でもまあ、元気になったならよかった。で、次からはこの犬用粉ミルクを使うことにしましょう。人間用の物とどう違うのかは、俺にもよく分かりませんけど」

「ありがとうございます！」

マリーがにっこりと微笑む。

「モモちゃん、よかったね。もうミルクの心配はしなくても大丈夫だからね」

マリーがモモの頭を指で優しく撫でながら言う。

「ん？　モモ？」

「はい。この子の名前です」

「さっきマリーが付けたんだよ。可愛くって、いい名前でしょ？」

リーゼが一良《かずら》に言うと、一良《かずら》は少し真剣な表情になった。

「カズラ？　どうかした？」

「あっ、もしかして、変な名前でしょうか？」

リーゼとマリーが言う。

「……いや。いい名前だと思います。それで、これからこの子をどうするかなんですけど」

「はい。オルマシオール様に頼まれましたし、イステリアに連れて帰って、私がきちんとお世話しようと思います」

マリーが一良《かずら》に笑顔を向ける。

「そう……ですか。分かりました」

一良《かずら》が歯切れ悪く言い、頷く。

「あ、あの。もしかして、連れて帰るのはご迷惑でしょうか？」

マリーがそれに気づいて不安そうに言うと、一良《かずら》はマリーに微笑んだ。

「いえ、そういうわけじゃないです。俺も手伝いますから、皆でしっかり世話してあげましょうね」

「はい！」

マリーがほっとした様子で頷く。

「カズラさん、すごい汗ですよ。お風呂、入ります？」

一良《かずら》のTシャツが汗で濡れていることに気づいてバレッタが言うと、一良《かずら》はすぐに頷いた。

「うん、そうします。走って戻って来たから、汗でベトベトだ」

「じゃあ、すぐに沸かしますね。お湯はまだ温かいと思うんで、すぐに沸くと思います」

「おお、それはよかった。じゃあ、俺も一緒に行っちゃいましょうかね」

一良《かずら》がバレッタとともに席を立つ。

そして、戸口を出ていく時、モモを抱いて幸せそうにしているマリーに、ちらりと心配そうな視線を向けたのだった。


翌日の午後。

マリーはバレッタたちや村の子供たちと一緒に、モモと村の広場で遊んでいた。

一良《かずら》は朝から日本へ買い出しに出かけているので、この場にはいない。

モモはすっかり元気を取り戻したようで、昨日生まれたばかりとは思えないほどの力強さで、歩くマリーを追って軽快な足取りで走っている。

「す、すごいね。もうあんなに速く走れるなんて」

元気に走り回っているモモの姿に、リーゼが目を丸くしてバレッタに言う。

「ですね……やっぱり、日本の食べ物ってすごいですよね」

「うん。イステリアで重病の人にリポDを飲ませた時もすぐに回復しちゃってたし、本当に魔法みたいだよ」

「はい。カズラさんが初めて村に来た時に、寝込んでいる村の人たちにリポDを分けてくれたんですけど、皆次の日にはすっごく元気になってました。今のモモちゃんと同じですね」

「あはは。ほんと、カズラって救世主様そのものだよね。本人にその自覚はないみたいだけど」

「ふふ、そうですね」

2人が話している間も、モモはマリーを追いかけて一生懸命走り回っている。

村の子供たちがモモの名を呼んで注意を引こうとするのだが、モモはマリーにしか興味がない様子だ。

「もー！　何で俺たちの方には来てくれないんだよ！」

男の子の1人が不満げな様子で言う。

「マリーお姉ちゃんばっかりずるーい！」

「私も遊びたいのに……」

他の子供たちも不満げだ。

「うーん……あ、じゃあ、そろそろミルクの時間だし、皆であげてみる？」

マリーの提案に、子供たちがわっと歓声を上げる。

ウリボウの子供も犬と授乳頻度は大差がないようで、昨晩は約4時間おきにミルクをせがんで目を覚ましてはマリーにねだっていた。

マリーはそのたびに起きてはお湯を沸かしてミルクを作り、モモに与えていた。

ミルクを飲むとすぐにマリーの膝の上でおしっこやウンチをしてしまうのでかなり困ったが、赤ん坊なのでこればかりは仕方がない。

さすがに毎度服を汚されるのは困るので、ミルクを与える時は膝の上にタオルを敷いて凌ぎ、排泄が終わったらお湯で絞ったタオルでモモを拭《ふ》くという行為を繰り返していた。

「私たちがあげていいの⁉」

「やりたいやりたい！」

マリーの提案に、子供たちが我も我もと手を上げる。

「うん。皆で順番にあげようね。ミルク、作りに行こっか」

マリーがバレッタの家へと向かい、モモと子供たちが後に続く。

「なんだかマリーちゃん、急に大人びちゃいましたね」

エイラがそれを見送りながら、バレッタとリーゼに言う。

「ですね。守るものができると、そうなるのかも」

「マリーって、子供ができたらすごくいいお母さんになりそうだよね。細かいところにも気がつくし、料理も掃除も洗濯も完璧《かんぺき》だし。私も見習わないと」

「ふふ。なら、今から一緒にお洗濯します？　部隊の皆さんのお手伝いをして」

「あっ、それいいね！　やってみたい！」

そうしてバレッタたちは、村の外にある守備隊陣地へと向かったのだった。

その日の夜。

昨夜と同様に、バレッタの家でマリーはモモにミルクを与えていた。

一良《かずら》もすでに買い出しから帰ってきており、今は夕食の時間だ。

「はい、おしまい。あっ、モモ、トイレは待って！」

ミルクを飲み終わってぷるぷるし始めたモモを、マリーが慌てて部屋の隅に敷いたタオルの上に運ぶ。

「トイレはここだよ。膝の上でしちゃダメだからね」

モモはマリーの顔を見上げて小首を傾げていたが、すぐに排泄を始めた。

マリーは「よくできました！」とモモを褒めて頭を撫で、すぐにお湯で絞ったタオルでモモの股間を拭く。

「マリーちゃん、すごく一生懸命お世話してますね」

エイラがハーブティーを飲みながら、その様子を眺める。

「ですねぇ。モモもマリーさんにすごく懐いてますし、きっとやりがいがありますよね」

一良《かずら》もハーブティーを飲みながら、マリーとモモを微笑ましく眺める。

「マリーさん、モモのお世話、楽しいですか？」

「はい！　もう、可愛くって仕方がないです」

マリーがモモの排泄物が載ったタオルを手に取り、立ち上がる。

そのまま外に出ようと土間に下りると、モモはその後をトコトコと走って追いかけた。

居間から土間へ降りる段差の前で止まり、歩いて行ってしまうマリーに「きゅうん」と鳴き声を上げる。

マリーはすぐにそれに気づくと、モモを腕に抱えて一緒に外に出て行った。

「あはは。ずっとべったりだね」

リーゼがその様子を見て楽しそうに言う。

「……むう」

「カズラさん、どうかしましたか?」

難しい顔をしている一良《かずら》に、バレッタが小首を傾げる。

「いや……本当に仲がいいなと思って」

「ですね。まるで親子みたいです」

「大丈夫かな……」

小声でつぶやく一良《かずら》に、バレッタがきょとんとした顔になる。

「お父様とお母様、モモを連れて帰ったらびっくりするだろうなぁ」

楽しそうに言うリーゼに、エイラがはっと気づいた顔になった。

「そういえば、お屋敷の中って動物は持ち込んでもいいのでしょうか?」

「別に平気でしょ。オルマシオール様直々のお願いだし、そもそもずっといるってわけでもないんだし。屋敷にいるのは、ミルクを飲んでる期間だけでしょ？」

「あ、それもそうですね。なら、大丈夫かな」

エイラが納得したように頷く。

「そっか……ずっといるわけじゃ……」

バレッタはそれで一良《かずら》の言っていた意味を理解し、心配そうな目でマリーが出て行った戸口を見つめるのだった。


数日後。

イステリアのナルソン邸の広場に一良《かずら》たちが帰還すると、ナルソンとジルコニアが出迎えに出てきた。

「カズラさん、おかえりなさい……あら？」

ジルコニアがマリーの抱えているモモに気づき、小首を傾げる。

「食材？」

「ち、違いますっ！　食べちゃダメです！」

マリーが慌ててモモを庇《かば》うように身を背ける。

いつの間にかハベルがハンディカメラを片手にマリーの傍におり、モモを抱っこしている彼女をカメラモードで激写していた。

もういつものことなので、マリーは気にしていない様子だ。

「ふふ、冗談よ。それ、ウリボウの子供よね？」

「は、はい。グリセア村で、オルマシオール様に――」

かくかくしかじかと、マリーがことのいきさつを説明する。

ジルコニアは「なるほど」と頷いた。

「それは大変だったわね。あなたが面倒を見るの？」

「はい。それで、お屋敷で一緒に生活させていただけないかと……」

「別にいいわよ。ただ、あっちこっちいたずらしないように、ちゃんと見ておいてね」

「はい！　ありがとうございます！」

ジルコニアから許可を貰い、マリーがほっとした顔になる。

「ふむ。ウリボウの子供ですか……こうも人に懐くものなのですな」

マリーの腕の中で、その指をペロペロと舐めているモモを見ながらナルソンが言う。

「まあ、まだ赤ん坊ですからね。怪我をしたウリボウを野営地で見た時にも思いましたけど、かなり利口みたいですし。トイレの躾もできてるんですよ」

一良《かずら》が言うと、ナルソンは驚いた顔になった。

「なんと、それはすごいですな。オルマシオール様にお願いして、我が領で大量に飼育するというのはできないでしょうか？　貴重な戦力になるかと思うのですが」

「そ、それはどうですかね……普段は人を襲うこともある猛獣ですし、ちょっと危ない気が」

以前、一良《かずら》が日本で見たニュースでは、ペットとして飼っていたトラやクマが飼い主を襲ってそのまま食い殺してしまったというものがいくつかあった。

いくら人に懐くとはいえ、野生の猛獣と一緒に暮らすというのは危ない気がする。

「むむ、確かに……ラタも怯えてしまいそうですな……」

ナルソンが少し残念そうに言う。

そして、マリーに目を向けた。

「マリー、そのウリボウを世話しながらだと業務は難しいだろう。しばらく休みを取るか？」

ナルソンの提案に、マリーがにこりと微笑む。

「いえ、大丈夫です。お気遣い、ありがとうございます」

「む、そうか。まあ、何か困ったことがあったらいつでも相談しなさい。屋敷の者たちにも、手を貸すように伝えておくよ」

「ありがとうございます！」

マリーは嬉しそうにナルソンに礼を言うと、腕に抱えているモモに目を向けた。

「モモ、よかったね。ちゃんといい子にしてるんだよ？」

モモはマリーの顔を見上げ、「きゅうん」と鳴き声を上げて返事をした。

マリーが屋敷の調理場に入ると、その腕に抱えているモモを見て早速侍女たちが集まってきた。

「わわっ、なにそれ⁉　もしかして、ウリボウの子供⁉」

「か、かわいい……」

真っ先に駆け寄ってきた侍女のシェリーとミリアが、モモを見て目を輝かせる。

他の侍女たちも、「かわいい！」とテンションが上がっていた。

「はい。しばらくの間、私がお世話をすることになりました。モモっていいます」

「そうなんだ。この子、どこかで拾ってきたの？」

シェリーの問いかけに、マリーが「そんな感じです」と曖昧《あいまい》に返事をする。

「ご迷惑をおかけしますが、よろしくお願いします。ほら、モモもご挨拶して」

マリーがモモに言うと、モモは一声「きゅうん」と鳴いた。

侍女たちから一斉に「かわいい！」と声が上がる。

あまりの大声に、モモがびくっと身を縮こませる。

「あっ。あんまり大声は……」

「ああっ、ごめんね」

「かわいい……マリーちゃん、触ってもいい？」

ミリアがマリーにお伺いを立てる。

すっかり飼い主扱いだ。

「はい、大丈夫です。優しく撫でてあげてくださいね」

「うん……うわあ、もふもふだぁ」

「わ、私にも撫でさせてっ」

シェリーも手を伸ばし、モモをもふもふと優しく撫でる。

そうしているうちに、他の侍女たちも我も我もと言い始めて、結局モモは全員に体を撫でまわされることになったのだった。

それから半月後。

マリーはお湯の入った銅のピッチャーを手に、モモと一緒に、ナルソン邸の廊下を歩いていた。

モモはマリーの隣にぴたりと寄り添うようにして、時折マリーの顔を見上げながらトコトコと歩いている。

「モモ、部屋でミルクを飲んだら、お風呂に入るからね」

お風呂、という単語に反応して、モモが「きゅうん」と鳴いて耳をぺたんと寝かせる。

あれから、マリーは毎日モモと一緒に行動しており、朝から晩まで片時も離れないでいた。

調理場で料理をしている時や、掃除、洗濯といった業務をこなしている間、モモはマリーの作業の邪魔をしたりは一切せず、邪魔にならないように彼女に寄り添っていた。

休憩時間を使って中庭で遊ぶのが、毎日の日課になっている。

屋敷の皆にも慣れたようで、シェリーやミリアたちが触ろうとしても、身を引いたりはせずに好きに触らせてくれている。

今ではナルソン邸のマスコット的な扱いになっており、どこに行っても大人気だ。

「もう、そんな顔しないの。今日は外でたくさん遊んだから、毛の間に砂が入っちゃってるでしょ？　そのままだと、一緒にベッドで寝れないんだからね」

そんなことをモモに語りかけながらマリーが歩いていると、廊下の先から一良《かずら》が歩いてきた。

どうやら風呂上がりのようで、首からタオルをかけている。

「おや、マリーさん。こんばんは」

「カズラ様」

マリーが立ち止まり、ぺこりと頭を下げる。

モモも同時に足を止めた。

「モモは元気そうですね。大きくなったなぁ」

「はい。毎日元気いっぱいで大変です」

モモの成長速度はすさまじく、日を追うごとにその体躯は大きさを増し、それに応じて旺盛な食欲を見せていた。

いまだに哺乳瓶で粉ミルクを飲んでいるのだが、一日に飲む量は当初の倍ほどにもなっている。

驚くべき成長速度だ。

中庭で運動がてら遊ばせる時も、かなりの速さで駆け回るようになっていた。

一良《かずら》が持ってきた粉ミルクの影響で、身体能力が強化されているようだ。

「しっかしまあ、大きくなりましたね。粉ミルク、足りそうですか？」

「はい。まだ2缶残っているので、大丈夫だと思います」

「そっか。足りなくなりそうだったら言ってくださいね。また調達してくるんで」

「ありがとうございます。もしそうなったら、よろしくお願いいたします」

マリーはぺこりと頭を下げて一良《かずら》と別れ、そのまま自室へと向かった。

扉を開けて、モモと一緒に中に入る。

「すぐにミルク作るからね……え？」

蝋燭が照らす薄暗い部屋の奥に人影があることに気づき、マリーが驚いて固まる。

すると、その人影がゆっくりとマリーに歩み寄ってきた。

以前、村の前で会った、黒い衣服を着た黒髪の女性だ。

「こんばんは。おひさしぶりです」

「あっ、オルマシオール様！」

マリーが姿勢を正して、深々とお辞儀をする。

「その子の世話、きちんとしてくれているようですね」

「は、はい！　皆さんに協力していただいて、なんとか！」

女性はにこりと微笑むと、モモの前にしゃがみ込んだ。

モモは女性を見上げ、じっとその顔を見つめている。

「……そう。よかったわね」

女性はモモにそう言ってその頭を優しく撫でると、立ち上がった。

「毎日、すごく良くしてくださっているようですね。ありがとうございます」

「えっ？　は、はい」

「明日のこの時間に、この子の母親と一緒に迎えに来ますので、街の外の森にまで来ていただけますか？」

「……えっ」

突然の申し出に、マリーの思考が停止する。

どうしてそんな急に、といった考えが、頭をもたげた。

「どうかしましたか？」

女性が小首を傾げる。

「あ、そ、その……モモは、まだミルクを飲んでいて……」

「モモ？」

「は、はい。この子の名前です」

女性がモモに目を向ける。

「まあ、素敵な名前を付けてもらったのね」

女性はそう言って微笑むと、再びマリーに目を向けた。

「モモは、もう授乳期間が終わる頃合いなんです。そろそろ、親と同じものを食べる練習をさせないといけなくて」

「そ、それなら、私がモモにミルク以外の物を食べる練習をさせます！」

「いえ、そういうわけには。この子には、親と一緒に森を歩き回って、どうやって木の実や草の実を見つけるのか、動物を狩るにはどうするのかを学ばせないといけないんです」

女性が少し困った様子で言う。

「私たちは、生まれてからだいたい1年で独り立ちしなければなりません。なので、少しでも早く……」

女性がそこまで言い、言葉を止める。

目の前にいるマリーの瞳から、涙が溢れそうになっていたからだ。

「……ごめんなさい。あなたには、つらい想いをさせることになってしまいましたね」

女性が眉をひそめる。

モモはそんなマリーの様子に気が付いたのか、彼女を見上げて「きゅうん」と心配そうに声を上げた。

「……先ほどは明日と言いましたが、やはり3日後に迎えに来ます。なので──」

「いえ、大丈夫です。明日、モモを森に連れて行きます」

マリーが涙を堪え、力強く言う。

「そのほうが、モモのためになるのですよね？」

「……はい」

頷く女性に、マリーは笑顔を向けた。

「なら、明日のこの時間で大丈夫です。必ず、連れて行きますので」

「……分かりました」

女性はぺこりと頭を下げると、窓へと歩み寄った。

キイ、と窓を開き、マリーに少し振り返る。

「やはり、あなたにお願いして正解でした。ありがとうございます」

彼女はそう言って微笑むと、音もなく窓から飛び降りた。

マリーが傍らにいるモモに目を向ける。

モモはいまだに、心配そうにマリーを見上げていた。

「ごめんね、すぐにミルクを作るからね」

マリーはモモにそう言うと、テーブルの上に置かれている粉ミルクの缶に手を伸ばした。

しかし、手が震えてしまい、からん、と缶を床に取り落としてしまう。

「っ……ぅ」

その途端、瞳から涙が溢れ、堪えていた嗚咽が喉の奥からこぼれそうになり、マリーはその場にへたり込んでしまった。

いずれ別れの日が来るのはモモを受け取った時から分かっていたし、その時が来ても大丈夫だと覚悟していたつもりだった。

ほんの短い間だけだけど、この子を安心して親元に返せるように、精一杯愛情を注いで、いい子に育ててあげようと頑張ってきた。

そして、この子と別れる時が来ても、きっと自分は笑顔でさよならができると思っていた。

それなのに。

あの女性にそれを告げられた途端、モモと離れたくない、自分の手元にずっと置いておきたいという思いが溢れてしまい、あんなことを口走ってしまった。

こんなにも自分は身勝手だったのかという情けなさと、モモと離れたくないという想いがごちゃまぜになって、頭の中がぐちゃぐちゃだ。

「きゅうん」

マリーが嗚咽を堪えていると、モモが後ろ脚で立ち上がり、しゃがみ込んでいるマリーの頬を舐めた。

次々に流れる涙を、必死でペロペロと舐めとっている。

「っ、ごめんね……大丈夫。大丈夫だから……」

マリーはモモを引き寄せて、ぎゅっと抱き締めた。

しばらくそうしてから立ち上がると、ごしごしと袖で涙を拭い、モモのためにミルクを作るのだった。


翌日の朝。

マリーはモモと一緒に、一良《かずら》の部屋へとやって来ていた。

今日でモモとお別れになることを、皆に伝えて回っているのだ。

朝一番でナルソンには本日は休暇を取らせてもらいたいとの旨を伝えてあり、今日は丸一日休みである。

「そっか……ずいぶん急だね」

話を聞いたリーゼが、残念そうな顔になる。

部屋にいる一良《かずら》とバレッタは、心配そうな目をマリーに向けていた。

「森に返すの？」

「はい。もう授乳期間が終わるとのことで。今夜、母親が森に迎えに来るそうなんです」

「そっか。じゃあ、今日は目一杯遊んで思い出を作らないとだね」

「はい！」

マリーが明るい笑顔で頷く。

そうして、失礼します、と頭を下げ、部屋を出て行った。

「……マリーちゃん、目が腫れてましたね」

閉まった扉を見つめ、バレッタが言う。

「まあ、あれだけべったりだったんだから、別れるってなったら泣いちゃうよね。本当の親子みたいだったもん」

「カズラさんはこうなるって分かっていたから、あの時難しい顔をしていたんですね？」

バレッタが言うと、一良《かずら》は苦笑して頷いた。

「ええ。情が移っちゃって、離れられなくなるんじゃないかなって思ったんですけど……」

一良《かずら》が扉に目を向ける。

「まあ、あの様子なら大丈夫そうですね。マリーさんを見くびっていました」

「それはそうだよ。あの娘、カズラが思ってるより、ずっとしっかりしてるんだから」

リーゼが笑いながら一良《かずら》に言う。

「え？　リーゼは、最初からこうなるって思ってたのか？」

「うん。あの子のことだから、寂しくて離れたくなくても、ちゃんとどうすればいいかは判断できるって思ってたよ。自分勝手な我儘を言う娘じゃないもん」

「おお……さすがリーゼだ」

「リーゼ様、さすがです……」

感心している一良《かずら》とバレッタに、リーゼが微笑む。

「でも、どうしようもないくらい寂しい想いをしてると思うから、元気づけてあげないと。カズラもバレッタも、しばらくは意識しておいてね」

リーゼの言葉に、一良《かずら》とバレッタはしっかりと頷くのだった。


そして、その日の夜。

マリーはモモを抱っこして、1人でイステリアの郊外にある森へと向かって歩いていた。

「モモ、今日は楽しかったね」

マリーが歩きながら、腕の中にいるモモに優しく微笑む。

モモはマリーの顔を見上げ、きゅう、と鳴き声を上げた。

あれから、マリーはモモと一緒に、ナルソン邸の中庭で一日中遊んで過ごした。

一緒にかけっこをしたり、毛糸玉を使ってボール遊びをしたりといった簡単なものばかりだが、本当に楽しい時間を過ごすことができた。

いつもならモモは一日のうちに何度か昼寝をするのだが、どういうわけか今日はまったく眠っていない。

今日でお別れだということを、モモも理解しているのだろうか。

あれこれと話しながらしばらく歩き、マリーは森の前にやって来た。

するとすぐに、暗い森の奥から黒い衣服の女性が現れた。

傍らに、真っ白な大人のウリボウを連れている。

「こんばんは」

女性がマリーに、にこりと微笑む。

「来てくださり、ありがとうございます」

女性が言うと、傍らにいたウリボウがゆっくりとマリーの下へ歩み寄った。

ウリボウはかなり大きく、背丈はマリーの顎下ほどもある。

ウリボウが鼻先をマリーが抱いているモモに近づけると、モモは嬉しそうにその鼻に顔を擦り付けてきゅんきゅんと鳴いた。

「ほら、お母さんだよ」

マリーがモモを、そっと地面に下ろす。

モモは飛び跳ねる勢いで、ウリボウの足に纏わりついた。

「この子を、モモを助けていただき、ありがとうございました。あなたのおかげで、きっと立派な大人に成長できると思います」

女性の言葉に、マリーは笑顔を返す。

何か言わなくては、と思うのだが、今しゃべると泣いてしまいそうだ。

この場にそんな涙はふさわしくないと、マリーはぐっと堪えていた。

すると、モモが母親から離れ、女性の下へと駆けて行った。

女性が少しかがんで、モモをじっと見つめる。

彼女は頷くと、マリーを見た。

「『お母さん、ありがとう』と、モモがあなたに言っています」

「っ」

堪えきれず、涙がマリーの頬を伝う。

マリーは表情が悲しみに崩れてしまいそうになるのを必死で堪えた。

「私からの言葉も、伝えて……ください」

震える声でそう言い、精いっぱいの笑顔をモモに向ける。

「元気でね。ずっと大好きだよって」

「はい」

女性がにこりと微笑み、モモに少しかがむ。

モモは「きゅうん」と一声鳴くと、マリーの下へと駆け戻ってきた。

後ろ足で立ち上がり、マリーの膝に両前足で触れる。

「抱いてあげてください」

女性に言われ、マリーは震える手でモモを抱き上げた。

そのぬくもりを確かめるように、優しく、ぎゅっと抱き締める。

数秒の間そうしてから、モモを地面に下ろした。

モモは母親の足元へと駆け、マリーを見上げる。

「では、我々はこれで失礼いたします。本当にありがとうございました」

女性が深々と腰を折る。

それに合わせて、母親のウリボウもお辞儀をするように頭を下げた。

親子が踵を返し、ゆっくりと森へと歩いて行く。

「……もし、あなたさえよければ」

親子が女性の隣に来たところで、彼女が口を開いた。

「この子が、モモが大人になったら、また会ってあげてはくれませんか？」

「っ！　はい！」

マリーが涙をこぼしながら、しっかりと頷く。

女性は優しく微笑むと、モモたちと一緒に森へと消えて行った。

振り返らずに去って行ったモモの後ろ姿を闇の中に探すかのように、マリーはいつまでもその場にたたずんでいた。

「わあっ⁉　マリーちゃん、そっちちゃんと押さえて！」

「はい！」

「ミリア、クリップ付けて！　早く！」

「ああっ⁉　タオルが飛んで行っちゃいます！」

「ちょっ⁉　マリーちゃん、離しちゃダメだって！　こっちのシーツが飛んじゃうでしょおおお⁉」

　次の日の朝。

　少し強い風が吹くナルソン邸の屋上で、一良《かずら》、バレッタ、リーゼの3人は、飛ばされそうになっている（一部飛んでいる）洗濯物と格闘しているマリーたちを眺めていた。

「マリーさん、元気そうだな。よかった」

　いつもと変わらぬ様子で業務に当たっているマリーの姿に、一良《かずら》がほっとした様子で言う。

「でも、空元気なのかもしれないですよ。昨晩、モモちゃんと別れたばかりですし」

「ううん、そんなことないよ」

　バレッタの言葉に、リーゼが返す。

「えっ、そうなんですか？」

「うん。私、気になって、昨日の夜どうだったのか今朝聞いてみたの。そしたら、『ちゃんとお別れできました』って言って、にこにこしてた」

それに、とリーゼが付け加える。

「モモちゃんが大人になったら、また会わせてくれるって、オルマシオール様が約束してくれたみたい。だから、大丈夫だよ」

「へえ……大人になったら、ですか」

「いい話だ……」

ほろりときたらしく、一良《かずら》が目元を指先で拭う。

そして、よし、と手を打った。

「じゃあ、モモちゃんとはこれっきりってわけじゃなくなったんだし、ハベルさんが撮りまくってたモモちゃんの写真を集めてアルバムを作って、マリーさんにプレゼントしよう！」

「あっ、いいですね！　マリーちゃん、きっとすごく喜ぶと思います！」

一良《かずら》とバレッタが、うきうきした様子で屋上の出入口へと駆けて行く。

リーゼもその後を追おうとして、ふと足を止めて、飛ばされた洗濯物を追いかけているマリーに目を向けた。

「……頑張ったね。偉いぞ、マリー」

そう言って微笑むと、一良《かずら》たちを追いかけて出入口へと駆けて行くのだった。

あとがき

こんにちは、こんばんは。すずの木くろです。いつもご購読、ありがとうございます。

なんやかんやで、今回も11巻と同じくらいのページ数になってしまいました。

今回大ボリュームでお送りさせていただいた番外編なのですが、現在「がうがうモンスター」と「ニコニコ静画」にて連載中の尺ひめき先生著のスピンオフ漫画、「宝くじで40億当たったんだけど異世界に移住する　マリーのイステリア商業開発記」1巻が文庫12巻と同時発売されることを記念して、マリーを主役にしたお話をということで執筆いたしました。

マリーの精神的な成長を主眼に置いたお話なので、これまでの屋敷での生活を通じて成長した彼女の姿を垣間見ることができるかと思います。

スピンオフ漫画は本編とは打って変わって平和な感じで、マリーやエイラ、シェリー、ミリアといった侍女たちをメインにした日常系のお話となっております。尺ひめき先生の描く、温かくも綺麗で可愛らしいタッチの絵柄がすごくマッチしていて、とても素敵な出来栄えとなっておりますので、ぜひぜひ、お手に取っていただけると嬉しいです。

また、今井ムジイ先生著の本編のコミカライズ版も「コミックウォーカー」と「ニコニコ静画」にて好評連載中なので、そちらもよろしくお願いします！

何だか宣伝ばかりのあとがきになってしまっているので、12巻が出るまでのすずの木の日常を少し。

今回は12巻の原稿の締め切り6時間前に担当さんに提出というかなりエキサイティングなイベントをこなしたり、2カ月近くあれこれ忙しすぎてほぼ毎日寝るのが朝の4時以降という自分の限界に挑戦するクエストをこなしたりしていました。もっと筆が早ければこんなことにはならないのにね……。速筆な作家さんが羨ましい。

あと、1ついいことがありまして。3年前に作った中国スイカの種が、まだいくつか残っていたので蒔《ま》いてみたところ、なんと芽を出してすくすくと成長してくれました。天候が少し心配ですが、中国スイカはかなり甘みが強くて美味しいので楽しみです。毎年双葉社様にスイカを送り付けているのですが、今年はいつもより美味しいスイカが送れるといいな。

というわけで、「宝くじ～」シリーズ、12巻目を発売することができました。

いつも応援してくださっている読者様、素晴らしいイラストで本作を彩ってくださっている黒獅子様、素敵な装丁デザインに仕上げてくださっているムシカゴグラフィクス様、本編コミカライズ版を連載してくださっているメディアファクトリー様、漫画家の今井ムジイ様、スピンオフ「マリーのイステリア商業開発記」を担当してくださっている漫画家の尺ひめき様。本作担当編集の高田様、橋本様。ありがとうございます。これからも頑張りますので、今後とも何卒よろしくお願いいたします。

２０２０年7月　すずの木くろ

本書に対するご意見、ご感想をお寄せください。

あて先

〒162-8540 東京都新宿区東五軒町3-28
双葉社　モンスター文庫編集部
「すずの木くろ先生」係／「黒獅子先生」係
もしくは monster@futabasha.co.jp まで

MONSTER bunko

宝《たから》くじで40億《おく》当《あ》たったんだけど異《い》世《せ》界《かい》に移《い》住《じゅう》する⑫

2020年9月1日　第1刷発行

著者　すずの木《き》くろ
発行者　島野浩二
発行所　株式会社双葉社
〒162-8540
東京都新宿区東五軒町3-28
電話　03-5261-4818(営業)
　　　03-5261-4851(編集)
http://www.futabasha.co.jp
(双葉社の書籍・コミック・ムックが買えます)
印刷・製本所　三晃印刷株式会社
フォーマットデザイン　ムシカゴグラフィクス

ISBN978-4-575-75274-8　C0193
Printed in Japan

Mす01-12